The Diary of a Young Girl

安妮日记

［德］安妮·弗兰克——著
贾雪——译

四川文艺出版社

图书在版编目（CIP）数据

安妮日记 /（德）安妮·弗兰克著；贾雪译 . — 3 版 . — 成都：四川文艺出版社，2019.1（2019.4 重印）

ISBN 978-7-5411-5159-0

Ⅰ . ①安… Ⅱ . ①安… ②贾… Ⅲ . ①日记体小说—德国—现代 Ⅳ . ① I516.45

中国版本图书馆 CIP 数据核字（2018）第 225609 号

ANNI RIJI

安妮日记

[德] 安妮·弗兰克 著

贾雪 译

出 品 人　刘运东
特约监制　王兰颖
责任编辑　金炀淏　彭　炜
特约策划　刘思懿
责任校对　汪　平
特约编辑　刘思懿　苗玉佳
封面设计　程　然

出版发行　四川文艺出版社（成都市槐树街2号）
网　　址　www.scwys.com
电　　话　028-86259287（发行部）　028-86259303（编辑部）
传　　真　028-86259306

邮购地址　成都市槐树街2号四川文艺出版社邮购部　610031
印　　刷　北京永顺兴望印刷厂
成品尺寸　145mm×210mm　1/32
印　　张　8.75　　字　　数　220千字
版　　次　2019年1月第三版　　印　　次　2019年4月第三次印刷
书　　号　ISBN 978-7-5411-5159-0
定　　价　39.80元

编者的话

1942 年 6 月 12 日，安妮 · 弗兰克开始写日记。1944 年，荷兰流亡政府的成员博克斯坦大臣宣布，希望战后收集有关的第一手资料，以此见证荷兰人民在德国占领之下饱受的折磨。他特别提到了信件和日记。听到这个消息后，安妮决定战后以日记为基础，出版一本书。于是她开始重写、修改日记，润色文字，删除不够有趣的段落，凭记忆增加一些内容。同时，她也保留了原始日记。在具有学术价值的《安妮日记：评注版》（1989 年）中，就将安妮第一次写下的、未经编辑的日记称作 A 版，以此区分她第二次写成的、经过修改的日记（B 版）。

安妮最后一篇日记写于 1944 年 8 月 1 日。1944 年 8 月 4 日，密室中的八人被捕。两个秘书发现了散落一地的安妮的日记，她们将日记藏在一个抽屉之中。安妮的死讯被确认后，她们把日记交给了她的父亲：奥托 · 弗兰克。

经过再三考虑，奥托 · 弗兰克决定完成女儿的心愿，出版她的日记。他从 A、B 两个版本中选取材料，重新编辑成较短的版本（C

版），这也就是后来全世界读者熟悉的《安妮日记》。

日记出版后，有人质疑其真实性。于是荷兰战争文献资料所下令彻底调查。一旦证实属实，将日记的全部内容连同详细的调查报告一并出版。这就有了前面提到的《安妮日记：评注版》，它不但包括A、B、C三个版本，还包括弗兰克家族的背景资料，他们被捕与押解的情况，对安妮笔迹的研究以及研究时使用的资料文件。

位于巴塞尔（瑞士）的“安妮·弗兰克基金会”拥有安妮日记的版权。该基金会决定为广大读者出版一种全新的增补版本。新版本包括了奥托·弗兰克修订的旧版的所有内容。作家兼翻译家米杰·帕斯勒担任新版本的编辑修订工作，对奥托·弗兰克的原版进行补充，同时选取A、B两版的内容。米杰·帕斯勒的最终版本经安妮·弗兰克基金会同意，增加了大约百分之三十的内容，使读者更加了解安妮的内心世界。

在安妮写下第二版（B版）时，她为日记中的人物冠以了假名。后来奥托·弗兰克在整理时，决定将家人的名字改为真名，其他人则沿用安妮起的假名。可是这么多年来，人们早已熟知帮助密室成员的几个人的真实姓名，出于对他们曾经给予的无私帮助的回报，在本译著这个版本中使用他们的真名，而对于不愿暴露身份的人，则使用荷兰战争文献资料所为他们起的姓名首写字母缩写。

密室中其他人的真名：

凡·皮尔斯一家

奥古斯特·凡·皮尔斯（生于1890年9月9日）

赫尔曼·凡·皮尔斯（生于1899年3月31日）

皮特·凡·皮尔斯（生于1926年11月8日）

在安妮的手稿中，以上三人被称为：皮特呢拉、汉斯、阿尔弗烈德·凡·丹；在本书中则是：皮特呢拉、赫尔曼、皮特·凡·丹。

弗瑞兹·佩尔（生于1889年4月30日，德国基森）

在安妮的手稿中以及本书中，被称为：阿尔福德·杜塞尔。

本书是根据安妮在大约十五岁时写下的B版整理而成。在这个版本中，安妮有时会回顾过去，对之前写下的日记附加评论。

1942年6月12日 星期五

我从未对人如此毫无保留地吐露心声。希望今后，我能对你如此，也希望你能给我最大的鼓励和支持。

1942年9月28日

目前为止，你的确是我获得慰藉的一大来源，吉蒂也是，我现在定期写信给她。以这种方式写日记容易多了，现在我每天都期盼着给你写信的时刻。哦，有你的陪伴，我真是太开心了！[①]

1942年6月14日 星期天

那天，我看见你静静地躺在桌上，周围还有我的其他生日礼物。我的日记也就要从那一刻开始写起。

6月12日，星期五，早上我六点就醒了，这一点儿都不奇怪，因为那天是我的生日。但是那么早，他们是不准我起床的，我只好按捺住好奇心，一直等到六点四十五分。我迫不及待地朝餐厅跑去，小猫姆迪用爪子摩擦着我的腿，热烈地欢迎我。

七点刚过，我去找爸爸妈妈，再去客厅打开我的生日礼物。“你”立刻就跳入我的眼帘，可能是所有礼物中最美的一个。桌上的礼物还有一束玫瑰、几朵牡丹、一株盆栽。爸妈送的是一件蓝上衣、一副棋、一瓶葡萄汁，我尝了一小口葡萄汁，很像葡萄酒的味道（本

---

① 在B版中，安妮有时会回顾过去，对之前写下的日记附加评论。这些评论在本书中以楷体表示。

来葡萄酒就是葡萄做的嘛），还有一套字谜、一瓶面霜、2.50 荷兰盾[①]、一张可兑换两本书的礼券。我还收到了一本书《暗箱》（可是玛格特已经有一本了，所以我想拿这本书交换其他东西）、一盘饼干（当然是我亲手做的，我可是个做饼干的高手呢）和很多糖果，还有妈妈做的草莓蛋挞。对了，还有一封奶奶写来的信，它来得真及时，当然了，碰巧而已。

后来，汉妮来找我一起上学。在课间休息时，我把饼干分给老师同学，然后就上课了。下午五点我才到家，因为我和班里的其他同学去了体育馆（他们不让我一起活动，我的肩膀和腰骨容易脱臼）。因为是我的生日，于是同学们让我决定玩什么游戏，我选择了排球。打完排球后，他们围着我一边跳舞，一边唱起了生日歌。我到家的时候，珊妮·兰德曼已经到了。伊丝·华格娜、汉妮·格斯娜和贾奎琳·凡·马尔森同我一起从体育馆回来，因为我们同班。汉妮和珊妮曾是我最好的两个朋友，看见我们的人都说："那不是安妮、汉妮和珊妮吗？"贾奎琳·凡·马尔森是我上犹太学校后认识的，现在是我最好的朋友。伊丝最好的朋友是汉妮，而珊妮转学后认识了新朋友。

她们送给我一本很漂亮的书，书名是《荷兰民间传奇故事集》，可是她们弄错了，给了我第二册。于是我拿其他两本书换了第一册。海伦阿姨送给我一套字谜，斯蒂芬妮阿姨送的是一枚可爱的胸针，兰尼阿姨送的则是一本很棒的书：《黛西山中奇遇记》。

今天早上，我躺在浴缸里，想着要是我能有一条像叮叮[②]那样的狗该多好啊。我也会叫它叮叮，带它一起上学，可以把它放在门卫室里。要是天气不错，还可以让它去自行车停放处玩耍。

---

① 荷兰货币单位。

② 以德国牧羊犬为主题的电视系列剧中的英雄犬。

1942年6月15日 星期一

星期天下午，我开了生日派对。我放了电影《爱犬叮叮》，同学们都非常喜欢。我收到了两枚胸针、一枚书签和两本书。下面我要说说我们班里和学校的事。就从同学说起吧。

贝蒂·布莱曼达看上去有些穷，我想她家的条件也许真的很差。她住在西阿姆斯特丹的一条偏僻杂乱的街道里，我们谁都不知道具体在哪儿。她的成绩很好，可那是因为她刻苦用功，并不是因为有多聪明。她老是沉默寡言。

贾奎琳·凡·马尔森原本应该是我最好的朋友，可我却从未有过一个真正的朋友。一开始我以为马尔森会是，可是我大错特错了。

D·Q[①] 是个非常神经质的女孩，总是忘事，所以老师经常给她安排额外的作业作为惩罚。她很友善，尤其是对G·Z。

E·S话太多，可说得一点都没趣。她和人说话时，老爱摸摸你的头发，或是弄弄你的衣扣。有人说她不喜欢我，不过我不在乎，因为我也不太喜欢她。

汉妮·梅兹是个好女孩，脾气也好，除了嗓门儿大。我们一起玩的时候，她很孩子气。汉妮有个叫本皮的朋友，又邋遢又粗野，不幸的是，汉妮也受了她不好的影响。

J·R——她的事都能写一本书了。她很讨厌，老是鬼鬼祟祟，骄傲自大，喜欢背后说人坏话，自以为很成熟。杰克为她神魂颠倒，真是可耻。J很容易生气，动不动就哭，而且特别爱炫耀。J小姐还很爱逞强，处处自以为是。她很有钱，衣橱里挂满了漂亮的衣服。可那些衣服她穿起来都太老气了。她自以为打扮得美美的，其实才不是呢。J和我两人谁都不喜欢谁。

---

① 其中提及的有些人希望匿名，故以首写字母的缩写代替。

伊丝·华格娜人不错，脾气也好，可是她太挑剔了，经常为一点儿小事唉声叹气半天。华格娜很喜欢我。她很聪明，可就是懒。

汉妮·格斯娜——我们在学校里也叫她利兹。她这人有些奇怪，在外面连说话都很害羞，可是一回到家，又变得很活泼。不管你对她说什么，她都会告诉她妈妈。她这人心直口快，最近我越来越欣赏她了。

南妮·凡·派拉斯格人小小的，很有趣，也很机灵。她人很好很聪明。其他方面没什么可说的了。

艾菲·德·荣格人也不错，虽然只有十二岁，却俨然一副淑女模样。她把我当小孩看待，也很助人为乐，我喜欢她。

G·Z是班花，脸蛋确实漂亮，人却有些傻乎乎的。听说她会留级。不过当然了，我是不会告诉她的。

（太意外了，G·Z竟然没有留级。）

坐在G·Z旁边的，是我们十二个女生中的最后一个——我。

男孩们的事，可以说的太多了，或者其实根本就没有。

莫瑞斯·科斯塔是我众多爱慕者中的一个，可是他很招人烦。

桑利·斯瑞特思想很坏，听说他已经完全堕落了。不过我还是觉得他不错，因为他这人很风趣。

埃米尔·邦维特喜欢G·Z，可是她才不在乎呢。他这人很无聊。

罗伯·库赫曼以前也喜欢我，可是我实在受不了他。他很讨厌，两面三刀，满嘴谎话，还很臭美。

马克思·凡·德·威尔登是从乡下来的，可是用玛格特的话说，他说话做事很得体。

海曼·库曼也是个坏孩子，和约翰·德·比尔有些像，他俩都喜欢在女生面前嘻嘻哈哈，看见女孩就发疯。

里奥·布隆是约翰·德·比尔最好的朋友，可是跟他学坏了。

阿尔伯特·德·梅斯塔是从蒙特梭利学校转来的，跳了一级。他真的很聪明。

里奥·施拉格也是从同一所学校转来的，不过他可没那么聪明。

鲁·斯佩蒙个子矮矮的，人也傻乎乎的，今年年中从阿尔梅陇转到我们学校。

C·N老是做些不该做的事。

杰克·柯森鲁特坐在我们后面，和C同桌。

哈利·夏普是班里最懂事的孩子，人很好。

华纳·约瑟人也不错，可是最近发生的种种变化让他沉默不语，所以他也变得挺闷的。

山姆·萨洛蒙是个体育高手，一个臭小子，他也喜欢我。

艾皮·雷恩很传统，也是个臭小子。

1942年6月20日（一）星期六

对于我这种人来说，写日记实在是一种奇怪的经历。因为我从没写过日记，也因为不管是我还是其他人，都不会对一个十三岁女生的内心世界感兴趣。不过那又何妨呢？我就是想写，我要把心里话统统写下来。

俗话说，纸比人有耐心。那天我情绪低落，在家里托着下巴，无聊又没精打采，琢磨着是出门呢，还是留在家里。最后我还是没出门，而是陷入思考之中。这时，我想起了这句话。是的，纸的确比人更有耐心。再说了，除非我找到真正的朋友，否则我不会把这个硬皮日记本拿给别人看，它可是有个响亮的名字——“日记”。

现在我要说，我最初写日记的重要原因是：我没有真正的朋友。

让我说得更清楚一些吧。没人相信，在这世上，一个十三岁的女孩是完全孤独的。其实我并不孤独，我有疼爱我的父母，一个十六岁的姐姐，还有大概三十个可以叫作朋友的人。另外，还有一大群男孩喜欢我。他们总是用爱慕的眼神看着我，甚至在上课时，还从口袋里掏出一面小破镜偷看我。我有可爱的阿姨，幸福的家庭。表面上看，我什么都不缺，除了一个知心朋友。和朋友们在一起时，我们无非就是嘻嘻哈哈，打打闹闹，聊的都是些平常事。问题是，我们无法走得更近。或许这是我的错，我们无法完全信任对方，无论如何，事实如此。可悲的是，这却无法改变。所以我才开始写日记。

为了增添这位期盼已久的朋友在我心中的形象，我不愿像一般人似的草草记下几笔。我想让日记做我的朋友，我还给它取了个名字："吉蒂"。如果我现在就开始写，没人明白我写给吉蒂的到底是什么故事。所以尽管我不情愿，还是得先介绍介绍我的生活。

我的爸爸，是我见过的最可亲可敬的爸爸。三十六岁时，他娶了当时二十五岁的妈妈。1926 年，我的姐姐玛格特出生在德国的法兰克福。我是 1929 年 6 月 12 日出生的，四岁之前一直住在法兰克福。因为我们是犹太人，1933 年爸爸移民去了荷兰，在荷兰一家生产果酱制造机的公司担任总经理。9 月，妈妈艾迪丝・荷兰德尔・弗兰克随爸爸一起去了荷兰。我和玛格特则去了亚琛市，和奶奶生活在一起。11 月，玛格特去了荷兰，1934 年 2 月我也去了。我被大人砰的一声放在桌上，说是给玛格特的生日礼物。

我进了蒙特梭利的一家幼儿园，在那儿待到六岁，然后开始上一年级。六年级时，我的老师是库普鲁斯太太，她也是校长。当年年末，我们含泪道别，因为我和玛格特被一所犹太学校录取了。

我们的生活不尽如人意。在德国的亲戚正饱受着希特勒的反犹太人法的迫害。经过几次犹太人大屠杀之后，1938 年，我的两个叔叔逃离了德国，在南美找到了安身之处。奶奶也搬来和我们同住，当时她已经七十三岁了。

从1940年5月开始，好日子就一去不复返了。首先，战争爆发了，然后是投降，接着德国人入侵，犹太人的噩梦就此开始。我们的自由受到一连串反犹太人法令的严格限制：犹太人必须佩戴一颗黄星；必须交出自行车；禁止搭乘电车；禁止开车，哪怕是自己的车；购物时间严格限定在下午三点至五点；只能去犹太人开的理发店和美容院；晚上八点至早上六点，禁止上街；禁止出入剧院、电影院，以及其他一切娱乐场所；游泳池、网球场、曲棍球场，其他运动场馆禁止犹太人入内；禁止划船；禁止参加公共体育活动；晚上八点后，禁止坐在自家或朋友家的花园内；禁止拜访基督教家庭；只能上犹太人学校等。这也不准，那也不准。可是生活还要继续。杰克常常对我说："我什么都不敢做，害怕稍不留神就违法了。"

1941年的夏天，奶奶生病了，必须做手术，所以我的生日只是草草庆祝一番。1940年的夏天，荷兰被占领，我的生日也不热闹。1942年1月，奶奶去世了。没人知道我有多么想她，至今我仍然深爱着她。为了弥补前几次生日，那一年的生日我开了庆祝会，奶奶的蜡烛也和其他人的蜡烛一起被点亮。

我们一家四口过得还算不错。就这样，时间到了1942年6月，我开始写日记。

1942年6月20日（二）星期六

亲爱的吉蒂：

我就这样开始吧。此刻安静而舒适，爸爸妈妈外出了，玛格特和其他人去朋友家打乒乓球。最近我也常常打乒乓球。我们五人组成了一个名叫"小北斗星减二"的俱乐部，这名字真的好傻，还是将错就错得来的。我们想为俱乐部取个特别的名字。因为我们一共五个人，所以想到了“小北斗星”这个名字。我们原以为北斗星是由五颗星组成的，可是我们错了。原来和大北斗星一样，小北斗星也是七颗星，所以我们在名字后面加了“减二”。伊丝·华格娜有一套乒乓球设备，他们家人同意我们随时在那间宽敞的餐厅里打乒乓球。我们五个人都喜欢吃冰激凌，特别是在夏天，通常打完球后，我们都会去最近的允许犹太人入内的冰激凌店：一家叫“绿洲”，一家叫“海豚”。我们不带钱，多数时候，“绿洲”店里生意红火，我们总是想办法找到几个认识的大方的小伙子，或是爱慕者为我们付账，结果当然是我们捧着一个一周都吃不完的冰激凌大吃特吃。

小小年纪就开始谈论爱慕者，你也许有些惊讶吧。不管是好是坏，反正学校里这种现象很普遍。如果有男孩邀我一起骑车回家，边骑边聊，十有九次我敢肯定他会当场为我而倾倒，眼光一刻也不愿从我身上挪开。最终他的热情会渐渐退去，尤其是当我无视他爱慕的眼神，高兴地骑着自行车回家时。如果他们太过放肆，胡扯些什么“请求爸爸同意”的话，我就会将车把手微微一歪，书包随之掉在地上。这时他当然会停下车来捡起书包还我，我就会岔开话题。其实这是最单纯的一种。当然了，还有些男孩向你飞吻，或设法挽起你的胳膊，但显然他们找错人了。这时，我会跳下车拒绝和他们同行，要么装作生气，斩钉截铁地让他们自己回家。

先写到这儿吧。我们已经打下了友谊的基础，明天再见吧。

安妮

1942 年 6 月 21 日　星期天

亲爱的吉蒂：

我们全班都提心吊胆的。因为教师会议马上就要开始了，将决定谁升级、谁留级。一半的同学都在猜测打赌。G·Z和我取笑坐在我们后面的两个男孩：C·N和杰克。他们把假期里攒下的钱统统拿出来打赌。整天你一句我一句，“你会过的”，“不，我过不了”，“你会过的”，“不，我过不了”。不管是G投去哀求的目光，还是我冲他们发火，他们都无法安静下来。在我看来，班里的傻瓜太多了，大概四分之一的人都该留级，可是老师们的想法谁都捉摸不透。或许这次他们的决定是对的。不过我对自己和我的朋友倒不怎么担心。

我们都会过的。我唯一没有把握的科目是数学。不管怎样，现在能做的只有静静等待。在结果公布以前，我们一直相互鼓励。

我们班上一共有九个老师，七男两女，我和他们相处得很好。数学老师凯森先生是个老古板。我上课爱说小话，为此他没少生我的气。警告多次之后，他给我布置了额外的家庭作业：以“话匣子”为题写一篇作文。“话匣子”，这个题目该怎么写啊？这事以后再发愁吧。我把作业抄在本上，放进书包里，装作若无其事的样子。

那晚，我写完其他作业，看到写着作文题目的本子。我一边咬着笔头，一边绞尽脑汁，到底该怎么写呢？随便应付几句，字与字之间留出大大的空行，这谁都会。但关键是得想出有说服力的证据，以证明多话的必要性。我想了又想，突然灵机一动。我写完了凯森先生要求的三张纸，满意极了。我的证据是：多话是女性特征，我会尽量克制，但无论如何也改不掉这个习惯，因为我妈妈和我一样爱说话。对于遗传特征，一般人只能束手无策。

看完我的作文，凯森先生哈哈大笑。可是下一节课我又原形毕露，于是他给我布置了第二篇作文。这次的题目是“无可救药的话匣子”。我交了作文，整整两节课，凯森先生没有再抱怨。然而，第三节课时，他终于忍不住了：“安妮·弗兰克，作为对你上课说小话的惩罚，以‘话匣子小姐，叽叽喳喳’为题，再写一篇作文。”

全班哄堂大笑。我也只好跟着笑了，虽然我已经在“话匣子”这个题目上黔驴技穷了。看来该写点其他有新意的东西了。我的朋友珊妮很会写诗，她愿意帮我把作文写成诗歌，我高兴地跳了起来。凯森先生想用这个荒谬的题目让我出洋相，这下珊妮肯定会帮我反将他一军。诗写好了，真是太美了！诗歌讲的是一只鸭妈妈、一只天鹅爸爸和三只小小鸭的故事：因为小小鸭成天叽叽喳喳叫个不停，结果被天鹅爸爸咬死了。幸好凯森先生没有和我计较，他在几个班上念了这首诗，并且发表了自己的看法。从那以后，我再也没有因为上课说小话被批评，也没有被罚做功课。相反，那些日子里，凯森先生还常常拿这事说笑。

安妮

1942年6月24日 星期三

亲爱的吉蒂：

天气很热，大家都满头大汗、气喘吁吁。可是在这么热的天气里，上哪儿去都只能步行。现在我才体会到，坐电车是多么惬意啊。可是我们犹太人禁止享受这种奢侈，我们只能靠两条腿。昨天中午，我去让·路克斯特街看牙医。从学校出发要走一大段路，所以下午上课时，我累得差点睡着了。幸好那儿的牙医助理待人很友善，主动给了我点喝的。

我们犹太人唯一可以乘坐的交通工具是渡船。在约瑟夫·以瑟兰德的小河上有一个好心的船夫，只要我们请求他载我们过去，他总会立刻答应。犹太人如此悲惨的处境，不能怪荷兰人。

要是可以不上学就好了。复活节那天，我的自行车被偷了。爸爸把妈妈的自行车送去基督教朋友的家里保管。谢天谢地，暑假快到了，再坚持一个星期就不用受折磨了。

昨天早晨发生了一件意外的事。路过自行车存放处时，我听到有人叫我的名字。转身一看，原来是头天晚上我在朋友维拉家遇到的一个帅气男孩。他是维拉的表弟。我觉得维拉人不错，她也确实不错，可就是三句话离不开男孩，说多了也招人烦。他向我走过来，有些腼腆，自我介绍说他叫哈利·司尔伯格。我有些吃惊，实在不明白他想做什么，不过很快就知道了。他问我能否和他一道结伴上学。"只要你往那个方向走，我就和你一起。"我回答道。于是我们一起走。哈利今年十六岁，会讲各种各样好玩的故事。

今天早上他又在等我，真希望从今往后他天天如此。

安妮

1942年7月3日 星期五

亲爱的吉蒂：

直到今天我才有时间和你聊聊。星期四一整天我都和朋友在一起。星期五家里来了客人，直到今天才有空。

上周，我和哈利已经彼此熟悉了，他说了很多自己的事。他来自盖尔森克肯，和祖父母住在一起，父母远在比利时，可是他去不了那儿。哈利以前有一个女朋友，名叫乌苏拉。这人我也认识，是个可爱却又特别无趣的人。认识了我之后，他发现和乌苏拉在一起实在无聊，甚至想打哈欠。而和我在一起时，他却像打了兴奋剂似的。想不到我还有这种魅力呢！

星期六晚上，杰克来我家过夜。星期天下午她又去了汉妮家，我真是觉得无聊极了。

哈利原本晚上要来。六点多时，他打来电话。我接起电话，他说："我是赫尔姆斯·司尔伯格，请找安妮接电话。"

"哦，你好，我就是。"

“哦，安妮，你好吗？”

“很好，谢谢。”

“我想向你道歉。虽然我很想和你说话，可是晚上我去不了了。我现在能去你家吗？大约十分钟就到。”

“好的，再见！”

“好的，我马上过去，再见！”

挂上电话，我飞快地换好衣服，梳了梳头发，紧张不安地站在窗口，不时张望，焦急地等着他。他终于出现了，奇怪的是我并没有立刻冲下楼开门，而是静静地等他按门铃。我刚一开门，他就说明来意。

“安妮，我奶奶觉得，对我来说你太小了。她认为乌苏拉更适合我。你也许知道我不再和乌苏拉约会了。”

“不，我不知道。出什么事了？你们俩吵架了？”

“不，不是那样的。我告诉乌苏拉，我和她不合适，还是分开的好，不过仍然欢迎她去我家做客，希望她也同样欢迎我。其实，我觉得乌苏拉一直在和其他男生约会，反正我是这么认为的。可是事实并非如此。后来我叔叔跟我说，我应该向她道歉。当然了，我不以为然，所以我跟她分手了。不过这只是原因之一。

“现在我奶奶希望我去找乌苏拉，而不是找你。可是我不肯，也不打算这么做。有时候老人就是老思想，但这并不意味着我得听从他们的意见。我需要我的祖父母，他们也离不开我。以后，我星期三晚上有空。祖父母让我报名学木刻，可是事实上我参加了犹太人复国运动者组织的集会。祖父母不让我去，因为他们反对犹太人复国运动者组织。虽然我算不上什么狂热分子，但还是有兴趣。但是，最近情况乱糟糟的，我打算退出了。所以下周星期三我最后去一次。这样一来，星期三晚上、星期六下午和晚上，说不定还有更多的时间我们都能见面了。”

“可要是你祖父母反对呢？你不应该瞒着他们。”

“爱情和战争都是公平的。”

我们经过布兰克福特书店的门口，看到皮特·希夫和另外两个男孩在里面。很久以来，这是他第一次给我打招呼，我真是高兴极了。

星期一晚上，哈利来了，见了爸爸妈妈。我买了一块蛋糕，还有一些糖果。我们坐下来喝茶、吃饼干。我们俩都不愿意呆呆地坐着，于是出去走走。八点十分他才送我回家。爸爸很生气，责备我没有按时回家。我只好向他保证，以后七点五十分一定回家。哈利邀请我星期六去他家玩。

维拉告诉我，有天晚上，哈利去她家。维拉问他：“你最喜欢谁，乌苏拉还是安妮？”

他回答：“这不关你的事。”

可是当他准备出门时（谈论这件事后，那晚他们一直没再说话），他说：“我更喜欢安妮。你可不能说出去啊。再见！”说完转身就走了。

从他的一言一行中，我能感觉到他爱上我了，有些变化总是好的。玛格特肯定会说，哈利人不错，很适合你。我也这样认为。不仅如此，妈妈对他也赞不绝口：“这小子长得不错，又懂礼貌。”看他这么受欢迎，我很开心，当然除了我那些朋友。他总说我的朋友很幼稚，其实他说得没错。杰克拿他来取笑我，可是我并没有爱上他，真的没有。和男孩们做朋友没什么不对，也没人在意。

妈妈总问我，长大后要嫁给谁。我打赌她永远猜不到是皮特，因为我矢口否认了。我深深地爱着皮特，我告诉自己，他和那些女生在一起，只是为了掩藏对我的感觉。或许他以为我和哈利在谈恋爱，事实上我们并没有。对我来说，他只是个朋友，或者用妈妈的话说：一个爱慕者。

安妮

1942 年 7 月 5 日 星期天

亲爱的吉蒂：

星期五在犹太剧院里如期举行了毕业典礼。我的成绩还不算太糟，代数得了 C–，其他的都是 B，还有两个 B+，两个 B–。我的父母都很开心。对于分数，他们的态度不像其他父母那样。他们从不担心分数高低，只要我健康快乐，不和他们顶嘴，他们就心满意足了。如果这三件事我都能做到，那一切就没问题了。

可是我的想法正好相反。我可不想当差生，犹太学校招收我是有条件的。我本该上蒙特梭利学校的七年级，可是犹太学生只能进犹太学校。费了好大力气，艾特先生才同意接收利兹·格斯娜和我入学。利兹今年也过了，但是她必须重考几何。

可怜的利兹。她在家学习可不容易。她妹妹格蒂才两岁，是个被大人宠坏了的小丫头，一天到晚在她房间里玩。格蒂一不如意就大喊大叫，如果利兹不照看好妹妹，她的妈妈格斯娜太太也会大呼小叫。所以利兹做作业不容易，这样一来，再怎么补习也无济于事。格斯娜一家真是让人大开眼界：格斯娜太太的父母住在隔壁，却跟他们一起吃饭；家里还有一个女佣；总是心不在焉的格斯娜先生经常不见踪影；老是神经兮兮、脾气暴躁的格斯娜太太又怀孕了；利兹呢，本来就笨手笨脚，在乱哄哄的家里更是无所适从。

我的姐姐玛格特也拿到了成绩单。和往常一样——优秀。如果学校要评选“优等生”的话，非她莫属，她实在很聪明。

因为生意上无事可做，最近爸爸经常待在家里，觉得自己是多余的，这种滋味肯定很难受。克雷曼先生接管了特拉维斯，库格勒先生则接管了吉斯公司，也就是 1941 年成立的经营香料和香料替代品的公司。

几天前，我们去附近广场散步。爸爸突然说起我们要躲藏起来，要承受与世隔绝的痛苦。我问他为什么现在说起这事。

“安妮，”他回答道，“你知道吗，这一年多来，我们一直陆续地把衣服、食物和家具搬到别人家。我们不想自己的财物被德国人抢走，也不希望自己落入他们手中。所以我们必须主动离开，不能坐等他们来抓人。”

“那我们什么时候离开呢？”爸爸严肃的语气吓了我一跳。

“你不用担心，我们会安排好一切的。抓紧时间享受现在无忧无虑的生活吧。”

爸爸就说到这里。但愿他口中的日子永远不会到来！

门铃响了，是哈利，我先写到这儿吧。

安妮

1942年7月8日 星期三

亲爱的吉蒂：

从星期天开始，时间过得好漫长，接连发生了好多事，似乎整个世界突然之间变了个样。不过你瞧，我还活着，用爸爸的话说，这才是最重要的。是的，我还活着，不过你别问我在哪儿，怎么活着。我今天说的一字一句，你可能都无法理解。所以我从星期天下午开始说起。

下午三点（哈利走了，但我们说好他一会儿就回来），门铃响了。当时我在阳台上，懒洋洋地晒着太阳看书，没听见铃声。过了一会儿，玛格特神情激动地出现在厨房门口。“爸爸已经收到纳粹党卫军的召集令了”，她低声说道，“妈妈去看凡·丹先生了。”（凡·丹先生是爸爸生意上的搭档，也是好朋友。）

我呆住了。召集令！谁都知道那是什么意思。集中营和孤零零的牢房闪过我的脑海。怎能让爸爸遭受这种命运呢？“当然他是不会去的，”我们在客厅等妈妈的时候，玛格特说道，“妈妈去见凡·丹先生，和他商量我们能否明天就搬去藏身地。凡·丹一家和我们一家，总共七个人。”说完一片沉默，我们谁都没有再出声。此时爸爸去犹太医院探望病人了，对家里发生的事一无所知。我们静静地等着妈妈，炎热加上焦急不安，我们都沉默不语。

突然门铃又响了起来。“是哈利。”我说道。

“别开门！”玛格特立刻拦住我，然后我们听到楼下妈妈和凡·丹先生对哈利说着什么，接着他们俩进了屋，关上门。之后每次门铃响起，我或玛格特就蹑手蹑脚地下楼，看看是不是爸爸回来了，其他人谁也不准进来。

后来，凡·丹先生要和妈妈单独谈话，所以把我和玛格特叫出了房间。我们单独坐在卧室里。她说，其实召集令不是给爸爸的，而是给她的。我吓得哭了起来。玛格特才十六岁，难道他们要把这个年龄的女孩单独带走吗？谢天谢地，她不会被带走，妈妈亲口说过。爸爸说我们要躲藏起来，肯定也是这个意思。躲藏——我们要躲到哪儿去呢？城里？乡下？是一栋房子里，还是简陋的小屋？什么时候？去哪儿？怎么躲……一连串的问题闪过我的脑海，却不允许我问。

玛格特和我开始收拾各自最重要的物品。我放进包里的第一件东西就是这本日记，然后是发卡、手帕、课本、梳子和一些以前的信件。一心只想着躲藏的事，我往包里塞了很多杂七杂八的东西，可是我并不遗憾，对我而言，回忆比漂亮的衣服更重要。

下午五点左右，爸爸终于回来了。我们给克雷曼先生打了电话，让他晚上来我们家。凡·丹先生出门去找弥普，弥普随后来了，答应晚些时候再过来，并且带走一只装满鞋、衣服、夹克、内衣和袜子的箱子。然后，屋里一片安静，谁都吃不下饭。天气仍然很热，一切都显得很奇怪。

我们把楼上的大房间租给了哥德施密特先生。他离了婚，三十来岁。那晚他似乎也无事可做，尽管我们礼貌地暗示了很多次，他还是待到十点才回了房间。

晚上十一点，弥普和简·基斯来了。从1933年开始，弥普就在爸爸的公司里上班，她和丈夫简都是爸爸的好朋友。他们又把一批鞋、袜子、书本、内衣装进深深的口袋中，十一点半他们就离开了。

我累得要命。尽管我明白，这是最后一次睡在自己的床上，我却倒头就睡着了，直到第二天早上五点半妈妈把我叫醒。幸好，天气不像星期天那么热了，还下起了小雨。我们所有人都裹得厚厚的，像是要在冰箱里过夜一样。因为我们这种处境的犹太人，谁都不敢带着装满衣服的箱子离开住处。我穿了两件贴身内衣、三条短衬裤、一件衣服，外面还套了一条裙子、一件夹克、一件雨衣、两双袜子、厚厚的鞋、一顶帽子、一条围巾，还有很多。还没出门我就快被闷死了，可是没人在乎。

玛格特的书包里塞满了课本，还取来了她的自行车，弥普在前面带路，就这样，我们去了那个未知的地方。可我还是不知道藏身地点在哪儿。

七点半，我们将身后的门关上。我向唯一的生灵——我的小猫姆迪挥手道别。我们给哥德施密特先生留了纸条，让他把小猫送给邻居。在那儿，它会有一个温暖的家。

空空的床、桌上的早餐、厨房里留给小猫的肉——一切都说明我们走得很匆忙，可是我们顾不上别人的看法。只要能离开这儿，安全到达目的地，其他的事无关紧要。

明天再写。

安妮

1942年7月9日　星期四

亲爱的吉蒂：

我们就这样走在滂沱大雨中。爸爸、妈妈和我，每人都背着一个书包和一个购物袋，里面塞满了各种各样的东西。上班的人都向我们投来同情的目光。从他们的表情中可以看出，因为无法向我们提供交通工具，他们满怀歉意。可是谁都无能为力，我们胸前佩戴的那颗显眼的黄星足以说明一切。

路上，爸爸妈妈才慢慢说出了计划。过去几个月里，他们一直把部分家具和衣物尽量搬出去。原本计划在7月16日动身去藏身之地，可是因为玛格特收到了召集令，计划被迫提前了十天。这样一来，尽管躲藏的地方还没整理好，也只能将就了。

我们的藏身之地就在爸爸办公的那栋楼里。外人很难理解，所以我先解释解释吧。爸爸手下的人并不多，只有库格勒先生、克雷曼先生、弥普、一个叫作贝普·斯库的二十三岁的打字员，他们都知道我们要来。斯库先生，也就是贝普的爸爸，以及两个在仓库工作的助手都不知情。

我再说说这栋楼的情况吧。底楼的大仓库是工作间和储藏室，被分成几个部分，比如储藏室和磨粉室，肉挂、丁香和胡椒粉替代品就是在这儿被磨成粉的。仓库门旁边是一扇外门，那是办公室的入口。办公室里还有另一扇门，旁边是楼梯。楼梯顶部有一扇门，门上装有磨砂玻璃，玻璃上用黑色字体写着“办公室”。这间办公室宽敞明亮，人也很多。贝普、弥普和克雷曼先生白天就在这儿工作。经过一个装有保险箱、衣橱和大橱柜的凹室，后面是一间又小又黑的办公室。这儿以前是库格勒先生和凡·丹先生工作的地方，现在只剩下库格勒先生一人。从走廊也能进入库格勒先生的办公室，但得先穿过一扇从里面打开的玻璃门，因为从外面开门很费劲。离开库格勒先生的办公室，经过一条又长又窄的走道，再经过一个煤仓，上四步台阶，就到了私人办公室。这儿是整栋楼里最漂亮的房间。精致的木家具，地板上铺着油毯，屋里摆放着一台收音机、一盏别致的台灯，一切布置都是一流的。隔壁是一间宽敞的厨房，有热水器、两台煤气灶，还有卫生间。这就是一楼。

沿着楼下的木楼梯上到二楼。楼梯顶部是个平台，两边各一扇门。左边的门通往香料储藏室和阁楼。另外还有一段典型的荷兰式楼梯，很陡，走起来很吃力。右边的门通往房子背后的“密室”。谁都猜不到，这扇不起眼的灰门背后，竟然还有这么多房间。门前有个小小的台阶，上了台阶就可以进入密室了。正前方是一段很陡的楼梯。左边是狭窄的走道，通往一个房间，那儿就是弗兰克一家人的客厅兼卧室。旁边的一扇门背后是一个更小的房间，这是家中两个小女孩的书房兼卧室。楼梯的右边是洗手间，里面有个洗手台。通过屋角的一扇门就到了厕所，还有一扇门通往我和玛格特的房间。

走上楼梯，打开门，你会惊讶地发现，这栋河边的旧楼里居然还有一个如此宽敞明亮的房间，里面有一个火炉和一个洗涤台。这儿是凡·丹夫妇的厨房兼卧室，也是所有人共用的客厅、餐厅和书房。旁边有个小小的房间，那是皮特·凡·丹的卧室。和这栋楼前部的布局一样，这儿也有阁楼。关于我们可爱的密室，就介绍到这儿吧。

安妮

1942年7月10日　星期五

亲爱的吉蒂：

之前我详细介绍了藏身之地，你都听烦了吧。不过我还是觉得你应该了解我现在的处境，我在这里是如何生活的，所以在下面几封信中，我会向你一一道来。

首先，我还得继续上次没讲完的故事。当我们到达普生格兰特大街二百六十三号之后，弥普立刻带领我们穿过长长的走廊，上了木楼梯，来到密室。她关上门，把我们留在那里。玛格特骑自行车早到了，她正等着我们呢。

客厅和其他房间都塞满了东西，简直无法形容。前几个月搬来的纸箱横七竖八地放在地上和床上。小小的房间，被褥、衣物从地板一直堆到天花板。如果那晚我们想睡在床上，就得马上动手整理。妈妈和玛格特累得无法动弹，躺在光光的床垫上，筋疲力尽。可是爸爸和我两个清洁高手则立即开始收拾起来。我们忙着拆箱子，装柜子，钉钉子，收拾屋子，一直忙到晚上，总算能躺在干净的床上。一整天我们都没有吃点热东西，可是谁也不在意。妈妈和玛格特累得没有胃口，我和爸爸则是太忙顾不上吃。

星期二上午我们接着收拾。贝普和弥普拿着我们的配给券去商店买东西，爸爸忙着弄窗帘，我们打扫厨房地板，又整整忙了一天。直到星期三，我才缓过气来思考生命中的这场巨变，也才有时间和你说话，想想这几天到底发生了什么，未来又会发生什么。

安妮

1942年7月11日 星期六

亲爱的吉蒂：

爸爸、妈妈和玛格特还是不习惯威斯特钟的声音，它每隔一刻钟报时一次。我却习惯了，而且从一开始就喜欢上了。钟声让人感到踏实，尤其是在夜晚。你肯定想知道我对秘密生活的看法。我只能说，至今为止我还无法完全理解。这儿没有家的感觉，但我也不讨厌，感觉更像是在一间奇怪的旅店里度假。对秘密生活有这样的看法，很奇怪吧？但就是这样，这个密室是最佳的藏身之地。也许房间潮湿、地面不平，但在阿姆斯特丹，甚至整个荷兰，再也找不到比这儿更舒适的藏身之地了。

目前为止，卧室的墙上还是光光的，整个房间空空荡荡。还好爸爸把我收藏的所有明信片和电影海报都带来了，于是我用一把刷子和一瓶胶水，在墙上贴满图画，这样看起来好多了。等凡·丹一家到来后，我们就能用堆在阁楼里的木头做些柜子和其他东西了。

玛格特和妈妈慢慢恢复了。昨天妈妈还打起精神，第一次做了豌豆汤，可是她下楼一说话，就全都忘了。结果豌豆烧煳了，死死地粘在锅底，怎么刮都刮不掉。

昨晚我们一家四口到私人办公室收听英国的广播节目。我怕被人听见，请求爸爸带我上楼。妈妈明白我的焦虑，于是陪着我。我们一言一行都小心翼翼，生怕被邻居发现。一到密室，我们就开始缝窗帘。其实这根本算不上什么窗帘，只是几块废布拼接而成。每块布的形状、质地和花色都不一样。我和爸爸缝得歪歪扭扭。我们把这些窗帘钉在窗上，要一直挂到我们走出密室的那天。

在我们右边，是凯格公司下属的分公司，左边是一个家具厂。虽然下班后厂里空无一人，但我们发出的任何声响都可能透过墙壁传过去。所以我们顾不上玛格特患了重感冒，禁止她在夜里咳嗽，给她吃大量的可卡因。

凡·丹一家计划星期二到，但我期待他们早一点来。到那时，日子就会有趣多了，也不会这么安静。你知道吗？每当傍晚和夜里，四周一片寂静，我就感到非常紧张。我愿意付出一切代价，希望有一个保护神陪伴我们睡在这儿。

其实，这儿也不是糟糕透顶。我们还能自己做饭，能去爸爸的办公室听广播。克雷曼先生、弥普和贝普帮了我们不少忙。我们把大黄、草莓、樱桃做成罐头，所以一时还不会觉得无聊。对了，还有很多书可以看，还会买很多游戏呢。当然，我们不能看窗外的世界，也不能外出。我们必须安静地待着，不被楼下的人发觉。

昨天我们忙得团团转，把整整两箱樱桃去核，再让库格勒先生装罐，还用空纸箱做书架。

有人叫我了。

安妮

1942年9月28日

不能出门，让我心烦意乱。我害怕有人发现我们的藏身之处，果真如此的话，我们会被枪毙。这真是太可怕了。

1942年7月12日 星期天

亲爱的吉蒂：

因为上个月是我的生日，他们一直都对我很好。可是每天我都觉得自己在飘移，离妈妈和玛格特越来越远。今天我努力干活，他们都表扬我，可是五分钟后又开始挑我的毛病。

你很容易就能看出来，他们对玛格特和对我的态度不同。比如，玛格特弄坏了吸尘器，搞得那天家里的灯全都不亮。妈妈说："玛格特，看得出来你还不习惯做家务。否则，你就不会用力地猛扯插头了。"玛格特应了几句，这事就这么过去了。

可是今天下午，因为妈妈的字迹太潦草了，我打算重写一遍购物清单，但妈妈就是不肯，还严厉地责备我，后来全家人都说我的不是。

我和他们合不来，最近几周这种感觉尤为明显。他们喜欢在一起，而我却宁愿一个人待着；他们总说我们一家四口在一起多好，相处得多融洽，可是他们从未想过，其实这并非我的真实感受。

有时只有爸爸理解我，可是他通常站在妈妈和玛格特一边。还有一件事我受不了：他们总在外人面前谈论我，说我如何爱哭，如何不懂事，真是太可怕了。有时他们也谈论姆迪。我实在受不了，姆迪是我的最爱，我每时每刻都在想念着它，一想起它，眼泪就止不住地流；姆迪太可爱了，我太喜欢它了，我经常梦到它又回到了我们身边。

我有许多的梦想，可是现实中，我们必须待在这儿，直到战争结束。我们不能外出，少有的几个访客是弥普、她的丈夫简、贝普·斯库先生、库格勒先生、克雷曼先生，克雷曼太太觉得危险没有来。

安妮

1942 年 9 月

爸爸一直对我很好，他完全理解我，希望我们能找个时间好好谈谈，也希望到时候我不会哭鼻子，不过显然这和我的年龄有关。我喜欢写作，但这可能会变得无聊。

到现在为止，我只对日记说心里话，我写的东西不是那种能大声朗读的幽默短剧。今后我要少闹情绪，多面对现实。

1942 年 8 月 14 日　星期五

亲爱的吉蒂：

我把你抛弃了整整一个月，因为不是每天都会发生值得记录的有趣的事。7 月 13 日，凡·丹一家到了。我们原以为他们要 14 日才来。可是从 13 日到 16 日，德国人到处发布召集令，搞得人人惶恐不安，于是他们为安全起见早到了。

早上九点半，皮特·凡·丹到了（当时我们还在吃早饭）。皮特快十六岁了，腼腆、笨手笨脚，和他一起没什么意思。半小时后，凡·丹夫妇也到了。

凡·丹太太带来一个帽盒，里面装着一个很大的夜壶，我们见了都哈哈大笑。“没有夜壶，我找不到家的感觉。”她说道。它也成了第一件在床下长期放置的物品。凡·丹先生没带夜壶，他胳膊下夹着一张折叠式的茶几。

他们一家到了之后，我们就一起吃饭。短短三天后，我们七个人就像一个大家庭。自然，凡·丹一家说起了我们离开后一周内发生的事，我们对我们的房子和格尔斯米特先生的事特别感兴趣。

凡·丹先生说：“星期一早上九点，格尔斯米特先生打来电话，让我过去一趟。我马上赶了过去，发现哥德施密特先生一副紧张不安的模样。他给我看了弗兰克一家临走前留下的字条。按照字条上的指示，他打算把猫送给邻居，我也赞成这么做。他害怕这栋房子会被搜查，所以我们查看了所有房间，把该整理的都整理了，还收拾了桌上的早餐。突然我发现弗兰克先生书桌上的一个笔记本，里面写着一个马斯垂特的地址。虽然明知这是弗兰克先生故意留下的，可我还是假装大吃一惊，并且请求哥德施密特先生烧掉字纸条，以免受牵连。我发誓不知道你们失踪的事，只是看到字纸条才想起来。我说，‘哥德施密特先生，我敢打赌，我知道这个地址是怎么回事。大约六个月前，一个高级军官来到办公室。好像他和弗兰克先生是一起长大的朋友。他答应，如果有必要的话，会帮助弗兰克先生。我想起来了，他就驻扎在马斯垂特。看来这个军官没有食言，把他们带到比利时，再转去瑞士。如果弗兰克的朋友问起，把这事告诉他们也没关系。当然，别提起马斯垂特就行。’说完我就走了。所以你大部分朋友都听说了这事，因为后来我听到几个人说起过。”

我们都觉得有趣极了。凡·丹先生说，有些人还添油加醋，比如，我们家附近有人说，那天一大早，他亲眼看到我们一家四口骑自行车离开了；还有个女人一口咬定，我们是在半夜被一辆军车接走的。我们笑得更厉害了。

安妮

1942年8月21日 星期五

亲爱的吉蒂：

现在密室成了名副其实的密室。德国人到处搜查，寻找藏起来的自行车，所以库格勒先生觉得，最好在密室的入口处放个书架。书架上有铰链，可以像门一样开关，斯库先生负责木工活（斯库先生得知我们藏起来的事情之后，帮了我们很多忙）。

现在，如果想下楼的话，必须先弯下身，然后一跳，因为门变矮了。前三天，我们都被撞得满头是包。后来，皮特用一条毛巾包了些木屑，钉在门上。看看这样管不管用吧！

我没做太多功课。我给自己放假到九月。爸爸想教我，可得先把书买齐。

我们在这儿的生活没什么大的变化。今天皮特洗了头，可也没什么特别之处。凡·丹先生和我常常争吵。妈妈总是把我当成小孩子，我真受不了。其他一切顺利。我觉得皮特并没变得更招人喜欢。他还是那么招人烦，成天躺在床上，偶尔起来做点木工活，然后又开始打盹。真是个笨蛋！

今天早上，妈妈又把我训了一通。算了，凡事都往好的方面想。爸爸对我很好，虽然有时也会生我的气，但从来不超过五分钟。

今天，外面天气晴朗，阳光充足，我们懒洋洋地躺在阁楼的折叠床上消磨时间。

安妮

1942 年 9 月 21 日

凡·丹先生最近对我态度特别好。我什么也没说，好好享受吧。

1942 年 9 月 2 日　星期三

亲爱的吉蒂：

凡·丹夫妇大吵了一架。我从没见过有人吵得这么凶。爸爸妈妈连大吼大叫都没有过。他们吵架的原因都是些鸡毛蒜皮的小事，算了，人各有不同嘛。

显然，皮特夹在父母中间左右为难，可谁都不把他当回事，他又敏感又懒惰。昨天他的舌头从粉红色变成了蓝色，这可把他急坏了。这种罕见的现象来得快，去得也快。今天他披着厚厚的围巾，说脖子发硬。而且最近他一直喊腰疼，还有什么心疼、胸疼、肾脏疼、肺疼。我看他肯定是得了抑郁症（是这个名字，没错吧）！

妈妈和凡·丹太太的关系也不好，总有各种各样的摩擦。随便举个例子吧，凡·丹太太从公用的衣柜里把她的床单全都拿走了，只留下三床。她打算两家人都用妈妈的床单。要是哪一天她发现妈妈也学她的做法时，准会大吃一惊。

还有，我们一直用她家的瓷碗，这让她很生气。她到处寻找我们家的碗碟，其实它们放得并不远，就在阁楼里的纸箱里，一大堆欧贝卡广告单的后面。不管我们在密室里躲藏多久她都不会发现的。最近我状况连连，昨天又打碎了凡·丹太太的一个汤碗。

“哦！”她气呼呼地喊道，“你就不能小心点吗？那可是我最后一个汤碗。”

吉蒂，请记住，这两位女士都说一口蹩脚的荷兰语（我可不敢评价男士们的荷兰语，以免他们觉得受到极大侮辱）。如果你听到那些差劲的遣词造句，肯定会笑掉大牙。我们已经不再指出她们的错误了，因为这样也无济于事。我不会原样引用妈妈或者凡·丹太太的话，而是会写出正确的荷兰语。

上周，单调的日子里发生了一个小小的意外，是由皮特和一本关于女人的书引起的。我应该先说明一下，克雷曼先生借给我们所有的书，玛格特和皮特都可以看，可是大人们却私自扣下了这本特别的书，这立刻引起了皮特的好奇。书里难道藏着什么禁忌的内容吗？于是他趁妈妈下楼聊天的时候，悄悄拿着书上了阁楼。接下来两天相安无事。然后凡·丹太太发现了，可什么也没说。最终这事被凡·丹先生发现了。他十分生气，没收了书，以为事情就此结束。然而，他低估了他儿子的好奇心。凡·丹先生的强硬态度非但没让皮特就此作罢，他反而开始千方百计地想法子看完这本有趣至极的书。

同时，凡·丹太太询问妈妈的意见。妈妈觉得这本书不适合玛格特，但她觉得让玛格特看其他大部分书没什么坏处。

“你瞧，凡·丹太太，”妈妈说道，“玛格特和皮特不一样。首先，玛格特是女孩，通常女孩比男孩要成熟一些；其次，她已经看过很多严肃的书，不会去找那些不适合她看的书；第三，玛格特在一所优秀的学校里读了四年书，人变得懂事又聪明。”

凡·丹太太同意妈妈的话，可她还是认为，从原则上来说，让孩子读那些成人书籍是不对的。

皮特找到了一个没人注意他和那本书的时间。那天晚上七点半，大家都在私人办公室里听广播，他带着书，偷偷地溜去阁楼。原本他该在八点半回来，可是看得太入迷，忘了时间。当他下楼时，正好碰见他爸爸进屋。接下来的情景可想而知：他挨了一巴掌、一拳头，书也被一把夺走，皮特又回到阁楼上了。

到了吃饭时间，皮特仍待在阁楼上，没人想起他。我们继续吃饭，高兴地聊着天，突然传来一阵刺耳的口哨声。我们放下叉子，脸色发白，你看我，我看你。然后，我们听到从烟囱里传来皮特的声音："我再也不下来了！"

凡·丹先生一下从座位上跳了起来，餐巾也掉了，气得满脸通红，大叫："我受够了！"

爸爸生怕出事，一把拽住他的胳膊，两人一起上了阁楼。经过一番折腾，皮特终于回到自己的房间，我们继续吃饭。

凡·丹太太想为宝贝儿子留一块面包，凡·丹先生的态度却非常强硬："只要他不道歉，就去阁楼睡觉。"

我们在一旁劝凡·丹先生，说皮特不吃饭就已经是很严厉的惩罚了。要是他感冒了怎么办？我们不能叫医生。

皮特不肯道歉，回阁楼去了。凡·丹先生也没有理他，虽然第二天早上他发现皮特的床有睡过的痕迹。七点，皮特又回阁楼去了，他爸爸好说歹说，才把他劝下楼。他一直板着脸，倔脾气不肯说话，三天后，终于恢复正常了。

安妮

1942年9月21日　星期一

亲爱的吉蒂：

今天我要把密室里的事情统统告诉你。

我的沙发床上装了一盏灯，以后夜里听见枪声，我就能拉线开灯。可是现在灯还不能用，因为我们的窗户一直都露着一条缝。

凡·丹父子做了一个很方便的木纹食品柜，还装上了纱窗。这个可爱的柜子原本一直放在皮特的屋里，可为了空气流通，搬到了阁楼上。原来放柜子的地方现在放着一个架子。我建议皮特把他的桌子放在架子下面，再铺一块漂亮的小地毯，在原来放桌子的地方放上他的橱柜。这样一来，他的小狗窝会舒适许多，虽然我还是不喜欢睡在那儿。

凡·丹太太真让人受不了。我一直因为话多而挨骂。我的话总是不经意就从嘴里蹦了出来！现在，凡·丹太太变着法儿地不洗锅。如果锅底还剩了一点点食物，她就留着等食物坏掉，而不会把食物盛到玻璃盘里。下午玛格特洗碗时，她就在一旁大呼小叫："哦，可怜的玛格特，你可要大干一场了！"

每隔一周，克雷曼先生都会给我带几本适合我这个年龄的女孩看的书来。我很喜欢鲁普·特·赫尔系列，希斯·凡·马克思维特所有的书我都爱不释手。《欢乐夏日》这本书我看了整整四遍，每次看到有趣的情节，我都会哈哈大笑。

最近爸爸和我忙着整理家谱，每个人的事他都会讲给我听。我开始做功课，正努力学习法语，每天记五个不规则动词。可惜在学校里学过的课程，我差不多都忘了。

皮特也开始不情不愿地学习英语。有几本课本已经买回来了，我从家里带了好多笔记本、铅笔、橡皮擦、标签贴。皮姆（对爸爸的昵称）想让我辅导他学习荷兰语。我欣然同意，但有个条件：他得辅导我法语和其他科目。可是他总犯一些莫名其妙的错误！

有时我会听伦敦的荷兰语广播节目。最近伯纳德王子宣布，朱利安王妃明年一月生孩子，这真是太好了。可其他人却想不通为什么我对皇室这么感兴趣。

几天前，我成了他们谈论的话题，他们都觉得我很无知。于是，第二天我一头扎进课本中。我可不希望自己十四五岁时还一无所知。除此之外，他们还是什么书都不准我看。妈妈正在看《绅士、妻子和仆人》，当然了，这本书我也不能看（玛格特就可以）。首先，我得更聪明一些，就像我那天才姐姐。然后他们谈到我对哲学、心理学、生理学一窍不通（我马上在字典里查了查这几个词）。的确，我对这些学科一点都不了解，可是说不定明年我就变得更聪明了！

我突然发现，今年冬天，我居然只有一件长袖裙子和三件毛衣可以穿。爸爸允许我织一件白色羊毛衫。虽然毛线不是特别漂亮，但穿起来很暖和，这才是最重要的。我们把一些衣服留在朋友家，可惜只有在战争结束后才能拿回来。当然，前提是衣服还在的话。

我刚刚写完凡·丹太太的事，她就走了进来。啪的一声，我赶紧合上本子。

“嘿，安妮，能让我看看吗？”

“不行，凡·丹太太。”

“就看最后一页？”

“最后一页也不行，凡·丹太太。”

我差点吓死了，因为那一页上我写了一些关于她的事，她要是看了肯定火冒三丈。

每天都有事情发生，可我又累又懒，不想记下来。

安妮

1942年9月25日　星期五

亲爱的吉蒂：

爸爸有个叫德尔赫的朋友，七十五岁，身体不好，家里很穷，耳朵也不好使。在他身旁，是一个没用的附属物一般的妻子，比他小二十七岁，也很穷。全身上下戴满了真真假假的镯子和戒指，那些首饰都是早年日子宽裕时留下来的。爸爸一直很不喜欢这位德尔赫先生，每次他和这位可怜的老人通电话时，我都无比佩服他的耐心。我们还住在家里时，妈妈总是劝他在听筒前放上一部唱机，让唱机每隔三分钟重复一遍：“是的，德尔赫先生。”或“不行，德尔赫先生。”

反正就算爸爸回答一万遍，他也听不明白。

今天德尔赫先生打电话到办公室，让库格勒先生去见他。库格勒先生不愿意，让弥普去，可是弥普却取消了见面。德尔赫太太往办公室打了三次电话，都被告知弥普整个下午都不在办公室，于是她只好模仿贝普的声音。楼上楼下的人们都笑作一团。电话一响，贝普就拿起话筒："德尔赫太太！"弥普在旁边笑得不行。每次电话另一端的德尔赫太太都能听见一阵不礼貌的咯咯的笑声。你能想象得出吗？这肯定是全世界最开心的办公室。上司和女员工一起乐开怀！

有时，晚上我会去找凡·丹一家人聊聊天。我们吃着"樟脑球饼干"（其实是放在有樟脑球的壁橱里的糖蜜饼干），聊得兴高采烈。最近我们经常聊起皮特。我说他总是拍我的脸颊，可我不喜欢他这么做。就像所有父母会有的语气一样，他们问我能否像爱哥哥一样爱皮特，因为他把我当成妹妹一般疼爱。"哦，不！"我说。其实我心里想的是："哦，千万别！"我又说皮特有点拘谨，可能是因为害羞吧。不喜欢和女孩相处的男孩就都这样。

我得承认，密室委员会（男性成员们）的确很有创意。下面我就说说他们是怎么想办法把消息带给布鲁克斯先生的。布鲁克斯先生是欧贝卡公司的销售代表，也是我们的朋友，偷偷为我们藏了一些东西。他们给西南岛的一个店主打印了一封信。这个店主是欧贝卡公司的一个间接客户。信的内容是请求店主填写表格，再用随信附上的回邮信封寄回来。信封上的地址是爸爸亲手写上去的。一旦信从西南岛寄回来，他们就取出信里的表格，换成一张确认爸爸还活着的手写纸条。这样一来，布鲁克斯先生能读到信，又不会引起他人的怀疑。之所以选择西南岛，是因为那里靠近比利时（在那儿信可以轻易过境），也因为如果没有特别通行证，谁也去不了西南岛。像布鲁克斯先生这样普通的销售员是无法获得通行证的。

昨天爸爸又演了一出戏。他太困了，晕晕乎乎地一头倒在床上。

他的脚很冷，于是我给他穿上我的睡袜。五分钟后，他却把袜子扔在地上，拉了被子盖住脑袋。因为灯光晃眼，关灯后，他小心翼翼地从被子里探出头。真是太好笑了。我们开始聊天，聊到皮特说玛格特"爱管闲事"，突然传来爸爸的声音："你们半斤八两。"

小猫布奇对我越来越好，可我还是有些怕它。

安妮

1942年9月27日　星期天

亲爱的吉蒂：

今天妈妈和我进行了一场所谓的讨论。烦人的是我忍不住哭了。爸爸一向对我很好，也更加了解我。可我常常受不了妈妈。显然我对她来说，就像个陌生人，甚至连我最平常的想法她都不知道。

我们谈起了女佣，这年头应该管她们叫"家政人员"。妈妈说等战争结束后，她们希望别人这样称呼她们，我却不赞同。接着她又说我总是口口声声说"以后"，一副大人样。可在我看来，只要不是特别当真，不切实际也不算多么可怕的事，至少通常爸爸站在我这边。可要是他不在的话，我真的撑不下去。

我和玛格特也常常闹矛盾。虽然我们家人从没有像楼上那家人一样大吵大闹，但我却开心不起来。我和玛格特、妈妈的性格相反，我对朋友的了解居然胜过对自己妈妈的了解。这是不是有些惭愧呢？

不知道是第几次了，凡·丹太太又一副闷闷不乐的样子。她这个人喜怒无常，总是把自己的东西锁起来。可惜对这种"莫名消失"的凡·丹家的东西，妈妈没有以其人之道还治其人之身。

有些人除了喜欢教育自家的孩子之外，也很热衷教育别人家的孩子，凡·丹夫妇就是这样的人。玛格特自然用不着他们教育，她天生就善良聪明，简直就是个完人，我却浑身都是毛病。凡·丹夫妇经常对我横加指责，爸爸妈妈总是坚决地维护我。要不是为了他们，我肯定会跳起来和他们大吵一架。他们一直唠唠叨叨，说我应该少说话，管好自己的事，做人要谦虚，并说我肯定做不到。

如果我少吃一些讨厌的蔬菜，多吃土豆，凡·丹夫妇，特别是凡·丹太太就看不顺眼，说我被惯坏了。“来来来，安妮，多吃点蔬菜。”她说。

“不，谢谢，夫人，”我回答道，“我吃土豆就够了。”

“多吃蔬菜好，你妈妈也这么说。来，吃点吧。”她坚持让我吃，直到爸爸开口，说我有权利拒绝不喜欢吃的菜。

于是，凡·丹太太生气了：“你应该去我们家，瞧瞧究竟应该如何教育孩子。你这样教育孩子可不对。安妮被惯坏了，我可绝不允许这样。假如安妮是我的孩子……”

最后她总会说：“假如安妮是我的孩子……”谢天谢地，幸好我不是。

再说说教育孩子的事吧。昨天，凡·丹太太演讲结束后，大家都不说话。这时爸爸开口了：“我觉得安妮是个很有教养的孩子。面对你没完没了的训斥，至少她知道不能还嘴。至于吃不吃菜的事，我只能说，这是五十步笑百步。”

凡·丹太太输得哑口无言。五十步笑百步，五十步当然指的是她自己，因为她晚上从来不吃豆类或卷心菜，否则会放屁。真是傻瓜，对吧？希望她以后别再唠叨我了。

看着凡·丹太太脸红的模样，真是太有趣了。可我却不会脸红，这也是她恨得牙痒痒的地方。

安妮

1942年9月28日　星期一

亲爱的吉蒂：

昨天要说的话实在太多了，最后不得不停笔。我要告诉你我们的另一次争执。但在此之前，我想跟你说：为什么大人经常为了一些鸡毛蒜皮的小事，动不动就吵架呢？我一直以为只有小孩才会吵架，而他们早过了那个年纪了。当然，有时真正的争吵是有原因的，但发生在这儿的争执纯粹就是斗嘴。面对大人们每天都会吵架的情况，我应该早已习惯了，然而我却没有。只要讨论的主题是我，我永远都不会习惯（他们喜欢用“讨论”代替“争吵”，可德国人根本不知道两者的区别）。我从头到脚都被他们批评了：行为、性格、礼貌，我身上的每一寸他们都不放过。他们常常言辞尖刻，冲我大吼大叫，我真是受不了。根据当时的情况，我应该咬牙忍住。但是我做不到！我可不愿白白受到他们的侮辱。我要让他们瞧瞧，安妮·弗兰克可不是昨日才出生的。他们会明白，应该检讨自己的举止，而不是处处挑剔我是否无礼。到那时，他们会闭上嘴巴，乖乖坐着。他们居然敢如此对我，简直就是野蛮行为！我常常感到惊讶，他们竟然如此粗鲁无礼，最重要的是，如此愚蠢（凡·丹太太）。不过等我很快习惯之后，我会以牙还牙，让他们也尝尝这种滋味。那时，他们自然会改变态度。难道我真的像凡·丹夫妇说的那样，没礼貌、任性、顽固、愚蠢、懒惰……？不，当然不是。我知道自己的缺点，但他们却极力夸张！吉蒂，要是你能明白，被他们责骂和嘲弄时，我是怎样的心情就好了。过不了多久，我压抑的怒火就会爆发。

这事说得差不多了。我一直对你说吵架的事，你肯定听烦了吧。不过，我还是忍不住要告诉你一次有趣的谈话。

那天，我们聊着聊着，就说起了皮姆十分谦虚。这一点众人皆知，即使最蠢的人也承认。突然，凡事都要插嘴的凡·丹太太说道：“我也很谦虚，比我丈夫强多了。”

你听过如此荒唐可笑的话吗？说这样的话，本身就暴露出她有多么不谦虚！

一旁的凡·丹先生觉得有必要解释“比我丈夫强多了”这句话。他平静地说道：“我可不希望自己变得谦虚。依我的经验，主动一些会更好。”然后他转向我，说道：“做人别谦虚，安妮，这样对你没有帮助。”

妈妈完全同意他的说法。但是凡·丹太太照旧开始发表自己的观点。可这次不是直接冲着我，而是对我的父母说道：“你们的人生观真是奇怪，不然怎么会对安妮说这样的话呢？我年轻时可和现在不一样。不过其实也没怎么变化，当然了，你们这种现代的家庭除外。”凡·丹太太激动得脸都红了。容易脸红的人感到身体发热时，情绪会更加激动，并且会很快败给对手。

这番话简直是对妈妈的现代子女教育方法的直接攻击。在很多场合，妈妈都极力维护她的方法。然而不动声色的妈妈想尽快结束这样的局面，她想了想，然后开口说：“凡·丹太太，我完全同意这样的观点：人不能太谦虚。我的丈夫、玛格特和皮特都是特别谦虚的人；你的丈夫、安妮和我，即使不是刚好相反，至少不会甘愿受人摆布。”

凡·丹太太说：“哦，但是弗兰克太太，老实说，你的话我听不懂，我这人可是相当谦虚。你怎么能说我爱出风头呢？”

妈妈说道：“我没说你爱出风头，可是也没人觉得你很谦虚啊。”

凡·丹太太又说：“我想知道我到底是怎么个爱出风头，如果我都不为自己着想，那还有谁会呢？那样的话，我只有被活活饿死。但这也不能说明你丈夫就比我谦虚。”

听了这番荒谬的自我辩解，妈妈哈哈大笑，这可激怒了凡·丹太太。这个蹩脚的辩手继续她精彩的辩解，德语中夹杂着荷兰语，最后语无伦次。她站了起来，正要离开房间，突然她看到了我。你真该看看她那副模样！说来也巧，凡·丹太太转身时，我正在摇头，既是同情又是嘲讽。其实我不是故意的，只是因为听她长篇大论的辩词听得太投入，情不自禁做出的反应。凡·丹太太转过身来，朝我大声斥责，嘴里蹦出一连串难听又粗俗的德语，像急红了脸的肥泼妇。那模样真是可笑至极。如果我会画画，我真想把她那副模样画下来，根本就是个白痴、没脑子、可笑的女人！通过这事，我学到了一点：只有在争吵后，才能真正看清一个人。这时候，才能判断他们真实的性格。

安妮

1942年9月29日 星期二

亲爱的吉蒂：

人藏起来，怪事也跟着来了！没有浴缸，只能用洗衣盆洗澡，而且只有办公室才有热水（我说的是整个楼下），我们七个人只有轮流享受这个舒服的时刻。但是因为各人性格不同，个个或多或少还有些谦虚，于是各自选择洗澡的地方。皮特选择在办公室的厨房里洗澡，尽管那里有一扇玻璃门。轮到他洗澡的时候，他先一个个地告诉我们，半个小时内不能从厨房经过。他以为这样做足够了。凡·丹先生则在楼上洗澡，他觉得在自己房里洗才安全。对他来说，把热水提上楼这点麻烦不算什么。凡·丹太太还没洗过澡，还在寻找最佳地点。爸爸在私人办公室里洗，妈妈则在厨房里的火炉栏后面，玛格特和我已经宣布在大办公室洗。由于那儿的窗帘在星期六下午是拉上的，我们只好摸黑洗。一人洗澡，另一人就从窗帘的缝隙里向外张望，看看外面有趣的路人。

一周前，我不再喜欢那儿，一直想寻找更舒服的地儿。皮特给我出了个主意，让我把洗衣盆放在宽敞的办公室卫生间里。这样一来，就能坐下来，锁上门，倒水也用不着别人帮忙，更不用担心被人发现。于是星期天，我第一次使用了这个可爱的卫生间。也许这看上去有些奇怪，但我确实最爱这儿。

星期三，水管工在楼下干活，把送水管和排水管从办公室的卫生间移到了走道。这样一来，即使在寒冬，水管也不会冻裂。可是这对我们却造成了很大的困扰。不仅白天不能用水，而且卫生间也无法再用了。我告诉你我们是如何解决这个问题的，不过你可能觉得这事说起来有些不太体面。可是对这种事，我并不是古板的人。我们来到密室的当天，爸爸和我牺牲了一个罐头瓶，临时做了一个夜壶。水管工来的时候，我们就用罐头瓶解决上厕所的问题。就我来说，比起一整天静静地坐着一言不发，这样容易多了。你可以想象，让叽叽喳喳小姐一整天不说话有多难受。平常我们必须轻声说话，不能说话不能动，更是十倍的难受。

坐了整整三天后，我的屁股又僵又疼。晚上做做体操，还有些用处。

安妮

1942 年 10 月 1 日　星期四

亲爱的吉蒂：

昨天可把我吓了一跳。八点时，门铃突然响了，当时我的第一反应是，有人来抓我们了（你知道我说的是谁）。不过所有人都认为，不是有人恶作剧就是邮递员，我这才松了一口气。

这里的日子非常安静。勒文逊先生，一个身材矮小的犹太药剂师在厨房里为库格勒先生工作。因为他对整栋楼很熟悉，我们一直担心哪天他突然兴起，想看看以前的实验室。我们就像小老鼠一样安静。三个月前谁能想到，好动的安妮必须一动不动地连续坐上几个小时，她竟然真的做到了！

29日是凡·丹太太的生日。虽然没有举行盛大的庆祝派对，但我们还是准备了鲜花、简单的小礼物、可口的食物。她丈夫送给她红色康乃馨，显然这是家庭传统。

接下来我要谈谈凡·丹太太总在我爸爸面前卖弄风情的事。我看在眼里，气在心里。她总是轻拍他的脸颊和脑袋，撩起裙子，说些自以为幽默的话，以此吸引皮姆的注意。幸好，爸爸觉得她既无相貌又无魅力，对她的卖弄风情视而不见。但是你知道，我可很爱吃醋，受不了她这种行为。再说了，妈妈也没有对凡·丹先生这样做。我把这话当面告诉了凡·丹太太。

有时候皮特是个很搞笑的人。我们有个共同之处：喜欢乔装打扮，逗得大家哈哈大笑。有天晚上，皮特穿上妈妈的紧身裙，我穿上他的西服，他戴一顶帽子，我也戴一顶鸭舌帽。几个大人在一旁捧腹大笑，我们也乐在其中。

贝普为玛格特和我买了新裙子，可是衣料的质量太差，和装土豆的粗麻布袋差不多。以前百货公司可不敢卖这种质量的衣服，可如今，玛格特那条裙子要24荷兰盾，我的那条要7.75荷兰盾。

我们马上就有好玩的事可做了：贝普为玛格特、皮特和我订了速写的函授课程。等着瞧吧，明年的这个时候，我们就能完全掌握速写了。学习用密码书写实在很有意思。

我左手的无名指疼得不能熨衣服了。真倒霉！

吃饭时凡·丹先生让我坐在他旁边，因为玛格特的饭量太小了。我无所谓，反正我喜欢变来变去。其实，我喜欢变化的另一个原因是因为妈妈对我很挑剔，特别是在饭桌上。现在让玛格特也尝尝这种滋味吧。不过她也许尝不到，因为妈妈不会对她冷嘲热讽。玛格特可是美德模范呢！最近我总是拿美德模范来嘲笑玛格特，她恨死了。或许她早该好好学学了，别这么假装一本正经的。

最后用凡·丹先生讲的一个笑话来结束这些杂七杂八的事吧。这个笑话可有意思了：什么东西滴答九十九下，噼啪一下呢？

——一只畸形足的蜈蚣。

安妮

1942年10月3日　星期六

亲爱的吉蒂：

昨天我和凡·丹先生一起躺在床上，于是每人都取笑我一番："小小年纪就吓人啊！"以及诸如此类的话。这些话真是太傻了，我可永远不想和凡·丹先生睡他们说的那种觉。

昨天妈妈和我又吵了起来，她简直就是大惊小怪。她对爸爸数落我所有的不是，说着说着哭了起来，我也跟着哭了。原本我的头就疼，这下更要命了，最后我告诉爸爸，我爱他远甚于爱妈妈，他却说我是一时气话，可我知道这是事实。我实在受不了妈妈，很多时候，我真恨不得给她一耳光，可我极力控制自己，保持冷静。我不明白为什么自己如此讨厌她。爸爸说，当妈妈感到不舒服或头疼的时候，我应该主动帮助她。我才不会呢，因为我不爱她，也不愿意帮她。我能想象有一天妈妈死掉，可却完全无法接受有一天爸爸离我而去。我知道这种想法很卑鄙，可我确实是这么想的。希望妈妈永远不会看到这些话。

最近，大人们允许我多看几本成人书。现在我正忙着看尼克·凡·数特伦写的《伊娃的少女时代》。在我看来，这本书和其他少女读物没多大差别。伊娃以为小孩是长在树上的，就像苹果一样，等到成熟季节，鹳鸟将他们从树上摘下，交到母亲手中。但是她朋友的猫生了小猫，伊娃看见小猫从猫妈妈的肚子里钻出来，就以为猫会生蛋，然后像母鸡孵小鸡一样，孵出小猫来。生孩子也是如此。妈妈先上楼，几天后生蛋，再孵蛋，最后是小宝宝出来。也因为蹲伏时间太久，妈妈的身体会非常虚弱。有一天，伊娃也想要个宝宝，她在地上铺了一条羊毛围巾，然后蹲下来，用力挤。她一边等，一边咯咯咯地叫，可是左等右等，就是不见下蛋。她坐了好久好久，终于有东西出来了。低头一看，不是鸡蛋，而是一条“香肠”。伊娃尴尬极了，以为自己生病了。真是有趣！书里还说，有些女人为了金钱在大街上出卖身体。要是让我在男人面前这样，真是丢脸死了。另外，书里还提到伊娃的月经期。哦，真希望我的月经也快快到来。到那时，我就真的长大了。

爸爸又吓唬我，说要没收我的日记。太可怕了！从今天开始，我要把日记好好藏起来。

安妮

1942年10月7日　星期三

亲爱的吉蒂：

我想……

我去了瑞士。爸爸和我同住一屋，男孩的书房变成了我接待客人的起居室。为了给我一个惊喜，他们还买了新家具，包括一张茶几、一张书桌、一把扶手椅、一个长沙发。一切都妙不可言。几天后，爸爸给了我150荷兰盾——当然，已经换成了瑞士货币——可我还是管它们叫荷兰盾，让我想买什么就买什么（后来，我每周都能得到荷兰盾，而且完全由我支配）。我和贝纳德出门，买了以下物品：

三件纯棉内衣	每件0.50荷兰盾=1.50荷兰盾

三条纯棉内裤	每条 0.50 荷兰盾 =1.50 荷兰盾
三件羊毛内衣	每件 0.75 荷兰盾 =2.25 荷兰盾
三条羊毛秋裤	每条 0.75 荷兰盾 =2.25 荷兰盾
两条衬裙	每条 0.50 荷兰盾 =1.00 荷兰盾
两个胸罩（最小号）	每个 0.50 荷兰盾 =1.00 荷兰盾
五件睡衣	每件 1.00 荷兰盾 =5.00 荷兰盾
一件夏袍	每件 2.50 荷兰盾 =2.50 荷兰盾
一件冬袍	每件 3.00 荷兰盾 =3.00 荷兰盾
两件短寝衣	每件 0.75 荷兰盾 =1.50 荷兰盾
一个小枕头	每个 1.00 荷兰盾 =1.00 荷兰盾
一双凉拖鞋	每双 1.00 荷兰盾 =1.00 荷兰盾
一双暖拖鞋	每双 1.50 荷兰盾 =1.50 荷兰盾
一双夏鞋（校园风格）	每双 1.50 荷兰盾 =1.50 荷兰盾
一双夏鞋（时尚型）	每双 2.00 荷兰盾 =2.00 荷兰盾
一双冬鞋（校园风格）	每双 2.50 荷兰盾 =2.50 荷兰盾
一双冬鞋（时尚型）	每双 3.00 荷兰盾 =3.00 荷兰盾
两条围裙	每条 0.50 荷兰盾 =1.00 荷兰盾
二十条手绢	每条 0.05 荷兰盾 =1.00 荷兰盾
四双丝袜	每双 0.50 荷兰盾 =2.00 荷兰盾
四双长袜	每双 0.50 荷兰盾 =2.00 荷兰盾
四双短袜	每双 0.25 荷兰盾 =1.00 荷兰盾
两双厚袜	每双 1.00 荷兰盾 =2.00 荷兰盾

三束白纱线（内衣、帽子用）=1.50 荷兰盾

三束蓝纱线（毛衣、裙子用）=1.50 荷兰盾

三束杂色纱线（帽子、围巾用）=1.50 荷兰盾

围巾、腰带、围脖、纽扣 =1.25 荷兰盾

加上两件校服（夏装）、两件校服（冬装）、两件质量好的连

衣裙（夏季）、两件质量好的连衣裙（冬季）、一条夏裙、一条质量好的冬裙、一件学校穿的冬裙、一件雨衣、一件夏季外套、一件冬季外套、两顶帽子、两顶便帽。总计 108 荷兰盾。

两个钱包、一套滑雪服、一双冰鞋、一只箱子（包括粉底、面霜、粉底霜、洗面奶、防晒霜、化妆棉、急救包、胭脂、口红、眉笔、浴盐、痱子粉、古龙水、香皂、粉扑）。

加上四件毛衣，每件 1.50 荷兰盾；四件上衣，每件 1.00 荷兰盾；杂项，每项 10.00 荷兰盾；书、礼物，每件 4.50 荷兰盾。

安妮

1942 年 10 月 9 日　星期五

亲爱的吉蒂：

今天我带给你的只有悲伤和沮丧的消息。许多犹太朋友和熟人被大批大批带走了。盖世太保对他们非常残暴，用装牲口的车将他们运往韦斯特布克，那是位于德兰特的大型犹太人集中营。弥普告诉我们，有人试图逃跑。被关在韦斯特布克肯定恐怖极了。那儿几乎没有吃的，更没有喝的，一天只供水一小时，几千人共用一个厕所和一个水池。男女同睡一个房间，女人和小孩经常被剃成光头。要逃出去几乎是不可能的。很多人一看就知道是犹太人，何况光头也是一种记号。

如果说荷兰的情况已经算糟糕的话，那些被德国人送到更遥远更荒凉的地方的犹太人又会是怎样的悲惨？我们觉得大多数人都会被杀害。英国广播说他们被送进毒气室。或许这是最快的杀人方法。

我害怕极了。弥普说的这些可怕的事情实在太惨了，她自己也非常不安。比如，有一天，盖世太保去找车子时，把一个可怜的瘸腿犹太老婆婆扔在弥普门前的台阶上。老婆婆害怕刺眼的探照灯，还有朝英国飞机扫射的枪炮。可是弥普不敢让她进屋。没人敢这么做。德国人有的是惩罚人的狠招。

贝普也非常沮丧。她的男朋友贝尔特斯被派往德国。每次飞机飞过，她就担心飞机会把炸弹全投向他头上。“别担心，不可能全都落在他头上的”，“一个炸弹就把人炸飞了”之类的玩笑在这种情况下实在不合时宜。每天都有很多和贝尔特斯一样的年轻人坐上火车，被强制运往德国工作。有些人试图在火车中途停站时逃跑，但只有少数人能侥幸跑掉，找到藏身处。

悲惨的消息还没说完。你听说过“人质”这个词吗？那是对蓄意破坏分子最新的惩罚手段，简直惨无人道。带头的几个市民——通常都是无辜的——被关进监狱，听候处决。如果盖世太保找不到煽动怠工者，就随便抓五个人作人质，让他们靠墙站成一排。死刑判决书常常是当场一挥而就。报上刊登他们的死讯，往往说他们死于“致命事故”。

这些德国人是多么“优秀”的人种啊。想想居然我还是他们中的一员！不，我不是！很早以前希特勒就取消了我们的国籍。再说，德国人和犹太人之间的仇恨是世上最深的仇恨。

安妮

1942年10月14日　星期三

亲爱的吉蒂：

我真是忙死了。昨天我开始翻译《美丽的内维麦》中的一章，还记下了单词，然后做了一道数学难题，学习了三页法语语法。今天学习的是法语语法和历史。我真不想每天做讨厌的数学题。爸爸也觉得数学很难。我的数学比爸爸强一些。其实我们俩的数学都不好，总是找玛格特帮忙。我也努力学习自己喜欢的速记。三人之中，我的进步最大。

我读完了《斯通姆一家》，书很不错，可还是不能和《鲁普·特·赫尔》比。两本书中有很多相同的语言，这也说得通，因为两本书出自同一个作者之手。希斯·凡·马克思维特是个优秀的作家。等我有了孩子，也让他们看她的书。

另外，我也看了不少克勒的剧本。我喜欢他的风格。比如《海德威格》《贝尔曼的表兄弟》《家庭女教师》《绿色的多米诺骨牌》等等。

妈妈、玛格特和我又重归于好了。昨晚玛格特和我并排躺在我的床上，真是挤死人了，不过也挺有意思的。她问我，能不能偶尔看看我的日记。

"只能看一部分。"我说。然后我又问能不能看看她的，她同意了。

接着我们聊起了将来。我问她长大后想做什么，可她怎么也不肯说，一副神秘兮兮的模样。我想可能是老师吧。当然了，我也不肯定。我真不该这么爱管闲事。

今天早上，我把皮特从他的床上赶走，自己躺了上去。他很生气，我可不管。有时他也该对我友好些，毕竟，昨晚我给了他一个苹果。

有一次我问玛格特，她是不是觉得我很丑。她说我很可爱，眼睛也很漂亮。这样的回答有些含糊，不是吗？

下次再聊吧！

安妮

又：今天早上我们轮流称体重。现在玛格特是132磅，妈妈136磅，爸爸152磅，安妮96磅，皮特114磅，凡·丹太太117磅，凡·丹先生165磅。自从搬来这儿后，我胖了整整19磅，真是胖了不少啊！

1942年10月20日 星期二

亲爱的吉蒂：

担惊受怕了整整两个小时之后，我的双手到现在还在发抖。我来解释解释吧。大楼里有五个灭火器。办公室里的人笨得忘了提醒我们，木匠要来灌灭火器。结果，我们毫不注意，大声说话，直到我听到楼梯间（就在书架对面）有敲敲打打的声音。我立刻意识到那是木匠，于是马上跑去提醒贝普。当时她正在吃午饭，不能下楼去。爸爸和我守在门口，以便听清楚木匠离开的声音。在忙活了大概十五分钟以后，木匠把锤子和其他工具放在书架上（或许只是我们的猜测），开始狠击我们的门。我们吓得脸色发白。难道他听到了什么声音，想要对这个看似神秘的书架一探究竟吗？看起来的确如此，因为他一直在敲敲打打，又推又拉又拽。

我吓坏了，一想到有陌生人发现我们美好的藏身之处，我就几乎要晕倒。正当我觉得末日快要到来的时候，克雷曼先生的声音响起："开门，是我。"我们马上开了门，到底怎么回事？

扣紧书架的钩子卡死了，所以外面的人无法进来提醒我们木匠的事。木匠离开之后，克雷曼先生找到了贝普，可怎么也打不开书架。原来如此，我长长地松了一口气，心里悬着的石头总算落了地。我觉得要踏入密室的这个人，在我心中变得越来越高，最后不仅变成了巨人，还是世上最最残忍的法西斯。还好，一切正常，至少这一次是。

星期一我们过得很开心。弥普和简晚上在我们这儿过夜。玛格特和我睡在爸爸妈妈的房里，弥普夫妇睡我们的床。为了款待他们，我们特地准备了可口的饭菜。大家有说有笑，中途出了一段小插曲。爸爸的灯突然短路，屋里一片漆黑。怎么办？我们有保险丝，可是保险丝盒在仓库的后面。夜晚仓库里黑黑的，换保险丝可不容易。不过几个男人还是去了，十分钟后，灯又亮了，我们换掉了蜡烛。

今天早上我早早地起床了。简已经穿好衣服，因为他八点半得走。八点他上楼吃早饭。弥普忙着穿衣服，我进屋的时候，她只穿着内衣。她骑自行车时，穿着和我一样的长内衣。玛格特和我穿好衣服，比平常早一些上楼。高高兴兴地吃完早饭后，弥普下了楼，外面下起了瓢泼大雨，她很高兴不用骑自行车上班。爸爸和我整理床铺，然后我学习了五个不规则法语动词。很用功吧？

玛格特和皮特在我们房里看书，莫西靠着玛格特蜷缩在长沙发上。学习完不规则动词后，我也和他们一起看书。《歌唱永恒的树木》这本书真是精彩，也很特别。我快看完了。

下周轮到贝普在我们这儿过夜了。

安妮

1942年10月29日　星期四

亲爱的吉蒂：

我很担心，爸爸生病了，全身起斑点，还发高烧，似乎是麻疹。想想，我们又不能叫医生！妈妈一直在照顾他，让他出汗退烧。

今天早上弥普说，凡·丹家的家具全被搬走了。我们还没告诉凡·丹太太。最近她特别神经质，我们可不想听她唉声叹气，叹息那些带不走的精致瓷器和可爱的椅子。其实我们也不得不丢掉那些最美丽的东西。可是事到如今，抱怨又有什么用呢？

爸爸让我读黑尔贝和其他几个德国著名作家的作品。现在我能够流利地读懂德语书，只不过我一般不默读，而是轻声念单词。爸爸从大书架上拿来了歌德和席勒的作品，准备每天晚上念给我听，第一本是《唐·卡罗》。学爸爸的样子，妈妈也把她的祈祷书塞到我手里。出于礼貌，我用德语念了几段祈祷文。它们念起来的确很好听，不过对我没什么意义。为什么她非要逼我也一副虔诚的模样呢？

明天我们要第一次在壁炉生火。烟囱太久没打扫了，肯定会搞得房里全是烟。希望那东西还能通风吧！

安妮

1942年11月2日 星期一

亲爱的吉蒂：

星期五贝普在我们这儿过夜，真有意思，她喝了些酒，晚上睡得不好。其他没什么可写的了。昨天我头疼得厉害，很早就睡了。玛格特又开始惹我生气了。

办公室里的索引卡掉在地上，全乱了。今天上午我动手整理，没一会儿，我就快抓狂了，于是叫上玛格特和皮特帮忙，可他们太懒了。那我也不弄了，我才不会疯狂到一个人整理呢！

安妮

又：忘了说一条重要消息：我可能很快就要来月经了。我发现内裤上一直有些白色的点渍，妈妈也猜我很快就要来月经了。真是迫不及待。这可是一件大事啊。可惜我用不了卫生巾，也买不到。而妈妈的卫生棉条只有生过孩子的女人才能用。

1944年1月22日

我再也无法写下这样的语言。

一年半后重读日记，发现自己居然如此天真幼稚。现在我深深地明白，不管有多么渴望，我再也不会那么天真了。我能理解心情的潮起潮落，对玛格特、妈妈和爸爸的评价，似乎是昨日才写下的。可我无法想象如此坦白地写下那些事。有些人其实很不错，可在我笔下却变成另外一副模样，我真是惭愧。我的描写不文雅。

我也能理解自己的想家之情和对姆迪的思念。自从搬到这儿来之后，不知不觉之中，我一直深深渴望着信任和爱。我知道这种渴望时浓时淡，但却一直存在。

1942年11月5日 星期四

亲爱的吉蒂：

英国人终于在非洲打了几场胜仗，斯大林格勒会战苏联也赢得了胜利，人们欢欣鼓舞。今天上午我们一起喝咖啡、茶。其他就没什么特别的事情了。

这周我读了不少书，事情却做得不多。其实就应该这样，这才是成功之路。

最近妈妈和我关系好了很多，可还是不够亲近。爸爸很内敛，不会袒露情感，但他仍一如既往地疼爱我。几天前我们点了炉子，烟雾弥漫整个房间。我更喜欢中央暖气系统，而且喜欢的人还不止我一个。玛格特真是个讨厌鬼（这个词恰如其分），从早到晚都惹人生气。

安妮

1942年11月7日 星期六

亲爱的吉蒂：

妈妈心烦意乱，这对我可不是好兆头。爸爸妈妈从不责备玛格特，却总是把矛头指向我，这难道只是巧合？比如昨晚，玛格特在看一本有好看插图的书。她站起来放下书，打算过一会儿再看。我无事可做，于是拿起她的书看起来。玛格特回来了，看到"她的"书在我手上，她皱了皱眉头，生气地管我要书。可我正看得起劲，没给她。玛格特越来越生气，这时妈妈插了句话："玛格特在看书呢，快还给她。"

爸爸走进来，不清楚事情的来龙去脉，看到玛格特受了委屈，就冲我吼："如果玛格特看你的书，我倒想看看你会怎么办！"

我立刻泄了气，放下书，气冲冲地离开了房间。其实我没有生气，只是伤心。

爸爸没弄清楚事情的来龙去脉就下判断，这样做不对。如果爸爸妈妈不横加干涉，不护着玛格特，帮她说话，好像她受了天大的委屈似的，我本来很快就会主动还她书的。

妈妈肯定站在玛格特一边，她们总是一个鼻孔出气。我已经习以为常了，对妈妈的指责和玛格特的喜怒无常无动于衷。我爱她们，仅仅因为她们是妈妈和玛格特。至于她们是什么人，我才不在乎呢。甚至她们跳河，我也会袖手旁观。爸爸可就不一样了。每当看到他偏袒玛格特，纵容玛格特的行为，夸她，拥抱她，我心里就难受，因为我太喜欢爸爸了。我以爸爸为榜样，他是世界上我最爱的人，可是爸爸却没有意识到他对玛格特和对我的态度不一样。玛格特聪明、善良、美丽，样样都好，可我也有权利得到和她相同的待遇。我总是家里的小丑和淘气包，做错了事总要受到双倍的惩罚：不仅要遭受父母的责骂，还要受到感情上的伤害。我想要的一些东西是爸爸没法给予我的。我从来不嫉妒玛格特，不羡慕她的聪明和美貌。我只想感受到爸爸对我的真爱，不是因为我是他的孩子，而是因为我就是我，安妮。

对妈妈的藐视日渐增加，于是我更加眷恋爸爸。只有在爸爸身上，我才能留住些许对家的感觉。他不了解有时我需要发泄对妈妈的不满情绪，他不想谈这事，对妈妈的缺点闭口不提。说到妈妈的缺点，我是越来越难应付了，真不知道该怎么办。我实在无法面对她的粗心大意、冷嘲热讽和硬心肠，一有什么事，她总会指责我。

我和妈妈是截然不同的人，两人自然会争执不断。我不是要对她下断言，也没有这个权利。我只把她当作一个妈妈。可是对我而言，她不是我的妈妈——我必须自己做自己的妈妈。我已经脱离了他们，走自己的路，看看会走向何方，别无选择。我心里有妈妈和妻子的理想模样，可在这个被我叫作“妈妈”的女人身上，却找不到一丝妈妈的影子。

我反复告诉自己，不要在意妈妈的坏毛病，只看她好的一面，至于她身上所缺乏的东西，在自己心里寻找好了，可这不管用。最糟糕的是，爸爸妈妈并没有意识到自己的不足，他们不明白，我为什么责怪他们让我失望。

世上究竟有没有令孩子百分之百开心的父母呢？

有时我在想，可能是上帝在考验我，不管是现在还是将来。我一定要让自己变得越来越优秀，即使没有榜样也没有人给我建议，可最后我还是会变得更坚强。

除了自己，还有谁会读到这些日记呢？除了自己，我还能向谁寻求慰藉呢？我常常需要安慰，常常充满了无力感，对自己不满意。这些我都知道，并且下决心每天努力改进。

他们对我的态度总是变化无常。今天说安妮是个懂事的孩子，什么都知道，第二天又说安妮是个傻子，一无所知，读了几本书就自以为满腹学问！我不再是小孩子，一举一动都要被大人笑话。我有自己的想法、计划、理想，只是现在还无法完全表达清楚。

白天的我不得不忍受那些让我受不了的人，或是误解我的人，夜里一个人的时候，我就会浮想联翩。最后我总会打开日记，因为吉蒂总是很耐心。我向她保证，不管遇到什么事，我都会坚持到底，忍住眼泪，找到自己的路。我只希望能有些结果，或者有个爱我的人给我鼓励，哪怕一次也好。

不要责备我，就把我当作一个有时需要发泄的人吧。

安妮

1942年11月9日 星期一

亲爱的吉蒂：

昨天是皮特十六岁的生日。八点钟，我上楼和皮特一起看他的生日礼物。他收到一个“垄断者”的游戏、一把剃须刀、一只打火机。他不怎么抽烟，不过打火机很漂亮。

最大的惊喜来自于凡·丹先生。一点钟时他告诉我们，英国人在突尼斯、阿尔及尔、卡萨布兰卡、奥兰登陆了。

“这就是终结的开始。”人人都这么说。可是英国首相丘吉尔肯定在英国也听到了同样的消息，他说：“这不是终结，也不是终结的开始。或许这是开始的终结吧。”你看出有什么不同了吗？不管如何，还是有理由保持乐观。战争持续了整整三个月，斯大林格勒还没落入德国人手中。

还是回到密室的话题上来吧，我跟你说说食物的事（我应该解释解释，楼上那些人都是名副其实的大胃王）。

一个非常好的面包师每天送面包，他是克雷曼先生的朋友。面包当然不如在家里时的多，不过也够吃了。我们在黑市购买配给票证簿。价格一直涨，现在已经从27荷兰盾涨到33荷兰盾了。只不过是些小小的纸片，竟然这么贵！

为了保证营养，除了之前储存的几百罐食物之外，我们还买了三百磅的豌豆。这些豌豆不只是给我们的，还有些是给办公室员工的。我们把一袋袋豌豆挂在走道的钩子上，就在密室入口内侧。可有些袋子的接缝承受不了重量而裂口了。所以我们决定换到阁楼去，重的袋子让皮特搬。他把五个袋子完好地搬上楼，可是扛最后一个时，袋子破了，褐色的豌豆哗的一下倾泻而出，落在楼梯上。袋里大概有五十磅豆子，那声音肯定吵翻了天。楼下的人都以为房子垮了，马上就会砸向头顶。皮特愣住了，我站在楼梯上，像褐色大海中的一叶孤岛，掉落的豌豆犹如海浪一般拍打着我的脚踝。看着眼前这幅情景，他哈哈大笑。我们立刻开始捡豌豆，可是豌豆又小又滑，滚得角落和地缝里都是。现在我们一上楼，都会弯腰四处找找，看能不能给凡·丹太太捡一把豌豆。

差点忘说了，爸爸的病已经好了。

安妮

又：收音机里刚刚宣布，阿尔及尔已经沦陷了。摩洛哥、卡萨布兰卡、奥兰在英国人手里几天了。现在我们等着突尼斯的消息。

1942年11月10日 星期二

亲爱的吉蒂：

好消息！密室里要来第八个成员了！

千真万确！我们一直觉得，再多住进一人，房间和食物也足够了。不过我们担心会给库格勒先生和克雷曼先生增添更大的负担。但现在犹太人的遭遇一天比一天惨，于是爸爸征求他们两人的意见，他们都同意了。“不管七个还是八个，都一样危险。”他们说得没错。

于是我们坐下来，把熟人想了一遍，看看能否找到一个可以融入这个“大家庭”的人。爸爸否决了凡·丹家所有的亲戚，最后选定了一个叫作阿尔福德·杜塞尔的牙医。他和一个年轻美丽的女基督教徒住在一起，他们也许没有结婚，不过这并不重要。他是个安静且优雅的人。虽然我们和他交往不深，但都觉得他为人不错。弥普也认识他，所以她会安排妥当的。如果杜塞尔先生来了，就睡我的房间。玛格特只好将就睡折叠床（杜塞尔先生来之后，玛格特睡在父母的房间）。我们会让他带一些补牙的工具来。

安妮

1942年11月12日 星期四

亲爱的吉蒂：

弥普告诉我们，她见到了杜塞尔先生。她一进屋，他就问哪儿有可以藏身的地方。当弥普把我们的想法告诉他时，他欣喜若狂。她还说，他必须尽快躲起来，最好就在星期六，可是他说这不太可能，因为他想整理记录、结清账目，再去看看几个病人。今天早上弥普转达了他的话。我们觉得等这么长时间不是明智之举。他说的那些事都需要向别人解释，可我们觉得还是保密为好。弥普又去问杜塞尔先生，能不能设法在星期六搬来，可他还是说不行。他打算在下周一搬过来。

听到我们的提议后他并没有马上接受，这可真奇怪。如果他在街上被抓走，那就无法整理记录，也无法看病人。可他为什么还要拖延搬来的时间呢？如果你问我，我会说，爸爸让步是愚蠢的。

没有其他新闻了。

安妮

1942年11月17日 星期二

亲爱的吉蒂：

杜塞尔先生来了，一切顺利。弥普让他上午十一点时去邮局前面的某个地方，在那儿会有一名男子和他见面。他准时到了约定的地点。克雷曼先生朝他走了过去，告诉他，他要见的人来不了了，请他去办公室找弥普。克雷曼先生搭电车回了办公室，杜塞尔先生则步行。

十一点二十分，杜塞尔先生敲开了办公室的门。弥普让他脱掉大衣，以免被其他人发现大衣上的黄色标记。接着她带着他走进私人办公室。克雷曼先生一直在办公室里陪着他，直到清洁女工离开。弥普推说其他人要用私人办公室，然后带着杜塞尔先生上了楼，推开书架，走进密室。看到眼前的景象，杜塞尔先生惊呆了。

与此同时，我们七个人早已围坐在餐桌旁，桌上摆放着咖啡和白兰地，等待这位家庭新成员。弥普先把他领到了弗兰克家的房间。他一眼就认出了我们的家具，不过却没想到我们就在楼上，就在他的头顶上。当弥普把真相告诉他时，他惊讶得几乎晕过去。谢天谢地，她没让他惊讶太久，直接带他上了楼。杜塞尔先生一下坐在椅子上，目瞪口呆地看着我们，惊讶得说不出话来，似乎想从我们脸上找到答案。然后，他结结巴巴地开口了："可是……你们不是去了比利时吗？那个军官，那辆军车，没来接你们吗？你们逃跑失败了？"

我们向他解释了一切，包括如何故意散布军官和军车的谣言，以骗过德国人和其他可能会来找我们的人。听了这个妙计，杜塞尔先生哑口无言，只能惊讶地四处张望，想把这个可爱又超级实用的密室看个明白。我们一起吃了午饭。接着他打了个盹，醒来后和我们一起喝下午茶，然后收拾弥普之前带来的一些物品。渐渐地，他放松了许多。我们给了他一份打印的纸张，上面是密室的规章制度（出自凡·丹一家之手）：

密室简介与指南

一个为犹太人和其他被驱逐人员提供暂时食宿的独特场所。

全年开放：坐落于阿姆斯特丹的心脏地带，环境美丽、安静，绿树环绕。附近无私人住所。搭乘十三路或十七路电车可达，开车、骑自行车均可。如果禁止使用交通工具的话，也可步行到达。房间有家具，可随时入住，并且提供一日三餐。

价格：免费。

食物：低脂。

卫生间有自来水（抱歉，没有浴缸），内墙和外墙上也有。并配有舒适的壁炉以供取暖。

储藏室宽敞，可储存各种食物。还有两个现代化的大号保险箱。

私人收音机可直接收听伦敦、纽约、特拉维夫及其他多家电台。下午六点后所有人均可使用，除了一些禁止收听的电台节目，比如，只能收听德国电台的古典音乐节目。禁止收听德国新闻（无论来自何处），禁止向他人转述节目内容。

休息时间：晚上十点至次日早上七点三十分；星期天上午十点十五分。当管理部门在白天发出休息指令时，住户们必须遵守指令。为了确保全体人员安全，必须严格遵守休息时间！！！

自由活动：禁止一切外出行为，除非另行通知。

语言：务必随时低声细语。只能使用文明人的语言，严禁使用德语。

阅读与休闲：禁止阅读德文书籍，经典著作和学术类作品除外。其他书可自由选择。

体操：每天。

唱歌：下午六点后，轻声。

电影：需提前安排。

课程：每周速记函授课程。英语、法语、数学、历史，任意时间授课。以辅导形式抵上课费，例如辅导荷兰语。

小型宠物由其他部门负责照顾（害虫需另外征得同意）。

用餐时间：

早餐：每天上午九点，周六、周日除外。周末大约十一点三十分用餐。

午餐：少量、清淡，下午一点十五分至一点四十五分。

晚餐：冷餐或热餐。

用餐时间视新闻广播时间而定。

对保障部门的义务：住户必须随时准备协助处理办公室事务。

洗澡：周日上午九点以后，全体住户均可使用洗衣桶，可自行选择在卫生间、厨房、私人办公室或大办公室洗澡。

酒类：只作医疗用。

安妮

1942年11月19日 星期四

亲爱的吉蒂：

杜塞尔先生果然是个很好的人。当然，他不介意和我共用一个房间。老实说，其实我并不乐意让一个陌生人用我的东西。但是为了善举，必须做出牺牲。对这点小小的牺牲，我完全不放在心上。“只要我们能救出一个朋友，其他的事都是次要的。”这话是爸爸说的，绝对正确。

杜塞尔先生来这儿的第一天，问了我各种各样的问题。比如，清洁女工什么时候来办公室，我们怎么安排使用卫生间，什么时间可以上厕所。可能你听了会哈哈大笑，但在躲藏之地，这些事其实并不轻松。白天我们不能发出任何声响，以免被楼下的人听见。要是有其他人在，比如清洁女工，必须格外小心。我耐心地向杜塞尔先生逐一解释，可他学得很慢。每个问题要问两遍，可还是记不住。

或许他只是对突然发生的变化有些迷茫，相信不久就会好的。其他的事，一切正常。

我们太久没接触外面的世界了，于是杜塞尔先生向我们说起了很多外面的事情。可惜都是坏消息。无数朋友和熟人被带走，等待他们的将是残酷的命运。每天晚上，绿色和灰色的军车在街上来回巡视。他们挨家挨户地敲门，盘查家里有没有住着犹太人，如果有，全家人立刻被带走；如果没有，则继续搜查下一户。因此，要逃脱他们的魔爪几乎是不可能的，除非藏起来。通常他们手里都有名单，在确信有大收获时才会摁门铃。除此之外，他们还经常悬赏，只要抓到一个犹太人，就有丰厚的赏金，就像以前抓奴隶一样。实在太惨了。晚上，我眼前经常出现这样的画面：成排的无辜好人，还有那些哭泣的孩子，他们一直往前走。旁边一群人对他们又打又骂，他们被打得几乎丧命，无一幸免。病人、老人、孩子、婴儿、孕妇，统统难逃一死。

我们躲在这儿，逃过灾难，是何其幸运。我们不必想起这些苦难，然而一想起那些亲爱的人们遭受如此折磨，我们却无能为力，心里就无比地焦虑和悲伤。躺在温暖的被窝里，我心里万分歉疚，因为此时此刻，在外面，我最最亲爱的朋友们正因体力不支而晕倒，或是被人打倒在地。

只要一想到我的好朋友被这帮最最残忍的魔兽随意践踏，心里就充满恐惧。

一切，只因为他们是犹太人。

安妮

1942年11月20日 星期五

亲爱的吉蒂：

我们真不知该如何是好。目前为止，几乎没有关于犹太人的好消息。我们觉得还是应该尽量保持乐观。每当弥普提起某个朋友的不幸遭遇，妈妈或凡·丹太太就会忍不住掉泪，所以她决定以后这种事还是不说为好。杜塞尔先生来了之后，我们都围着他问这问那，可是他讲的故事既可怕又悲惨，让人无法忘怀。或许只有慢慢忘掉这些悲惨的事情，才能像过去一样有说有笑。如果我们继续这样悲观、沮丧，对我们和外面的人毫无益处。让密室里笼罩着忧郁的气氛，又有什么意义呢？

不管我做什么，总会情不自禁地想起外面那些被带走的人。每当脸上泛起笑容时，我就会想，在这种时候，开心大笑是一种耻辱。可是，应该整天唉声叹气，哭丧着脸吗？不，我不能那么做。阴霾总会过去的。

除此之外还有另一件悲伤的事。不过这是我个人的，与刚刚我说的那些悲惨遭遇相比，这件事显得无关紧要。可我还是忍不住要告诉你。最近我感到很孤独，像被巨大的空虚感包围着。以前我很少有这种感觉，因为那时我心里满是朋友，日子过得很开心。可现在，我要么想着那些不开心的事，要么想着自己。我想了很久，终于意识到，不管爸爸如何疼爱我，都无法取代我以前的世界。至于妈妈和玛格特，很早以前她们在我心里就无足轻重了。

我为什么总拿这些傻事来烦你呢？吉蒂，我知道自己是个不懂感恩的人，可是当我被责骂的时候，脑子里就开始胡思乱想，这时候我就感到晕头转向。

安妮

1942年11月28日 星期六

亲爱的吉蒂：

我们的用电量超过了配额。结果是我们必须节约用电，否则会被断电。十四天没有灯的日子可不好过。不过谁知道呢，也许根本没这么长时间！四点或四点半以后，光线暗了，没法看书，于是我们想方设法消磨时间：猜谜，摸黑做体操，说英语或法语，发表读后感。可没过多久，又觉得无聊了。昨天我发现了一种新的消遣：用高倍望远镜偷看邻居亮灯的房间。白天我们的窗帘不能打开，必须遮得严严实实，可是天黑之后就没事了。

我从来不知道原来邻居这么有意思，起码我们的邻居是这样的。我看见有些人在吃晚饭，一户人家在拍家庭录像，对面的牙医正在给一个满脸害怕的老妇人看牙。

大家都说杜塞尔先生很喜欢孩子，和孩子们合得来。其实，他是个守旧的人，做事一板一眼，说起礼貌规矩来一套一套的长篇大论，实在让人受不了。我有幸和这位大人同住一间狭窄不堪的房间，而且在众人眼里，我是三个小孩中表现最差的，因此，我只好想尽一切办法，躲避他老一套喋喋不休的责骂和劝诫，来个充耳不闻。如果杜塞尔先生不这么说人闲话，不在妈妈面前嚼舌根、打小报告，事情也不会这么糟。杜塞尔先生数落我一次，妈妈就会狠狠教训我一顿。如果走运的话，五分钟后，凡·丹太太也会开始对我大加指责。

在一个吹毛求疵的家里做一个没教养的焦点人物，可真是不容易。

晚上我躺在床上翻来覆去，想着自己的罪过和被夸大的缺点，还有大人对我的指责。我越想越糊涂，以当时的心情而定，不是哭就是笑。然后，带着各种各样稀奇古怪的想法，慢慢睡着了。我想变得和现在不一样，或是变得和想象中的我不一样。

哦，瞧，我把你也搞糊涂了。原谅我，不过我不愿意划掉，而且现在纸张也很紧张，不允许随手扔掉一张纸。所以我只能建议你别重读上面几行字，也别刨根问底，因为你是不会明白的！

安妮

1942年12月7日 星期一

亲爱的吉蒂：

今年的犹太圣节[1]和圣尼古拉斯节[2]只相隔一天。犹太圣节我们并没有隆重庆祝，只是相互交换了小礼物，点了蜡烛。现在蜡烛很珍贵，所以只点了十分钟，只要唱了歌就足够了。凡·丹先生用木头做了个烛台，想得还挺周到。

星期六的圣尼古拉斯节则有趣多了。晚饭时贝普和弥普一直跟爸爸窃窃私语，大家都非常好奇，猜测他们肯定在搞什么鬼。果然，八点时，大家都到楼下，沿着黑黢黢的走道（我暗暗发抖，希望能安全回到楼上去），前往凹室。由于这间屋没有窗户，于是我们开了灯，爸爸打开了大壁柜。

“哦，太棒了！”所有人都惊呼起来。

角落里有一只用彩纸和黑面具装饰的大竹篮。

我们迅速地把篮子拎上了楼。篮子里有小礼物，人人都有份，礼物上还为每人量身写了一首诗。你也知道在圣尼古拉斯节上，人们会写诗赠予对方，我在这儿就不再重复了。

我得到的礼物是一个丘比特娃娃，爸爸的是书挡。这主意不错，

---

① 犹太纪念节日之一，从（犹太历）三月的第二十五天开始持续八天。

② 相当于荷兰、德国、比利时的圣诞节。

我们八个人以前从没庆祝过圣尼古拉斯节，现在过节正是时候。

安妮

又：我们也给楼下的人准备了礼物，都是以前留下来的东西。弥普和贝普拿到了钱，连声感谢。

今天我们听说凡·丹先生的烟灰缸、杜塞尔先生的相框以及爸爸的书挡都是福斯库吉先生一人做的。怎么有人的双手如此灵巧呢？真是太神奇了！

1942年12月10日 星期四

亲爱的吉蒂：

凡·丹先生以前是做肉食、香肠、香料生意的。正因为他对香料了解甚多，爸爸的公司才聘用了他。现在他做香肠的手艺有了用武之地，真是不错。

我们订购了很多肉（当然都是私下买的），打算储存起来以备不时之需。凡·丹先生决定做成德国熟香肠、香肠、猪肉香肠。他把肉放进绞肉机里，一次、两次、三次，然后将其他配料放进绞好的肉里搅拌均匀，再用一根长长的管子把搅拌好的肉灌进肠衣。我在一旁看得津津有味。午餐时我们就着泡菜吃德国熟香肠。香肠必须装罐、晾干，于是我们在天花板上支起一根竿子，把一串串的香肠挂上去。走进房间的人看到这些悬在头顶上的香肠，都会忍俊不禁。这情景实在滑稽。

厨房里也是一片繁忙的景象。凡·丹先生围着太太的围裙，显得更胖了，他正忙着做香肠呢。双手沾满了血，脸红红的，围裙上斑斑点点，一副屠夫的模样。凡·丹太太同时要忙好几件事：看书学荷兰语，搅和肉汤，看着做好的肉，唉声叹气地抱怨受伤的肋骨。那些上了年纪的妇女为了甩掉满身的肥肉，而做愚蠢的体操的下场就是这样！杜塞尔先生的一只眼睛发炎了，坐在炉子旁用甘菊茶敷眼睛。皮姆享受着从窗外照进来的一束阳光，不时地挪挪椅子，以免挡了路。他微微弯着身体，看着忙碌的凡·丹先生，一脸痛苦的表情，肯定是风湿病又犯了。他的模样使我想起了那些在贫民窟里饱受病痛折磨的老人。皮特和小猫莫西在房里跑来跑去，打闹玩耍。妈妈、玛格特和我把煮好的土豆剥皮。如果仔细看的话，你会发现我们并没有认真干活，而是在盯着凡·丹先生看呢。

杜塞尔先生重操旧业。为了好玩，我给你讲讲他的第一个病人吧。

妈妈在熨衣服，凡·丹太太坐在房屋中间的一把椅子上，成了第一个病人。杜塞尔打开工具箱，一副煞有介事的架势，要了些古龙香水做消毒剂，还要了凡士林代替蜡。他检查凡·丹太太的口腔，发现两颗牙齿出了毛病。他一碰那两颗牙，凡·丹太太就疼得直哆嗦，口齿不清地叫唤着。经过漫长的检查（凡·丹太太自然是度秒如年，其实不过才两分钟的时间），杜塞尔开始清洗蛀洞，可是凡·丹太太死活不肯，拼命地挥手蹬腿。杜塞尔终于松开了手，可探针还留在凡·丹太太的嘴里。这下可糟了！凡·丹太太发疯似的大叫（试试你嘴里插了根探针，那是什么情景），想把探针拔出来。然而适得其反，探针越插越深。杜塞尔先生双手叉腰，一脸镇静。一旁的观众早就笑得前俯后仰，虽然这样做太不厚道了。如果是我，叫喊声肯定更大。经过好一阵扭动、蹬腿、尖叫、大吼之后，凡·丹太太总算把那东西弄出来了。杜塞尔先生则继续工作，一副若无其事的样子。

不过这一回他的手脚快了很多，让凡·丹太太没时间再胡闹。这也得益于他多了两个助手：凡·丹先生和我尽职地完成了助手的工作。整个场景就像一幅中世纪的版画——《江湖郎中治病图》。不过看病的同时，这位病人一刻也没闲着，一直盯着“她的”汤和“她的”食物。不过有一点是肯定的，凡·丹太太会有很长一段时间不用看牙医了！

安妮

1942年12月13日 星期天

亲爱的吉蒂：

此刻我正舒服地坐在大办公室里，透过厚厚窗帘的缝隙悄悄地向外看。此刻光线有些昏暗，不过足够写字了。

看着外面往来的行人，真是奇怪。他们行色匆匆，似乎都快把自己绊倒了。一辆辆自行车飞驰而过，连骑车人的模样都来不及看清楚。住在这附近的人没有什么好看的。特别是小孩，一副脏兮兮的模样，就算用一根十英尺长的棍子去碰他们，也没人会乐意。这些孩子都住在贫民窟，一个个流着鼻涕。他们说的话，我完全听不懂。

昨天下午，玛格特和我说起了洗澡的话题。我说：“等这些孩子路过时，我们用钓竿把他们一个个钓进来放进盆里，给他们好好洗个澡，再把他们的破衣服补补……你看怎么样？”

“明天他们又会变成老样子，身上还是那么脏，衣服还是那么破。”玛格特回答道。

现在我又开始胡言乱语了。还有其他可以看的东西：汽车、船、雨水。听着电车开过的声音，还有孩子们发出的声音，我自得其乐。

我们的话题很有限。像旋转木马一样，从犹太人转到食物，再从食物转到政治。对了，说起犹太人，昨天我透过窗帘缝隙看到两个。当时，我有种在看世界奇迹的感觉。这感觉真奇怪，似乎我向当局告发了他们，此刻正在偷看他们的不幸遭遇。

街对面是一个船屋，里面住着船主和他的妻子、孩子，还有一条老是叫嚷的狗。它一跑去甲板，我们就能看到它的尾巴。所以我们只要一听到那叫声，瞥见它的尾巴，就知道是那条小狗。哎，真可惜。天开始下雨了，许多人都躲在伞下，我只能看见雨衣，偶尔看见一个戴着针织帽的后脑勺。其实，我根本用不着仔细看，只需扫一眼，就能认出那些女人，因土豆吃得太多而发胖的身材，穿着红色或绿色的外套，一双破旧的鞋子，购物袋在手上晃来晃去，心情随丈夫的情绪而变化，或满脸阴沉，或表情愉悦。

安妮

1942年12月22日 星期二

亲爱的吉蒂：

听说圣诞节我们能得到额外的四分之一磅的黄油，大家都高兴坏了。报上说人人都可以领到半磅。不过，这只是对那些从政府手中得到配给票证簿的幸运儿而言。像我们这样藏起来的犹太人，只能在黑市上购买，而且八个人只买得起四本配给票证簿。不过我们还是很开心，打算用黄油烤点什么。今天早上，我做了两个蛋糕、一炉小甜饼。大家都在楼上忙成一团。妈妈说，我必须先做完所有的家务才可以学习或看书。

凡·丹太太因为肋骨瘀伤而躺在床上，整天都在抱怨，一直嚷着换绷带，事事都不满意。等她能重新站起来打扫卫生时，我肯定会高兴得跳起来。必须承认，她非常勤快，很爱干净。只要她身体恢复健康，再加上心情好，她很乐意干活。

因为我总是发出“太多”的吵闹声，他们老是冲我“嘘、嘘”，好像我听到的“嘘、嘘”声还不够多。我那亲爱的室友整晚对我“嘘、嘘”个不停。在他看来，我连翻身都不行。我懒得理会他。下次他要是再对我“嘘、嘘”，我也冲他“嘘、嘘”。

他越来越惹人烦，也越来越自私。除了第一周以外，他大方地答应要给我饼干，可我连个影儿都没看见。每逢星期天，天刚亮，他就开灯做十分钟的体操，真是烦人。

虽然只有十分钟，我却度秒如年。因为用来加长床的几把椅子一直在我头底下“咯吱咯吱”地晃动着，搞得我想睡也睡不着。用力甩了甩胳膊之后，这位大人终于做完了体操，开始穿衣服。他的内衣挂在衣钩上，他笨拙地走过去拿衣服，再跌跌撞撞地经过我的床退回去。为了拿放在桌上的领带，他又来回一次，把我的椅子弄得噼里啪啦乱响。

可是浪费时间抱怨这位恶心的老男人也无济于事。我想好了复仇计划，比如把灯拉掉、锁上门、把他的衣服藏起来。可惜，为了避免争吵，最后这些计划统统泡汤了。

哦，我变得越来越明事理了！在这儿，做每件事都得合乎情理：学习、听收音机、保持安静、帮助他人、待人和善、做出妥协，等等！我真担心自己那点原本就不多的良好的判断力很快就用光了，等战争结束的时候什么也不剩了。

安妮

1943 年 1 月 13 日 星期三

亲爱的吉蒂：

今天早上一直有事干扰我，结果到现在什么也没做成。

我们有了新的消遣：把肉汤粉装进袋子里。肉汤粉是吉斯公司的一种产品。库格勒先生找不到其他人来装袋，而且由我们做的话，也便宜些。这是囚犯做的工作，无聊得要命，我们都晕晕乎乎，咯咯直笑。

外面发生了很可怕的事。无论白天黑夜，都有穷困无助的人被拖走，只能随身带一个背包、一点现金，甚至连这点东西在半路上也会被抢走。到处都是妻离子散。男人、女人和孩子全被强行隔离。放学归来的孩子发现父母不见踪影，购物归来的妇女发现房子被查封了，家人也不知去向。荷兰的基督教徒成天担心被派往的德国的儿子。每个人都提心吊胆，终日惶恐。每晚都有几百架飞机从荷兰上空飞往德国，对德国狂轰滥炸。在俄国和非洲，每小时都有成百上千的人丧命。没人能侥幸逃过，世界处处炮火连连，虽然形势对盟军有利，但离停战仍然遥遥无期。

与成千上万的人相比，我们实在太幸运了。躲在这儿既安静又安全，还有钱购买食物。我们真是自私，还谈论着“战后”，期待着买新衣服、新鞋。事实上，我们应该尽量节省每分钱，节约每件物品，以便在战后帮助他人。

附近的孩子穿着单薄的衣服和木鞋跑来跑去，他们没有外套、帽子、长袜，也没人向他们伸出援手。他们啃胡萝卜充饥，从冷冰冰的家中出来，穿过同样冰冷的大街，去更加寒冷的教室里上课。荷兰的情况糟糕透了，一群群的孩子在大街上向行人乞讨面包。

战争带来的痛苦与不幸，几个小时也说不完，而且越说越难受。我们所能做的，就是尽量平静地等待，等待战争结束。犹太人和基督教徒也在等待，整个世界都在等待，可很多人等来的却是死亡。

安妮

1943 年 1 月 30 日 星期六

亲爱的吉蒂：

我快气炸了，可又不能表现出来。我想尖叫、跺脚，使劲摇妈妈，然后大哭一场，因为每天她都冲我大骂。恶毒的语言、嘲弄的表情、严厉的指责，就像绷得紧紧的弓箭，朝我无情地射来，深深地扎进我的身体，怎么拔也拔不出来。我真想对妈妈、玛格特、凡·丹夫妇、杜塞尔，还有爸爸大叫："别管我，让我至少安静地待一个晚上，不再哭肿着双眼，头疼欲裂地睡去。让我远离这一切，远离世界！"可是我不能这么做。我不能让他们看出我的绝望，这只会让我更想尖叫。我无法忍受他们的同情或无意的嘲笑。

如果我讲话，他们说我炫耀；我沉默，他们说我可笑；我回答，他们说我无礼；我有了好点子，他们说我狡猾；我累了，他们说我懒惰；我多吃一口，他们说我自私；还有愚蠢、懦弱、奸诈等，没完没了。一天到晚他们只会说我是个惹人生气的孩子。听到这样的话，我虽然一笑了之，充耳不闻，假装不在意，其实在心里，我真的很在意。我真想请求上帝再赐予我另一种性格，一种不会触犯众怒的性格。

可这是不可能的。我的性格是天生注定的，但我肯定自己不是个坏孩子。我竭尽所能地讨好每一个人。他们完全想不到我有多么尽心尽力。在楼上的时候，我努力想要一笑而过，因为我不想让他们看到我内心的烦恼。

不止一次，在受到妈妈不公正的指责之后，我大声对她说："我才不在乎你的话。你干脆别管我，反正我已经无药可救了。"当然，她又会训斥我顶嘴，两天不理我。然后又突然像个没事人似的，和平时一样对待我。

要我今天笑呵呵，明天拉长脸，我可办不到。我宁愿选择中庸之道（其实中庸之道也不见得好），把事情藏在心里。或许有一天我会像他们轻视我一样地轻视他们。哦，但愿我能做到吧。

安妮

1943年2月5日　星期五

亲爱的吉蒂：

很久没跟你说起争吵的事了，一切还是老样子。刚开始，杜塞尔先生还把我们的争吵当回事，可现在他已习惯了，不再充当和事佬。

玛格特和皮特其实根本算不上真正的“年轻人”，他们都太过安静、无趣。和他们一比，我显得太突出了。总有人对我说：“玛格特和皮特可不会这么做。你怎么就不学学你姐姐呢！”我真是恨透了这样的话。

老实说，我可一点儿也不想变成玛格特那样。她太软弱、太被动、太容易受别人的影响，总是屈服于压力。我想变得更有勇气！不过这些想法还是藏在心里吧。要是对他们说起，他们肯定又会嘲笑我。

饭桌上的气氛很紧张。幸好有时“汤客”在场，气氛稍稍有所缓和，大家忍住没爆发。“汤客”就是办公室的人，他们午饭时会过来喝汤。

今天下午，凡·丹先生又说起玛格特吃得太少的事。他调笑地说：“我猜你是想保持身材吧。”

总是站在玛格特一边的妈妈立刻提高嗓音回答：“我真是受不了你这些蠢话。”

凡·丹太太涨红了脸，就像一颗甜菜。凡·丹先生则呆呆地看着前方，哑口无言。

不过我们经常还是很快乐的。不久前凡·丹太太说了些好玩的事情，把大家都逗乐了。她说起过去的事情，说她和她爸爸相处得多么融洽，说当年自己如何风情万种。“你们知道吗？”她说道，“我爸爸告诉我，如果哪个男人莽撞冒失，我就这样对他说，‘别忘了，先生，我可是个淑女呢。’这样一来，他就明白了。”我们听了都哈哈大笑，好像她的笑话很好笑似的。

就连平时安静的皮特，时不时地也会给大家找个乐子。他很喜欢那些看不懂的外国字。一天下午，办公室里有访客，我们不能上厕所。他实在等不及了，就去了卫生间，但没有冲水。为了提醒我们有难闻的味道，他在卫生间门上贴了张字条："RSVP——臭气！"他的意思是："危险——臭气！"他觉得使用"RSVP"更高雅。殊不知，其实这几个字的含义是"请回复"。

安妮

1943年2月27日 星期六

亲爱的吉蒂：

皮姆预计随时可能反攻。丘吉尔患了肺炎，但已经逐渐康复。为印度自由而战的甘地，正在进行不知道第几次绝食。

凡·丹太太自称是宿命论者。可是枪声一响，谁最害怕？不是别人，正是她。

简带来了主教给教区居民的信。信写得很好，很鼓舞人心："荷兰人民，站起来吧。我们必须拿起武器，英勇作战，捍卫国家自由，捍卫我们的人民和宗教！现在就行动起来！"这就是他们的布道。有用吗？要救犹太同胞，为时已晚。

猜猜我们出了什么事？大楼的主人没有事先通知库格勒先生和克雷曼先生，就把楼房出售了。有天早上，新房东带着建筑师来看房子。谢天谢地，当时克雷曼先生在办公室里。他领着他们四处看，当然除了密室之外。克雷曼先生推说把钥匙忘在家里了，新房东也没多问。但愿他不会再回来，说要看看密室，不然我们就大祸临头了。

爸爸为我和玛格特腾出一个卡片箱，用来装索引卡。索引卡的一面是空白的，我和玛格特用来写读书笔记，写读过的书名、作者和日期。我学会了两个新词："妓院"和"卖弄风情的女人"。我还买了一个新的笔记本，用来记新词。

我们重新分配黄油和人造奶油，把每人的份额放在各自的盘子里。其实这种分配法并不公平。早餐一般是凡·丹夫妇做的，他们给自己的份额比给我们的多了不止一倍。爸爸妈妈不想挑起争端，什么也没说。真是遗憾，像他们那样的人，就该以其人之道还治其人之身。

安妮

1943 年 3 月 4 日 星期四

亲爱的吉蒂：

凡·丹太太有了一个新绰号——毕维布鲁克太太。你肯定不知道这是什么意思吧，我马上解释。英国广播节目里有个人叫毕维布鲁克，他总是说轰炸德国的范围太广了。凡·丹太太喜欢抬杠，老跟人唱对台戏，包括丘吉尔和新闻报道，可这次她居然完全同意毕维布鲁克先生的看法。所以我们起哄说，她和他要是结婚的话，可真是般配。而且她居然把我们这番话看作是对她的恭维。因此，我们决定从今往后就叫她毕维布鲁克太太。

以前的仓库管理员即将被派往德国，于是要来个新人。这对以前的管理员来说是个坏消息，但对我们来说却是好事。因为新来的不熟悉这栋楼房。毕竟我们对仓库里的工作人员还是心存恐惧。

甘地又开始进食了。

黑市的生意越来越好。只要付得起高得离谱的价格，就能把肚子填得满满的。我们的蔬菜水果零售商从“德国国防军”那儿买土豆，再一袋袋地带进私人办公室。因为他怀疑我们躲在这儿，于是故意选择午饭时间来，那时仓库员工都不在。

现在这儿磨了很多胡椒，搞得我们一开口就打喷嚏。上楼的人一打招呼就“阿嚏”。凡·丹太太发誓再也不下楼了，说是再多闻一次胡椒味，就会生病。

我想爸爸的工作也没什么好的，成天跟果胶和胡椒打交道。既然是干食品这一行的，为什么不做糖果呢?

今天上午，他们你一言我一语，责备的话又劈头盖脸地朝我袭来。空气中充满粗俗的话语，炸得我耳朵嗡嗡响，“安妮做得不好”，“看皮特做得多好”。小心坏话说多了遭报应!

安妮

1943年3月10日 星期三

亲爱的吉蒂:

昨晚停电了。外面枪炮声响个不停，直到天亮。到现在我还对飞机的轰鸣声和枪炮声心有余悸，几乎每晚都要钻进爸爸的被子里才能安心。我知道这种行为很幼稚。不过换成你，你就知道这是什么滋味了！高射炮一响，连自己说话的声音都听不见。自称宿命论者的毕维布鲁克太太被吓哭了，颤颤抖抖地说道:“哦，太可怕了，枪声太响了！”其实这话的意思是“我很害怕”！

点上蜡烛，有了一丝光亮，情况稍好一些。我像发烧似的浑身发抖，请求爸爸再点一根蜡烛。可他就是不肯，说不能有太多光亮。突然只听见一阵机关枪扫射的声音，比高射炮的声音恐怖十倍。妈妈一下子从床上跳下来，不顾爸爸的反对点燃蜡烛。爸爸不满地嘟囔，妈妈却坚定地说:“毕竟安妮没有当过兵！”问题就这样解决了！

我跟你说过凡·丹太太还害怕什么东西了吗？好像没有。为了让你了解密室里的最新趣事，我应该告诉你。一天晚上，凡·丹太太说她听到阁楼里有很响的脚步声，加上她很害怕小偷，于是她叫醒了丈夫。与此同时，小偷却不见了，凡·丹先生只听见这位宿命论者吓得怦怦直跳的心跳声。“哦，普蒂！”她哭喊着（普蒂是凡·丹太太给丈夫取的外号），“他们肯定把我们的香肠和干豆全偷走了。皮特呢？哦，你说皮特现在还安全吗？”

“我肯定他们没把皮特也一并偷走。别再犯傻了，让我接着睡吧！”

几天后，凡·丹夫妇被奇怪的声音惊醒了。皮特拿着手电筒去阁楼，突然扭头就跑，你知道他看见什么了吗？一群大老鼠！

我们终于知道所谓的小偷是怎么回事了，于是让小猫莫西去阁楼睡觉。这下，那些不速之客再也没有出现过……至少在夜里。

几天前的一个晚上（当时七点半，天还亮着），皮特去顶楼拿旧报纸。他必须牢牢抓紧活板门，才能下梯子。谁知他看都没看，就把手放了上去，突然，心里一惊，加上手上一阵疼痛，使他几乎从梯子上摔下来。原来无意中他的手碰到了一只大老鼠，被狠狠地咬了一口。回来时，他脸色苍白，腿脚直打战，睡衣也被血染红了。难怪他吓成这样，摸摸老鼠就够可怕的了，何况还被咬了一口。

安妮

1943年3月12日 星期五

亲爱的吉蒂：

我来介绍一下吧：弗兰克妈妈，孩子的保护者！多给年轻人一点黄油，今天年轻人面临的问题——不管什么问题，妈妈都坚决捍卫年青一代。经过一番小小的争吵，她总能如愿。

一罐腌制牛肉坏了，结果让莫西和布奇饱餐一顿。

你还没见过布奇吧，它是仓库和办公室的猫，负责抓储藏室的老鼠，在这儿的时间比我们还要长。

先解释解释“布奇（Boche）”[①] 这个古怪的、带有政治色彩的名字吧。有段时间，吉斯公司有两只猫：一只在仓库，一只在阁楼。两只猫有时狭路相逢，自然免不了一番争斗。仓库里的猫总是入侵者，阁楼上的猫则是最后的胜利者，就像现实中的政治斗争一样。所以大家管仓库里的猫叫德国佬，或是布奇，管阁楼上的猫叫英国人，或是汤姆。后来汤姆去了别处，布奇则留了下来。我们下楼时都会逗逗它。

我们吃了太多的褐豆和菜豆，我现在连看一眼都受不了，一想起来就恶心。

现在晚上连面包也吃不上了。

爸爸刚刚说心情不好，眼神充满了悲伤，真是可怜！

我对伊拉·贝克尔·博迪尔的《敲门声》简直爱不释手。书里描写的家庭故事真是百看不厌。相比之下，关于战争、作家、妇女解放的情节就逊色不少。老实说，我对这些主题不太感兴趣。

德国被狂轰滥炸。凡·丹先生很生气，原因很简单，就是没有烟抽了。

我找不到能穿的鞋，除了滑雪靴。可滑雪靴在屋里派不上什么用场。一双 65 荷兰盾的草编拖鞋穿一周就破了。或许弥普能在黑市上找到些有用的东西吧。

爸爸该剪头发了。皮姆说我理发的手艺实在太好了，他决定战争结束后再也不去理发店了。可我只希望别老是划伤他的耳朵！

安妮

---

① Boche：德国佬，对德国人的贬称。

1943年3月18日 星期四

亲爱的吉蒂：

土耳其参战了。真是太令人振奋了。我们都迫切地等待着广播里的消息。

安妮

1943年3月19日 星期五

亲爱的吉蒂：

大家的满心欢喜还不到一个小时，就被深深的失望所取代了。土耳其还没有参战。据一位大臣说，土耳其很快就会放弃中立立场。达姆广场的卖报小贩大声叫道："土耳其支持英国！"他手中的报纸被一抢而空。我们听到的鼓舞人心的谣言就是这么来的。

面值一千的荷兰盾即将被宣布作废。对于黑市商人和其他类似的人来说，这无疑是当头一棒。而对于那些躲藏起来以及手里握有现金的人来说，更是一闷棍。如果想兑换千元荷兰盾，必须说明钱的来历，还要有证据。这些钞票仍然可以用来缴税，但有效期只到下周。面值五百的钞票同样被作废了。吉斯公司还有一些说不清来历的千元钞票。公司的人用这些钱缴纳明年的预计税额，一切看来都光明正大。

杜塞尔先生得到一部老式的脚踩牙钻。这意味着不久之后，他有可能会对我的口腔来个彻底大检查。

说起遵守密室的规定，杜塞尔先生做得实在很差劲。他不仅给他的夏洛特写信，还常常跟其他人写信闲聊。玛格特，也就是密室里的荷兰语老师一直帮他纠正信里的错误。爸爸已经禁止他与外界的书信往来，玛格特也不再为他纠正错误。可是我却认为，过不了多久，他还会是这副老样子。

希特勒一直在慰问伤员。我们听广播，觉得很悲惨。通常是这样一问一答的：

“我叫海英希利·舍培尔！”

“你在哪儿受伤的？”

“斯大林格勒附近。”

“受了什么伤？”

“双脚生冻疮，左手臂骨折。”

这些丑陋的傀儡把戏在广播里原封不动地播出。伤员似乎以受伤为荣——受伤越多越好。还有人一想到能和希特勒握手（我想他的手还没受伤），激动得连话都说不出来。

我不小心把杜塞先生尔的肥皂掉在地上，还踩了一脚。现在整块肥皂都找不着了。我请求爸爸赔他一块，因为杜塞尔先生每月只能得到一块劣质的战时肥皂。

安妮

1943年3月25日 星期四

亲爱的吉蒂：

昨晚，妈妈、爸爸、玛格特和我正开心地坐在一起，皮特突然走进来，跟爸爸窃窃私语了几句。我隐隐约约听到“仓库里有只木桶倒了”和“有人在弄门”。

玛格特也听到了，可她试图安慰我。我脸色煞白，神经绷得紧紧的。紧接着爸爸和皮特下楼了，我们三人焦急地等待着。一两分钟后，原本在听广播的凡·丹太太走进来告诉我们，皮姆让她关掉收音机，轻轻地上楼去。不过你也知道，越想小声，动静就越大。老楼梯吱吱作响，声音比平时大多了。五分钟后，皮特和皮姆终于回来了，两人都面色苍白，向我们说起了他们的经历。

他们藏在楼梯下静静地等着，开始什么都没发生。突然听到几声巨大的声音，好像两扇门从里面被砰地一下关上了。皮姆连忙跑上楼，皮特则跑去提醒杜塞尔先生。好不容易他才上楼来了，慌忙之中弄出了很大动静。然后我们都只穿着长袜，轻手轻脚地去另一边找凡·丹夫妇。凡·丹先生感冒了，躺在床上休息。于是我们围在他的床边，轻声讨论着究竟出了什么事。凡·丹先生一咳嗽，凡·丹太太和我就紧张不已。他咳个不停，有人想了个好法子，给他吃了点可卡因。一吃完，马上就不怎么咳嗽了。

我们又等了一阵，可是什么也没听见。最后大家一致认为，小偷在如此安静的楼里听到了脚步声，于是拔腿跑了。现在的问题是，私人办公室里的收音机正好被调到了英国电台，而且收音机周围还放着椅子。如果是小偷破门而入，被防空队员发现了，找来警察，那后果不堪设想。于是凡·丹先生从床上起来，穿上衣服，拿起帽子，小心翼翼地跟着爸爸下了楼。以防万一，皮特手握一把大铁锤，紧跟其后。女士们（包括玛格特和我）心神不宁地等待着。终于在五分钟后，男人们回来了，说没有发现可疑的迹象。我们商量好了，不用自来水，也不冲厕所。可是经过这番紧张之后，大家的胃都翻腾不已。你可以想象，所有人轮流上过厕所后，会有多臭。

发生意外的同时，总会伴随着其他的坏事，这次也不例外。第一，一直给我安慰的威斯特伦钟楼的钟不响了。第二，福斯库吉特先生昨晚很早就走了，可我们不确定他是否把钥匙给了弥普，而弥普忘了锁门。

可是现在这些事都无关紧要了。夜色刚刚降临，我们还不知道会发生什么。不过有件事很肯定：从八点十五分——小偷第一次进入楼里，使我们陷入危险的时候——到十点半之间，我们没有听到任何响动。我们越想越觉得小偷不可能这么早就溜进来，因为当时街上还有行人，何况，隔壁凯格公司的仓库经理当时可能还在工作。在那种紧张不安的气氛下，又隔着薄薄的墙壁，很容易听错。再说，遇到危险时，想象力常常会跟你开玩笑。

我们都上了床，却怎么也睡不着。爸爸、妈妈、杜塞尔先生几乎整晚都没睡着。不夸张地说，我也几乎整夜没合眼。今天早上，男人们下楼去检查外面的门是不是还锁着，结果一切正常。

当然，我们把这次突发事件告诉了全办公室的人。这种事发生时很危险，可事后说起来却容易让人发笑，只有贝普对这事很认真。

安妮

又：今天早上厕所堵了，爸爸只好拿一根长木棍往下捅。结果掏出一大堆粪便和草莓食谱（这些日子我们用草莓食谱当手纸）。后来，我们把那根棍子烧了。

1943年3月27日 星期六

亲爱的吉蒂：

我们完成了速记课程，现在开始练习速度了。很聪明吧！我给你说说“消磨时间的法子”吧（之所以这么称呼我的课程，是因为我们做的所有事都是为了消磨时间，好让时间过得快些）。我特别喜欢神话，尤其是希腊和罗马神话。可大家都觉得我这个爱好只是心血来潮。他们还没听说哪个小孩懂得欣赏神话。好吧，那我就做第一个！

凡·丹先生感冒了，或者应该说是喉咙发痒。可他却小题大做，用甘菊茶漱喉，往喉咙上抹药剂，往胸膛、鼻子、牙龈、舌头上擦薄荷膏。最要命的是，成天拉长个脸。

最近有个名叫罗特的德国高官发表演讲：“7月1日之前，所有犹太人都必须撤出德国占领的土地。4月1日到5月1日之间，乌得勒支省将清除犹太人（好像他们是蟑螂），荷兰北部和南部的省份在5月1日到6月1日之间清除犹太人。”可怜的犹太人像一群没人要的病牲口，被运往肮脏的屠宰场。我实在不愿再说下去，再说下去只会做噩梦！

有个好消息，一家职业介绍所被人放火烧了。几天后户籍外也遭遇了同样的下场。保安被一群装扮成德国警察的人绑起来，嘴被塞住，一些重要的文件被销毁了。

安妮

1943年4月1日 星期四

亲爱的吉蒂：

我现在连恶作剧的心情也没了（你看看今天是什么日子）。

相反，有句老话叫“祸不单行”，用在这儿实在贴切。首先，为我们带来快乐的克雷曼先生昨天又胃出血了，得在床上休息至少三周。我应该告诉你，他的胃以前出过问题，治不好的。第二，贝普感冒了。第三，福斯库吉先生下周也得上医院。他可能得了溃疡，要动手术。第四，博莫斯公司的几个经理从法兰克福过来，谈论新的欧贝卡的交货手续。爸爸就此和克雷曼先生谈过，可来不及告诉库格勒先生。

几位经理到了，爸爸一想到该如何开始谈判就着急。“要是我在场就好了，要是我能下楼去就好了。”他唉声叹气地说。

“去吧，把耳朵贴在地板上。他们会进私人办公室谈话，你肯定能听得一清二楚。”

爸爸一听，脸色好多了。昨天上午十点半，玛格特和皮姆（两人总比一人听得清楚）趴在地板上仔细听着。谈话一直进行到中午，可爸爸的偷听行动却坚持不下去了。几个小时一动不动地扭曲着身体趴在地上，自然很难受。到了下午两点半，大厅里响起了声音，于是我接替了他的位置。玛格特在一旁陪着我。谈话冗长无聊，我听着听着，居然在又冷又硬的油毯上睡着了。玛格特不敢碰我，以免他们听到我们的声音，当然她也不能叫出声来。就这样，我睡了足足半个小时，然后突然惊醒，把重要的谈话内容全忘光了。还好，玛格特听得比较仔细。

安妮

1943 年 4 月 2 日 星期五

亲爱的吉蒂：

哦，老天，我又多了一个罪名。昨天晚上，我躺在床上等着爸爸过来和我一起祷告。这时妈妈走了进来，坐在我床边轻声问道：“安妮，爸爸还没来，要不然今晚我来听你祷告吧？”

“不行，妈妈。”我回答。

妈妈站了起来，在我床边停留了一会儿，然后慢慢向门口走去。突然她一转身，神情痛苦地说：“我不想生你的气，也不能勉强你爱我！”说完，几滴眼泪流过她的脸颊，转身离开了房间。

我静静地躺在床上，想着自己竟如此残忍地拒绝她，真是卑鄙。可是我也明白不可能做出别的回答。我不能当伪君子，明明心里不喜欢，还要和她一起祷告。我做不到。我对妈妈感到抱歉——深深的歉意——生平第一次我注意到，她对我的冷漠并非无动于衷。当她说她不能勉强我爱她时，我看到了她脸上悲伤的神情。虽然说出事实很难，但其实是她将我从身边推开，她对我的评价欠妥，她口中那些残忍的，我丝毫不觉得有趣的笑话，使我对她所有的示爱毫无反应。正如每次听到她那严厉的话语，我的心就往下沉一般，现在当她意识到我们的母女之情已经消失殆尽时，她的心也被深深地刺痛了。

她哭了大半夜，几乎没睡。爸爸没有看我一眼，偶尔眼光恰好和我相对，我能读出他无声的语言："你怎么能这样硬心肠？竟敢让你妈妈这样难过！"

人人都希望我道歉，但我无法道歉，我只是实话实说，妈妈迟早会发现的。看上去我对妈妈的眼泪和爸爸的目光无动于衷，事实也如此。因为现在他们俩都感受到了我一贯的感受。我只为妈妈感到难过，但她得好好反思自己的态度。至于我，我会继续沉默，和他们保持距离。我不愿回避事实，因为拖得越久，他们接受起来就越难。

安妮

1943年4月27日 星期二

亲爱的吉蒂：

争吵过后，房屋好像到现在还在颤抖。大家都生对方的气：妈妈和我、凡·丹先生和爸爸、妈妈和凡·丹太太。屋里的气氛实在沉闷，不是吗？大家又开始你一言我一语地数落着安妮的一长串缺点。

上周六，德国来的客人又来了，一直待到六点才离开。我们都只好坐在楼上，不敢走动半步。要是楼里或隔壁没人在工作，私人办公室里的任何响声都能听得一清二楚。时间太久，我实在快坐不住了。

福斯库吉先生住院了，克雷曼先生回来上班了。他的胃出血比平时更快地止住了。他告诉我们，户籍处雪上加霜，消防员灭火时，整栋楼都被水淹了。这消息真是大快人心！

卡尔顿饭店被炸毁。两架英国飞机投下的燃烧弹把德国军官俱乐部炸了。维泽舒特和辛格尔大街相接的街角变成了一片火海。遭空袭的德国城市每天都在增加。我们很久没有好好睡一觉了，由于缺乏睡眠，我都有眼袋了。

我们的食物越来越糟。早饭是没有黄油的面包和替代咖啡。接连两周，午餐不是菠菜，就是水煮莴苣，加上大大的土豆，还散发着一股腐烂变质的甜味。如果想减肥，密室生活绝对是最佳选择！他们在楼上抱怨着，可我们却不觉得有多惨。

所有在1940年打过仗或被动员过的男人，都被征召进战俘营工作。我打赌他们是在抵抗盟军的反攻！

安妮

1943年5月1日 星期六

亲爱的吉蒂：

昨天是杜塞尔先生的生日。起初他并不想庆祝，一副无所谓的样子。可是当弥普拿着一个装满礼物的大购物袋进来时，他却兴奋得像个小孩。他亲爱的夏洛蒂送给他鸡蛋、黄油、饼干、柠檬水、面包、法国白兰地酒、蛋糕、鲜花、橘子、巧克力、书、信纸。他把礼物统统堆在桌上，整整放了三天，供人参观。真是个傻乎乎的老家伙！

你可别认为他会饿肚子。我们在他的柜子里发现了面包、奶酪、果酱、鸡蛋。我们救了他的命，并以诚相待，他却背着我们大吃特吃，吝啬地不肯同我们分享。这种人真是太可耻了。何况我们从来都是一视同仁，什么东西都分给他一份！不过在我们看来，更糟糕的是，他对克雷曼先生、福斯库吉先生、贝普也这么小气、一毛不拔。杜塞尔先生觉得，虽然吃橘子对克雷曼先生的胃病很有好处，但吃进自己的肚里，岂不更好。

今晚枪声不断，我已经四次收拾好东西。今天我还整理了一个手提箱，以便随时逃走。不过妈妈说得也对："你又能去哪儿呢？"

全荷兰的工人都罢工了。军事管制法已经颁布，每人的黄油配给券都减少了一张。真是太过分了。

今天晚上我为妈妈洗头。现在连洗头都很困难。因为没有洗发水，我们只好用一种黏黏的液体清洁剂代替。而且妈妈梳头也很费劲，因为家里的那把梳子只剩下十根齿梳了。

安妮

1943年5月2日 星期天

亲爱的吉蒂：

想起在这儿的生活，通常我的结论是：和那些无处躲藏的犹太人相比，我们简直是在天堂。不过等到一切恢复正常之后，我大概又会疑惑，一向生活舒适的我们，怎么会"沦落"到这般境地呢。比如，自从我们来到这儿之后，餐桌上的油布一直没换过。用得太久了，上面已是斑渍点点。我用尽全力想要擦干净，可抹布也是在躲起来之前买的，满是窟窿，怎么擦都是白费力气。凡·丹夫妇整个冬天都用同一条法兰绒床单。由于清洁剂是定量供给，货源紧张，所以床单也没法洗。再说，床单的质量也不好，几乎不能用了。爸爸的裤子早已磨损，领带也坏了。妈妈的紧身内衣今天裂开了，怎么补也无济于事。玛格特的胸罩小了两号，整个冬天她和妈妈合穿三套内衣。而我的内衣小得连肚子都遮不住了。不过这些都能克服。有时我在想：我们的一切，从我的内衣到爸爸的修面刷都破旧不堪，又怎能希望回到战前的水平呢？

1943年5月2日 星期天

密室居民对于战争的态度

关于凡·丹先生，我们一致认为，这位受人尊敬的先生对政治有着独到的见解。可是，他预测我们要在这儿住到1943年年底。这段时间可不短啊，我们有可能坚持到那个时候。可是谁能保证到那时，这场带给人们无尽伤痛的战争就一定会结束呢？谁能保证在此之前，我们和那些帮助我们的人都能平安无事呢？没人能保证！因此我们时时刻刻都活在紧张之中。期望和希望带来紧张，恐惧亦如此。例如，当听到屋外有响动时，当枪炮作响时，当报上刊登新的“公告”时，我们害怕有一天，帮助我们的人也不得不躲藏起来。这些日子以来，大家总是说着躲藏的事。我们不知道究竟有多少人躲藏了起来。当然，和总人口数相比，躲藏起来的人数很少。然而毋庸置疑的是，我们一定会惊讶地发现，荷兰有那么多好心人愿意不计报酬地收留犹太人和基督教徒。另一方面，使用假身份证的人也不计其数。

至于凡·丹太太，这位美貌的女子（她自己的说法）听说现在弄假身份证越来越容易，于是她立刻建议我们每人都去弄一个。好像这种事易如反掌似的，好像爸爸和凡·丹先生是印钞票的。凡·丹太太总是说些可笑之极的话，搞得她丈夫常常一肚子气。不过这也没什么好奇怪的。今天她宣布："等一切结束后，我要受洗礼。"明天又说："我记得我一直想去耶路撒冷[①]。只有和其他犹太人在一起，才有家的感觉！"

皮姆是个超级乐天派，可他一直都有自己的理由。

杜塞尔先生固执己见，凡是要和他起冲突的人，最好三思而后行，在阿尔福德·杜塞尔家中，他的话就是金科玉律。可是这一套在安妮·弗兰克这里行不通。

密室其他成员对战争的看法无关紧要。说到政治，只有四个人的话有分量。其实只有两个人，可是凡·丹太太和杜塞尔先生硬要挤进来。

1943年5月18日 星期二

亲爱的吉蒂：

最近我亲眼看见了一场德国和英国之间的空中大战。盟军的几架飞机不幸着火，飞行员只好紧急跳伞。给我们送牛奶的人住在哈弗位格，他看见四个加拿大人坐在路边，其中一人说一口流利的荷兰语。他找送奶工借火，并且说机上有六名成员，飞行员被烧死了，第五个人不知躲在何处。德国安全警察把剩下四个安然无恙的人带走了。从着火的飞机上跳伞之后，竟然还能保持头脑清醒！

虽然天气炎热，可我们每隔一天就得点火烧掉蔬菜皮和垃圾。我们不能把垃圾扔在垃圾桶内，以免被仓库里的人发现。一个小小的疏忽就可能使我们的躲藏前功尽弃！

---

① 犹太教、穆斯林和基督教的圣地。

所有大学生都被要求在一项正式声明上签字，以示他们“同情德国人,支持新秩序”。百分之八十的人不愿违背良知,因此受到处罚。凡是拒绝签名的学生，都被送去一个德国劳动营。如果我们国家的年轻人都去德国当劳力的话，那这个国家会怎么样?

昨晚震耳欲聋的枪声又一次响起，妈妈不得不关上窗户。我睡在皮姆的床上。突然，我们听到头顶上方凡·丹太太一跃而起的声音，好像她被小猫莫西咬了一口。紧接着传来一阵隆隆声，似乎一颗燃烧弹落在我的床边。“开灯！快开灯！”我大叫。

皮姆打开灯。我以为房子随时都会起火。还好没有出事。我们跑上楼一看究竟。凡·丹夫妇从开着的窗户看到了外面红色的火光，凡·丹先生以为是附近起火了，而凡·丹太太肯定是我们的房子着火了。当响声传来时，她站在床边，双腿不住地颤抖。杜塞尔先生留在楼上抽烟，我们则猫着身子回到床上。不到一刻钟，枪声又响起了。凡·丹太太跳下床，冲下楼，跑到杜塞尔的房间，寻求在她丈夫那儿找不到的安全感。杜塞尔欢迎她:“来我床上吧,我的孩子！”

我们都哈哈大笑，对枪炮声的担忧和恐惧一扫而光。

安妮

1943年6月13日 星期天

亲爱的吉蒂:

爸爸写给我的生日诗真是太美了，让我与你分享吧。

皮姆通常只用德语写诗，于是玛格特自告奋勇地把它翻译成荷兰语。至于玛格特翻译得是好是坏，你自己评判吧。诗的开头对这一年发生的事作了概述，然后是这样的:

虽然你年纪最小，但已不再年幼，
你的生活注定多磨难，因为我们都想做你的老师：
“我们有经验！学着点！”
“我们是过来人，都懂。”
“我们知道窍门。”
生活总是这样！
自己的缺点微不足道，
别人的缺点却非改不可，
指责他人的缺点很容易。
但是为人父母很难，即使竭尽全力，
难以待你公平又仁慈；
吹毛求疵，难以摒弃。
面对朝夕相处的老一辈，
你唯有忍受其唠叨——难受，却是事实。
良药苦口，终须咽下，
为了彼此相安无事。
在这儿的日子，不会白费，
因为你没有虚度光阴。
你终日阅读、学习，
过得充实，不曾百无聊赖。
更难的问题是：
“我究竟该穿什么？
我已经没有裤子，上衣都太紧，
裙子太短，鞋太小，实在太难受！
哦，老天，我真是痛苦不堪！”

关于吃的诗句，玛格特说不好押韵，我就不写出来了。你觉得诗写得怎么样？

除了这首诗以外，我还收到了很多可爱的礼物，包括一本我最喜爱的书——《希腊和罗马神话选》。就算没有糖果我也不会抱怨。每个人都倾其所有送我礼物，我是密室家庭里的富兰克林，实在受宠若惊。

安妮

1943年6月15日 星期二

亲爱的吉蒂：

最近发生了一大堆事，我总是对你讲些沉闷乏味的事，你肯定宁愿少看几封信吧。所以，我长话短说。

福斯库吉先生的溃疡最终还是没有做手术。他躺在手术台上，医生打开肚子，发现了癌细胞，病情严重，做手术也于事无补。于是他们又将他重新缝合起来，留院三周，悉心照料，再将他送回家。可是却犯了一个不可饶恕的错误：把病情发展下去的后果一五一十地告诉了可怜的福斯库吉先生。于是他无法继续工作，整天由八个子女陪着，呆呆坐在家中，想着死神即将降临。我真的为他感到难过，也恨自己不能出去。不然，我一定会经常去看望他，帮他排忧解愁。现在这个好人再也不能告诉我们仓库里员工的动静了，这对我们很不利。在安全方面，福斯库吉先生给了我们最大的帮助和支持。我们非常想念他。

下个月轮到我们上缴收音机。克雷曼先生把藏在家中的一台小型收音机给我们，以代替这台漂亮的壁式飞利浦大收音机。不得不交出我所喜爱的收音机，真是遗憾。不过既然我们躲藏起来，还是别惹事，万一引起当局的注意，那就大事不妙了。当然，我们会把小收音机放在楼上。有了暗中躲藏的犹太人，秘密金钱，现在又多了台秘密收音机！

现在全国人民都在设法寻找旧收音机交上去，以保住自己的“强心针”。事实就是如此。外面的消息越来越糟糕，而收音机里传出的神奇声音，能帮助我们重拾信心，给自己打气：“振作，打起精神，事情一定会好转的！”

安妮

1943年7月11日 星期天

亲爱的吉蒂：

又要说起子女教育问题了（不知道说了第几次了）。告诉你吧，我正竭尽全力地帮助他人、与人为善、待人和气，尽量将暴风骤雨般的责备转变为微微小雨。在一群你无法忍受的人面前，做个乖乖的模范儿童还真不是件容易的事，尤其是有口无心的时候。不过我也发现，一点点的虚伪其实很管用，比起我以前的口无遮拦，想什么就说什么的老办法强多了（虽然根本没人在意或问过我的想法）。当然，我老是忘记自己的角色。当他们处事不公时，我完全无法压抑怒火。于是接下来的一个月里，他们不停地唠叨我是世上最没大没小、不懂规矩的孩子。你难道不觉得有时我真的很可怜吗？幸好我不是个牢骚满腹的人，不然说不定我会变成一个易怒的人。通常我都能从他们的责骂中看出幽默的一面。当然了，如果挨批评的是别人，那就容易多了。

还有，我决定（经过深思熟虑）放弃速记课程。首先，这样一来我可以有更多的时间学习别的科目。第二，因为我的眼睛。我的近视严重，原本很早以前就该戴眼镜的（天啊，那我看起来肯定很傻）。可是，你也知道，躲藏起来的人不能……

昨天所有人都说起安妮眼睛的事。妈妈建议我和克雷曼先生一起去看眼科。听到这话，我膝盖发软。我居然要出门！这可不是闹着玩的。想想走在大街上的情景！简直不敢想象。一开始我吓呆了，可后来又很开心。不过事情没这么简单。密室里有表决权的各位大人无法迅速决定。首先他们得仔细权衡各种困难和风险，虽然弥普已经准备好马上带我出去。同时，我从壁橱里找出灰色外套，可是这件外套太小，倒像是我妹妹的衣服。放长了下摆，可还是扣不上。我很好奇他们商量得怎么样了，可我想他们还没有做出最后的决定。

英国人在西西里登陆了，爸爸盼着“速战速决”。

贝普把很多办公室的工作交给了玛格特和我。这让我们觉得自己是有用的，也帮了她不少忙。整理信件、记账不是什么难事，我们做得十分认真。

弥普搬来很多东西。她简直就像一匹驮骡，几乎每天都给我们弄来蔬菜，把买来的东西装进自行车后座的大大购物袋中。此外，每周六她从图书馆借五本书。我们都盼着周六，因为那天可以看到不同的书。我们就像一群巴望礼物的孩子。普通人不会明白，对于躲藏起来的人而言，书意味着什么。

我们唯一的消遣就是读书、学习、听收音机。

安妮

1943年7月13日 星期二

亲爱的吉蒂：

昨天下午，征得爸爸的同意后，我请求杜塞尔先生允许我每周两个下午使用我们房间里的桌子（看我多礼貌）。时间是下午四点至五点半。杜塞尔先生睡觉时，我在下午两点半至四点之间使用桌子，可是其他时间里，我被禁止使用这个房间和桌子。下午也没法在隔壁学习，因为那儿实在有很多事。而且爸爸有时喜欢坐在书桌旁边。

这看起来是个情理之内的请求，而且我的态度毕恭毕敬。你觉得这位博学的绅士会作何反应呢？“不行，”他斩钉截铁地说道，“不行！”

我被激怒了，可不想就这么放弃。我问他拒绝的理由，他却说不出来。他的大意是：“我也得学习，你知道的，如果我下午不学习，就完全没时间。我必须完成任务，不能半途而废。再说了，你学习的那些东西也只是玩玩。神话——这究竟是什么玩意儿？读书和编织也不算。反正这张桌子我要用，我可不会让给别人！”

我答道：“杜塞尔先生，我对待学习可是非常认真。而且下午我没法在隔壁学习。如果你能重新考虑考虑我的请求，我将感激不尽！”

说完，受到侮辱的安妮转身离开了，没再看一眼那位博学的绅士。我怒火翻腾，心想杜塞尔真是太没礼貌了（事实也的确如此），而我则太有礼貌了。

晚上我找到皮姆，把事情的经过告诉了他，然后商量下一步该怎么办，我可不打算就此放弃。皮姆给我出了个主意，让我再找杜塞尔谈谈。可他劝我等到明天再说，因为当时我情绪还很激动。不过对这个劝告我没当回事。洗完碗后，我等着杜塞尔。皮姆坐在隔壁，让我心里有底。

我说：“杜塞尔先生，虽然你认为再谈这事毫无意义。不过我还是请求你再好好想想。”

杜塞尔冲我迷人一笑，说道：“随时都欢迎你来和我商量，即使这事已经解决了。”

虽然杜塞尔一再打断，我还是继续说下去：“你刚来的时候，我们就已经说好了，这个房间是我们俩共用的。如果要公平划分，这房间上午归你，下午归我！我的请求也不过分，一周两个下午合情合理。”

杜塞尔像被针扎了似的，从椅子上一跃而起：“对这个房间你可没什么权利。那我该去哪儿呢？或许我该让凡·丹先生为我在阁楼上建个窝。不只你一人找不到安静的学习地方。你总是找麻烦。你姐姐玛格特比你更有权利要求安静的学习空间。如果她来问我，我肯定会一口答应。可是你嘛……”

接下来，他又说起神话和编织，安妮再一次受到了侮辱。可是，我并没有显露出来，让杜塞尔把话说完：“跟你真没什么好说的。你向来都是以自我为中心，只要你顺心了，别人全都无关紧要。真没见过你这样的孩子。不过说归说，到最后我也只能满足你的要求。我可不想以后人们说，安妮·弗兰克考试没过，都怪杜塞尔先生不让她用桌子！”

他说个没完没了，我实在听不下去了。有那么一刻我想：“这个满口谎话的家伙。我非得冲他那丑陋的脸上狠狠打一巴掌，把他打到墙边去！”可是转念一想，“冷静，生他的气不值得。”

最后杜塞尔消了气，带着一脸胜利夹杂着愤怒的表情离开了房间，外套口袋里装满了吃的。

我找到爸爸，告诉他事情经过。听完后，爸爸决定当晚就找杜塞尔，他们谈了大半个小时。

他们先谈论是否应该允许安妮使用桌子。爸爸说他和杜塞尔谈过这事。为了不在年轻人面前和老者发生冲突，当时他同意了杜塞尔的意见。可是爸爸觉得这样不公平。杜塞尔先生觉得我没有权利将他形容为一个霸占所有的入侵者。可是爸爸强烈反对，因为他从没听我说起过这样的话。于是两人你一言我一句，爸爸为我所谓的“自私”和“假装忙碌”辩护，杜塞尔先生则不服气地咕哝。

最终杜塞尔先生让步了，我可以一周两个下午使用两小时的桌子。杜塞尔先生满脸不高兴，一连两天都不理我，而且从五点到五点半占着桌子不让。

四十五岁的人还这么小气，这么迂腐，看来是天生如此，改不了了。

安妮

1943年7月16日 星期五

亲爱的吉蒂：

又发生了一次破门而入事件，这次可是来真的！和平常一样，皮特七点下楼去仓库。突然他发现仓库大门和面朝大街的门是开着的。他立刻告诉了皮姆。皮姆走进私人办公室，将收音机调到德国电台，锁上门，然后两人上了楼。遇上这种情况，一般我们都不漱洗，不用水，保持安静。这次也不例外。我们都很高兴，因为自己睡得很沉，什么都没听到。整个上午没人上楼，我们有些生气，也担心克雷曼先生。直到十一点半。他告诉我们，小偷用撬棍撬开了大门和仓库门，可没找到什么值钱的东西，于是上楼碰碰运气。结果他们偷走了两个钱箱，里面装有40荷兰盾、空白支票簿，最糟糕的是，三百三十磅糖票也被他们偷走了。要弄到新的可不容易。

库格勒先生认为，这几个小偷和六周前企图打开三扇门（仓库门和两扇外门）的那些家伙是一伙的。

这次盗窃事件搞得大家人心惶惶。不过密室显得有几分兴奋。幸好收银机和打字机安然无恙，我们把它们藏在衣服壁橱里。

安妮

又：登陆西西里。又前进了一步！……

1943年7月19日 星期一

亲爱的吉蒂：

星期天，北阿姆斯特丹遭到了猛烈轰炸，破坏十分严重。整条街成为废墟，得好一阵子才能挖出所有尸体。目前为止，已有两百人死亡，无数人受伤。医院里人满为患。听说孩子们在浓烟滚滚的废墟中绝望地寻找着父母。一想到远处低沉的嗡嗡声，我就发抖，因为这意味着毁灭。

安妮

1943年7月23日 星期五

亲爱的吉蒂：

贝普最近弄到一些本子，特别是分录簿和分类账。这对学簿记的姐姐来说，可派上了大用场！其他种类的本子也能买到，不过别问是什么本子，也别问能用多长时间。如今它们全都标上“不用票证”。和其他不用配给票券就能买到的东西一样，现在也变得一文不值。本子里有十二页灰色的纸，上面是一条条的窄斜纹。玛格特正打算练书法。我也劝她学。因为我的眼睛，妈妈不让我学，这可真是傻。不管我做什么，结果都一样。

吉蒂，虽然我写信告诉你，但你从未经历过战争，也不懂得躲藏的滋味。那么，就让我来告诉你吧。如果我们能外出，每人想做的第一件事是什么。

玛格特和凡·丹先生最想洗个热水澡，躺在装满水的浴缸里，美美地泡上半个多小时；凡·丹太太想要蛋糕；杜塞尔先生别无他求，只想见见他的夏洛蒂；妈妈想喝一杯真正的咖啡；爸爸想要拜访福斯库吉先生；皮特想要逛街；我嘛，高兴得都不知道先做什么了。

不过我最想拥有我们自己的家，可以在家里无拘无束地走来走去，有人帮我温习功课。换句话说，重返校园！

贝普说给我们弄了些水果，还是所谓的减价：葡萄每磅250荷兰盾，醋栗每磅70分，桃每磅50分，西瓜每磅75分。怪不得每天晚报上都会出现几个又大又粗的字：“抑制物价！”

安妮

1943年7月26日 星期一

亲爱的吉蒂：

昨天又是骚乱的一天，至今我们还很后怕。你肯定会纳闷，我们究竟有没有过一天安心日子。

正吃早餐时，警报第一次拉响了。可我们并没太在意，因为这只说明有飞机飞过海岸线。我头疼得厉害，吃完早饭后就睡了一小时，大约两点左右，去了办公室。

两点半时，玛格特做完了办公室工作，正收拾东西。这时警报再次响起。于是我们俩立刻上楼。真是巧，不到五分钟的工夫，外面枪炮声大作，我们站在过道里。整栋房子都在摇晃，炸弹不断往下掉。我紧紧地抓住“救生包”，与其说想逃生，不如说想抓住点东西。我知道我们不能离开这儿，可是如果出去的话，在街上也同样危险。半小时后，飞机的声音停止了，屋里的人又开始活动起来。皮特从前阁楼的瞭望台上下来，杜塞尔先生留在大办公室中，凡·丹太太觉得待在私人办公室里最安全，凡·丹先生一直在顶楼观察，楼梯平台上的其他人也散了。港口升起了烟柱，没过多久，空气里弥漫着烟雾，一眼望去，整个城市笼罩在一团浓雾之中。

这样的大火可不是什么好景象。不过幸运的是，一切都过去了，我们又各忙各的。可是就在晚饭前，空袭警报再次响起。此时此刻，听着警报，饭菜再美味，我也没了胃口。不过这次什么都没发生。四十五分钟后，警报解除了。洗完碗碟后，警报、炮火、飞机的声音又响起了。“哦，天啊，一天两次。”大家心想，“一天两次，也太多了吧。”然而抱怨无济于事，炸弹再次如雨点般纷纷落下，这次是城市的另一头。据英国电台报道，斯福尔机场被轰炸了。飞机一次次俯冲，又一次次上升，空中全是飞机的轰鸣声，实在可怕。我一直在想：“要掉下来了。”

向你保证，晚上九点上床睡觉时，我的双腿还在颤抖。午夜十二点时，我又醒了。又是飞机声！杜塞尔先生正在脱衣服，可我顾不上他。枪炮声刚响起，我就醒了，一下跳了起来。我在爸爸的床上待到一点，然后在自己床上待到一点半，两点时又回到爸爸的床上，可是飞机还在空中不停地盘旋。最后声音终于消失了。两点半我才慢慢睡去。

七点，我突然惊醒，坐在床上。凡·丹先生和爸爸在一起。我第一反应是：有小偷。“所有东西……”我听见凡·丹先生的声音，以为所有东西都被偷了。结果不是。这次是好消息，几个月来，甚至从开战以来最好的消息——墨索里尼辞职，意大利国王接管了政府。

我们高兴地一跃而起。经过恐怖的昨天以后，最终迎来了好消息，给我们带来了……希望！希望停战！希望和平！

库格勒先生告诉我们佛克尔飞机制造工厂在轰炸中损失惨重。今天早上空袭警报再次响起，后来又响了一次。我被警报吓得不轻，晚上睡不着，白天不想工作。不过一想到意大利现在的局势发展，加上今年年底停战的希望，我们就兴奋不已。

安妮

1943年7月29日 星期四

亲爱的吉蒂：

凡·丹太太、杜塞尔先生和我一起洗碗。我特别安静，这可不像平时的我，他们肯定有所察觉。所以为了避免他们问起，我飞快地想出一个中性的话题。我以为谈论《街对面的亨利》比较合适，可惜我错了。就算凡·丹太太不会突然打断我，杜塞尔先生也一定会。事情是这样的：杜塞尔先生向玛格特和我推荐这本书，说这本书是优秀作品的范例。我们却不以为然。书中对小男孩描写得相当好，可其他就不值一提了。洗碗时我把大意说了说，结果遭到了杜塞尔先生的强烈抨击。

“你怎么能了解一个男人的心理呢？小孩的心理倒不难理解。就算是二十岁的人也无法完全理解这本书，更何况你呢？”（那他为什么向玛格特和我推荐这本书呢？）

凡·丹太太和杜塞尔先生滔滔不绝：“你这个年龄不该知道的事情，你知道的太多了，你接受的教育简直大错特错。等你长大一些，就会发现，对什么事都没有乐趣。你只会说：‘哦，二十年前我就从书里知道了。’如果想找丈夫或谈恋爱，你最好抓紧，因为你会对一切失望。该知道的，理论上你都知道了，可实际呢？那就另当别论！”

你能想象当时我的感受吗？我居然还能平静地回答：“你们觉得我受的教育有问题，可很多人不同意！”

显然，在他们的观念中，良好的子女教育方式包括让我与我父母对着干，因为他们一贯如此。还有，在我这个年纪的女孩面前，闭口不谈成年人的话题。至于这种教育的结果，大家都一清二楚。

那一刻，看着取笑我的他们，我真想给他们几个耳光，但我强忍怒火。要是我知道还得彼此忍耐多久，我马上开始倒计时。

凡·丹太太真能说！她给我们树立了榜样——反面榜样！人人都知道她有多爱出风头、自私、狡猾、爱算计、贪心、虚荣、卖弄风情，毫无疑问，她是个卑鄙的人。关于这位凡·丹太太的事迹，能写整整一本书。谁知道呢，说不定有天我真会写呢。只要愿意，人人都能披上迷人的外衣。对陌生人而言，凡·丹太太为人友善，特别是对男士，所以初见她时，很容易对她产生错觉。

妈妈觉得凡·丹太太傻得无法形容，玛格特认为她无关轻重，皮姆则说她很丑陋（字面和比喻含义都有）。经过长期观察（起初我对她完全没有偏见），我得出结论，以上三人的评价，再加上其他评价都不够。她浑身都是缺点，我又何必从中挑出一条呢？

安妮

又：请读者注意，作者在写这篇日记时，怒气还没消。

1943年8月3日 星期二

亲爱的吉蒂：

现在政治形势越来越好。意大利查禁了法西斯党，各地人民都在与法西斯党做斗争——就连军队也加入其中。这样一个国家怎能继续与英国作战呢？

上周我们可爱的收音机被没收了。库格勒先生在指定日期里上缴了收音机，为此杜塞尔先生大为恼火。我对杜塞尔先生的评价越来越差，已经滑落到零分。不管他谈论政治、历史、地理，还是其他话题，都显得可笑之极，比如，希特勒将从历史上消失；鹿特丹港比汉堡港大；英国人都是蠢蛋，没有趁机把意大利炸个粉碎，等等。

我们刚刚经历了第三次空袭。我决定咬紧牙关，让自己表现得勇敢些。

凡·丹太太总说“炸就炸吧”，“结果坏就坏吧，总比没结果强”。其实她的胆子最小。今天早上她像筛糠似的抖个不停，还被吓哭了。她丈夫在一旁安慰她。不久前他俩吵了一周的架，如今才言归于好。此情此景，看得我有些感伤。

莫西的情况毫无疑问地证明了，养猫有利有弊。屋子里全是跳蚤，而且情况越来越糟糕。克雷曼先生在每个屋角和裂缝处都撒上黄色的粉末，可跳蚤依然猖獗。我们全都紧张兮兮、神经过敏，总觉得胳膊、大腿或身体其他部位被跳蚤咬了。于是大家开始做运动，这倒给了我们一个仔细观察胳膊或鼻子的借口。可我们长期疏于运动，现在终于尝到了苦头。一个个身体僵硬，转头都不灵活了。因为好久都没有正经地做过体操了。

安妮

1943年8月4日 星期三

亲爱的吉蒂：

我们藏在密室里已经一年多了，关于我们的生活你也知道了很多。可是，我无法把一切都告诉你。与正常时期、正常人的生活相比，这儿的一切完全不同。因此，为了让你更加了解我们的生活，我会不时地向你讲述普通一天中的几个片断。就从傍晚和深夜说起吧。

晚上九点。在密室的睡觉时间之前，总是一阵忙碌。有人挪椅子，有人拉床，有人铺开地毯——所有物品都被移了位。我睡在一张只有五英尺长的小沙发床上，需要在床边放几把椅子以加长。毛围巾、床单、枕头、毯子，白天时所有物品都放在杜塞尔先生的床上，晚上睡觉时再拿。

隔壁房间里传来一声恐怖的吱吱声，那是玛格特拉开了折叠床，还有毯子、枕头，凡是能让木地板睡起来更舒服的东西，越多越好。楼上像在打雷，其实是凡·丹太太把床移到窗下。这样一来，这位身穿粉红睡衣的女王能呼吸到新鲜的空气，好让她那敏感的小鼻孔少受点罪。

九点。皮特洗漱完后，该我用卫生间了。我从头到脚洗了个遍，偶尔在水池里发现一只漂着的小跳蚤（天气炎热时才有）。刷牙、卷头发、修指甲、在上唇边拍些过氧化物，以淡化黑毛——所有一切不到半小时就全部搞定。

九点半。我换上浴衣，一手拿着香皂，一手拎着便壶、发卡、裤子、卷发夹和棉棒，匆匆走出卫生间。通常下一个用洗手间的人会叫我再回去一趟，以清理我留在水池里那些曲线优雅却不怎么美观的发丝。

十点。到了拉上窗帘，互道晚安的时间了。接下来的一刻钟内，屋里的床铺吱吱作响，还有坏弹簧发出的声音。如果楼上的那对夫妇不吵嘴的话，一切就安静下来了。

十一点半。卫生间的门咯吱咯吱直响。一束窄窄的灯光照进房间。皮鞋声、大外套——甚至比穿衣的人还大……杜塞尔先生在库格勒先生的办公室里做完工作回来了。我听见他拖着脚步在地板来回走，整整十分钟，还有揉纸的沙沙声（那是他把食物藏了起来），然后是铺床声。接着人又消失了，卫生间里偶尔传来可疑的声响。

大约凌晨三点。我起床，拿出放在床下的锡罐。为了防漏，锡罐底部贴了一块橡皮垫。每当这时，我总是屏住呼吸，因为小便声就像从山坡上流下的溪流声。然后我把便壶放回原处，穿着白色睡衣（每晚玛格特都要惊呼："哦，这睡衣真是有伤风化！"）爬回床上。某人躺在床上醒着大约一刻钟，听着夜晚的声音。一开始，听听楼下有没有小偷的动静，然后是各种各样的床发出的声音——楼上的、隔壁的、我房间里的——看看其他人是睡着了还是半醒着。其实这一点都没意思，特别是那个叫杜塞尔先生的家庭成员。首先，是仿佛浮上来的鱼似的喘气声，这种声音重复九至十次。接着，他用力润了润嘴唇，还夹杂着咂嘴声，然后翻来覆去，摆弄枕头。五分钟的安静后，同样的动作重复三次以上，之后，他平静下来，进入梦乡。

夜里一到四点之间，有时传来枪炮声，我总会习惯性地站在床边。偶尔我睡得很沉（正梦到法语不规则动词或楼上的争吵），梦醒后才发现枪声已经停了，而自己平静地待在房里。可是通常我会醒来，抓起一个枕头和一条手帕，套上睡袍，穿上拖鞋，冲到隔壁房间找爸爸，就像玛格特在送我的生日诗里写的那样：

黑夜中枪声响起，
门吱的一声打开，
一条手帕、一个枕头、一个白色身影……

只要我爬上爸爸的大床，害怕也就被抛在脑后，除非枪声特别大。

六点四十五分。丁零零，闹钟响起。不分白天黑夜，不管乐不乐意，闹钟随时都会响起。滴答滴答，凡·丹太太关掉闹钟。吱吱嘎嘎，凡·丹先生起床了，冲向卫生间。

七点十五分。门又咯吱响起，杜塞尔先生可以用卫生间了。终于剩下我一人了，拉开窗帘，新的一天开始了。

安妮

1943年8月5日 星期四

亲爱的吉蒂：

今天我们谈谈午休时间吧。

十二点半。所有人都松了一口气：来历不明的凡·马伦先生和德·库克先生回家吃午饭了。

楼上凡·丹太太用吸尘器清理她仅有的漂亮地毯。玛格特腋下夹着几本书，去给“后进生”上课，杜塞尔先生就是其中一员。皮姆拿着那本从不离身的狄更斯作品，找个角落坐下，享受片刻安静。妈妈急匆匆地上楼，帮帮那个忙碌的家庭主妇。我清理卫生间，顺便收拾收拾自己。

十二点四十五分。大家一个接一个地进来了：首先是吉斯先生，然后是克雷曼先生或是库格勒先生，跟随其后的是贝普，有时是弥普。

一点。大家围在收音机旁，聚精会神地收听英国广播公司的节目。这是一天之中密室成员不会彼此打扰的时刻，凡·丹先生可没法和喇叭争论。

一点十五分。分发食物。楼下的人每人分到一碗汤，有时还会有甜点。心满意足的吉斯先生坐在沙发床上，或是靠在桌边，桌上放着报纸、茶杯，通常猫咪依偎在他身边。如果缺少一样的话，他会毫不迟疑地抗议。消息灵通人士——克雷曼先生给大家讲城里的最新消息。库格勒先生急匆匆上楼，一阵短暂且有力的敲门声之后，他走进屋，不是绞着双手，就是搓着双手。视情绪而定，坏心情时沉默不语，兴高采烈时滔滔不绝。

一点四十五分。大家离开桌子各忙各的。玛格特和妈妈洗碗；凡·丹夫妇躺在沙发床上休息；皮特上了阁楼；爸爸也去他的沙发床上休息；杜塞尔先生也是；安妮则做功课。

接下来是一天之中最安静的时刻。大家都在午睡，没人去打搅。看杜塞尔先生的神色就知道，他又梦到吃的了。可是我没多看他几眼，因为时间过得飞快，转眼就到下午四点了。迂腐的杜塞尔先生会准时拿着表站在那儿，因为我整理桌子晚了足足一分钟。

安妮

1943年8月7日 星期六

亲爱的吉蒂：

几周前我开始写故事，一个纯属虚构的故事。看着笔下的成果，我乐在其中。

安妮

1943年8月9日 星期一

亲爱的吉蒂：

继续记录密室里普通的一天。上次写到午饭，下面接着写晚饭的事。

凡·丹先生。他最先用餐。只要是喜欢吃的东西，他总会毫不客气地多拿。一般他会加入我们的谈话，每次都高谈阔论，一旦开口，说什么就是什么。如果有人胆敢发表意见，凡·丹先生随时准备打嘴仗。哎，那模样就像一只呼呼出气的猫。我宁愿他换副模样，只要看一次，就永远不想再看见。他的意见总是最正确的，因为他几乎无所不知。好吧，我们都承认他头脑聪明，可他的自我感觉也太良好了。

凡·丹太太。事实上，对于她，最好的办法就是保持沉默，尤其是空气中正弥漫着令人不快的气氛时，她的脸色着实让人捉摸不透。其实仔细想想，她从没占过上风，总是失败的一方！这一点人人都知道。即使如此，她还是所谓的“煽动者”，到处挑起矛盾。现在凡·丹太太管这叫找乐子。她不断挑起弗兰克先生和安妮之间的矛盾，不过要挑拨玛格特和弗兰克太太可就不容易了。

还是回到餐桌上吧。凡·丹太太觉得自己吃得不够多，可事实恰恰相反，上等的土豆、最可口的食物，不管什么都要最好的，这就是她的一条座右铭。只要最好的在她手中，其他人随便怎么样都无所谓（可这却成了她指责安妮·弗兰克的罪名）。她的第二条座右铭是：只要还有听众，不管对方感不感兴趣，她总是说个没完。

在她看来，不管自己说什么，大家一定会竖起耳朵，聚精会神地听着。

卖弄风情地微笑，装作无所不知，给每人都来上一条建议，像母亲般关怀他人——这样肯定会博得他人好感。可是如果你再仔细瞧瞧，好感就会随之消失。第一，勤快；第二，快活；第三，卖弄风情，时而装可爱。这就是皮特呢拉·凡·丹太太。

餐桌上的第三位几乎不说话。小凡·丹先生通常很安静，很少出声，让人几乎忽略他的存在。至于他的胃口嘛，像个无底洞，一顿狼吞虎咽后，他还能平静地看着你，镇定自若地说还能再吃两倍的食物。

第四位——玛格特。她的食量和小鸟差不多，而且从不说话。只吃蔬菜水果。“娇生惯养”是凡·丹夫妇对她的评价；“锻炼太少，太少呼吸新鲜空气”，这是我们对她的评价。

在她身边的是妈妈。胃口很不错。该说时也说，可没人有印象，人人都觉得凡·丹太太才是一副家庭主妇的模样。她俩有什么不同呢？凡·丹太太做饭，妈妈洗碗、擦家具。

第六位和第七位。关于爸爸和我就不多说了。爸爸是餐桌上最谦虚的人。他总是让别人先吃，从不在乎自己，把最好的东西都留给孩子们。他是善良的化身。坐在他旁边的是安妮，密室里神经紧张的小家伙。

杜塞尔先生。只顾埋头吃，不说话。如果非得说什么，看在老天的分上，就说点和食物有关的吧，这样一来可以避免争吵，最多吹吹牛，夸夸口。他食量惊人，不管味道如何，来者不拒。

提到胸膛的裤子、一件红夹克、一双漆皮黑拖鞋、角质架的眼镜——当杜塞尔先生坐在桌前工作时，就是这副模样。他一直在学习，却从来没有进步。能打断他工作的，只有午睡、食物以及他最爱的地点——卫生间。每天四五次，总有人焦急地等在卫生间外面，不耐烦地直跺脚，憋得很难受。可是杜塞尔先生介意吗？才不呢。从七点十五分到七点三十分、从十二点三十分到一点、从两点到两点十五分、从四点到四点十五分、从六点到六点十五分、从十一点三十分到十二点。他上卫生间的时间都可以用来对时了。这几个时间是他的“不变时间”，雷都打不动。就算门外有人苦苦哀求，他也毫不理会。

第九位不是密室成员，尽管她和我们一起吃饭。贝普的食欲不错，每次都把碗里的饭菜吃得干干净净，从不挑食。她整天笑呵呵的，我们也被她感染得心情愉悦。她的性格是：乐观、亲切、善良、大方。

安妮

1943年8月10日 星期二

亲爱的吉蒂：

我有个新点子，即，吃饭时少跟别人说话，多自言自语。这样做有两个好处：第一，他们很乐意不用听我滔滔不绝的东拉西扯；第二，我也不会被他们的意见弄得很生气。我觉得自己的意见比他们的高明多了，所以最好还是把意见搁在心里。在我不得不吃些讨厌的东西时，也可以用这一招。我把盘子放在面前，装出好吃的模样，尽量不看盘里的东西。等我意识到这东西究竟是什么时，已经下肚了。早上起床是另一个不愉快的时间，我跳下床，对自己说：“你很快又会钻进被窝了。”然后走向窗边，拉开窗帘，呼吸片刻的新鲜空气，感觉清醒多了。再飞快地整理床铺，免得自己忍不住又溜上床。你知道妈妈管这叫什么吗？生活的艺术。真是好笑。

上周大家过得都有些迷糊，因为战争的需要，我们最爱的威斯特伦钟被送去熔掉了。于是无论白天黑夜，我们无从知晓准确的时间。我希望他们会重新弄一个替代品，锡或铜制的都行，以便向附近的人们报时。

楼上楼下，无论我走到哪儿，他们都朝我的双脚投来羡慕的目光。因为我穿了一双格外漂亮（尤其在这种时期）的鞋子。这是弥普想办法花了27.5荷兰盾才弄到的。紫红色的小山羊皮，中等高度的鞋跟。感觉像踩高跷似的，高了一大截。

昨天真是倒霉，一根粗针的针尖扎进了我的右拇指。玛格特只好替我削土豆皮（看来也不全是坏事），写起字来也是歪歪扭扭。接着我又一头撞在柜门上。这一下撞得可不轻，差点摔倒在地，弄出了很大响动，结果挨了顿骂。他们不准我用水冲洗额头，所以现在我右眼上面肿了好大一块。更糟糕的是，右脚的小脚趾夹在了吸尘器里，流血了，还很疼。可是其他伤口疼得厉害，也就顾不上这个了。谁知这样做实在太傻了，导致现在小脚趾感染了。涂了药膏，缠了纱布绷带，那双漂亮的新鞋也穿不上了。

杜塞尔先生无数次地将我们置身危险之中，他竟然让弥普给他带一本反墨索里尼的禁书。回密室的路上，一辆党卫军的摩托车把弥普撞倒了。她一时失控，大喊一声："你们这些畜生！"然后接着往前走。如果她被党卫军带回总部，后果将不堪设想。

安妮

1943年8月18日 星期三

亲爱的吉蒂：

在我们这个小社区里有一件每天必做的工作：削土豆皮！

一人拿报纸、一人拿刀（当然把最好的留给自己），一人拿土豆、一人端水。

杜塞尔先生开始了。他削得不太好，可是一直没停，不时东张西望，看看有没有人照着他的方法削，可惜一个也没有！

“瞧啊，安妮，像这样拿刀，从上往下削！错了，不是那样……是这样！”

“我觉得我的方法更容易些，杜塞尔先生。”我解释道。

“我的才是最佳方法。安妮，学着点，没错的。当然了，你非要按你的方法来也行。”

我们继续削土豆皮。我扫了一眼杜塞尔先生。他摇摇头（毫无疑问，是因为我的关系），若有所思的模样，却也没再多说什么了。

我继续削着，又看了看坐在旁边的爸爸。对他来说，削土豆皮不是普通的家务活，而是一项精密工作。他读书时，额头上会出现一道深深的皱纹。可是当他削土豆皮、剥豆子、择菜时，也是一脸专心致志的神情。他削好的土豆，简直无可挑剔。

我继续干活，瞥了瞥凡·丹太太。虽然只有短短一秒，却把一切尽收眼底。凡·丹太太正试图吸引杜塞尔先生的注意力。她朝他的方向看了看，可是杜塞尔先生假装没看见。接着她眨了眨眼，杜塞尔先生还是不理睬，只顾着低头削土豆皮。她又笑了笑，杜塞尔先生仍然无动于衷。这时妈妈也笑了，杜塞尔先生却丝毫没在意。眼看花招都不管用，凡·丹太太只好改变伎俩。一阵短暂的沉默之后，她说道：“普蒂，你干吗不围上围裙呢？不然你衣服上沾满污点，够我明天忙的了！”

“我不会弄脏的。”

又是一阵短暂的沉默。“普蒂，你快坐下吧。”

“这样挺好。我喜欢站着！”

沉默。

“普蒂，小心，你身上到处都沾上了！”

“我知道，妈妈，我很小心了。”

凡·丹太太又找了个话题：“跟我说说，普蒂，今天英军怎么没空袭了呢？”

“因为今天天气不好！”

“可是昨天天气不错，也没看见他们的飞机呀。”

“说点别的吧。”

“为什么？难道不许别人发表意见吗？”

“不许。”

“为什么不许？”

“哦，安静点吧，妈妈！”

“弗兰克太太说什么，弗兰克先生都会答话的。”

凡·丹先生竭力控制脾气。通常凡·丹太太这样的回答会惹恼他，可她依然我行我素，又说起来了：“进攻是没戏了！”

这时，凡·丹太太注意到丈夫脸色发白，自己也脸红了，可她继续说下去：“英国人什么都做不成！”

凡·丹先生终于爆发了：“马上给我闭嘴！”

妈妈几乎忍不住笑了，我直直瞪着前方。

这样的场景几乎每天都会上演，除非他们刚刚有过激烈的争吵。那样的话，夫妻俩谁都不说话。

我去阁楼又拿了些土豆，皮特正在那儿忙着给猫捉跳蚤呢。

他一抬头，猫就跑出窗外，溜进排雨沟不见了。皮特嘟哝着骂了几句，我则笑着跑出了房间。

安妮

1943年8月20日 星期五

亲爱的吉蒂：

这里我给你介绍密室里的自由活动时间。

五点三十分。贝普的到来，标志着我们夜间自由活动的开始，大家各自行动起来。我和贝普上楼，她一般比我们先吃甜点。一坐下来，凡·丹太太就开始念叨自己想要的东西。通常她的清单是这样开始的：“哦，顺便说一下，贝普，我还想要……”贝普朝我眨眨眼。只要有人上楼，凡·凡太太绝不放过一个机会，告诉别人自己想要的东西。难怪没人愿意上楼呢。

五点四十五分。贝普走了。我下楼来到处看看。先去厨房，再去私人办公室，然后去煤仓为莫西开门。

四处看过之后，我来到库格勒先生的办公室。凡·丹先生正翻箱倒柜地找今天的信件。皮特抱起莫西，手拿仓库钥匙。皮姆把打字机搬上楼。玛格特四处寻找安静的地方，以便完成办公室工作。凡·丹太太拎了一壶水放在炉上。妈妈则端着一锅土豆下楼。我们都很清楚自己的工作。

不一会儿，皮特从仓库回来了。他被问起的第一个问题是，面包在哪儿呢？不，他不记得了。他尽量弯下腰，蹲在大办公室的门前，蹑手蹑脚地爬到铁柜旁，打算一把抓起面包就开溜。突然莫西从他身上跳过，一下钻到书桌底下去了。皮特四处找。哈哈，猫在那儿！他匍匐着爬回办公室，抓住猫尾巴。莫西不满地叫着，皮特叹了一口气。他抓到了什么？此刻莫西正稳稳地坐在窗边，舔着身上的毛，为成功逃脱皮特的抓捕而得意不已。皮特束手无策，只能拿面包做诱饵。莫西果然上钩，跟着他走出去，门也就关上了。

我从门缝中将一切看在眼里。

凡·丹先生怒气冲冲，砰的一声关上了门。玛格特和我交换了眼神，心领神会：肯定是库格勒先生犯了错，惹他生气了，气头上的他完全忘了凯格公司就在隔壁。

走道上又响起脚步声。杜塞尔先生进来了，得体地走向窗边，深呼吸、咳嗽、打喷嚏、清嗓子。他的运气不佳——有胡椒。他继续走到大办公室，窗帘是拉开的，意味着他没法拿信，于是他只好皱着眉头回到密室。

玛格特和我又交换眼色。“明天写给他亲爱的宝贝的信得少一页了。”她如此说道，我点头同意。

楼道里传来大象般的脚步声，那是杜塞尔先生去最爱的地方放松放松了。

我们继续工作。当当当三下，吃饭时间到了！

1943年8月23日 星期一

早晨八点。

玛格特和妈妈很紧张。“嘘，爸爸，别出声。嘘，皮姆！现在是八点半，过来，你不能再用水了，走路轻点！”卫生间里总会传来这样的声音。八点半时，爸爸必须在起居室里，不能用自来水、不能冲厕所、不能来回走、不能发出声响。如果办公室的工作人员还没到，声音会传得更远，在仓库里听得也更加清楚。

八点二十分，楼上的门打开了，紧接着是三下轻敲地板的声音，那是表示安妮的热乎乎的麦片粥好了，于是我赶紧上楼去端碗。

回到楼下，凡事都要求速度：梳头、放便壶、把床放置妥当，还要保持安静！到了八点三十分，凡·丹太太把鞋换成拖鞋，凡·丹先生也一样，那模样像足了查理·卓别林。一切都鸦雀无声。

理想的家庭生活场景正逐渐显现。玛格特和我都想读书或学习，爸爸和妈妈也一样。爸爸（手上自然少不了狄更斯小说和字典）坐在松松垮垮、吱嘎作响的，连个像样的床垫都没有，只能用两个长枕垫代替的床边。“我用不着，”爸爸心想，“没有垫子我照样能睡！”

爸爸读书时头也不抬一下，不时发出笑声，想让妈妈也看看那个好玩的故事。

“我现在没空！”

爸爸一脸失望，继续看下去。

过了一会儿，又看到一个有趣的情节，他说：“这段你可得看看，妈妈！”

妈妈坐在折叠床上，要么读书、缝补、编织，要么学习。突然她想起什么，为了怕忘记，她马上说道：“安妮，记住……玛格特，快记下……”片刻之后又是一片安静。

玛格特啪的一声合上书。爸爸皱了皱额头，眉毛弯成两条奇怪的弧线，额头上又出现了那条每当他聚精会神时就会出现的皱纹，接着他又埋头认真看书。妈妈开始和玛格特聊天，我则在一旁当好奇的听众，皮姆也被拉来一起聊天。

九点，早饭时间到了！

1943年9月10日 星期五

亲爱的吉蒂：

每次我提笔，总会有特别的事发生，而且通常是好事少，坏事多。不过这次嘛，却是开心的事。

9月8日，星期三，我们正在收听七点新闻。突然收音机里传来一个消息：“下面是开战至今最好的一条消息：意大利投降了。”意大利无条件投降了！八点十五分英国电台的荷兰语新闻报道：“听众朋友们，一小时十五分之前，我刚刚写完今天的新闻稿，就收到了这条振奋人心的消息：意大利投降了。于是我兴奋地把刚写好的稿件扔进了废纸篓。今天实在是太高兴了！”

英国国歌《天佑吾王》、美国国歌以及俄国的《国际歌》在收音机里响起。荷兰语节目一向令人精神为之一振，却又不会太过乐观。

其实，还是有坏消息，事关克雷曼先生。你也知道，我们所有人都很喜欢他。尽管常常遭受病痛折磨，不能多吃，也不能多走路，但他依然快乐又勇敢。“只要克雷曼先生一进来，整个房间就阳光灿烂。”妈妈这话对极了。

照现在的情况来看，他必须住院，接受一项高难度的胃部手术，再留院观察至少四周。你真该看看他向我们道别时的模样，和平常没什么两样，好像只是出去一趟而已。

安妮

1943年9月16日 星期四

亲爱的吉蒂：

密室里的人际关系变得越来越差。吃饭时大家都不敢张嘴（除了张嘴吃饭），因为不管说什么，总会招来别人的反感或误解。福斯库吉先生偶尔过来看看我们，可惜他现在过得也不好。他的态度好像在说：我还有什么好在乎的，反正迟早都会丧命！因此他家里的气氛也很沉重。想想密室里人人都如此敏感易怒，也就不难想象福斯库吉先生家中是怎样一番情景了。

每天我都吃缬草根①，以缓解忧郁和焦虑的心情，可到了第二天，情绪却变得更加失落。或许十包缬草根也比不上一次开怀大笑，但我们几乎忘记该怎么笑了。有时我真担心，整天愁眉苦脸下去，会未老先衰。其他人也好不到哪儿去，大家都担心即将到来的可怕的冬天。

还有一件事也让我们揪心：在仓库工作的凡·马伦先生对密室起了疑心。事情发展到现在，稍微有点头脑的人肯定会注意到：有

---

① 一种缬草属的植物，其根状茎可用作镇痛剂。

时弥普说要去实验室，贝普说要去档案室，克雷曼先生说要去拿欧贝卡的货，而库格勒先生却说密室根本不在这栋楼，而在隔壁楼里。

原本我们对凡·马伦先生的猜测不太在意。可他是出了名的不可靠，好奇心又重，一两个敷衍的借口可打发不了他。

一天，库格勒先生想格外谨慎些，于是十二点十二分时，他穿上外套，去了街角的药店。不到五分钟的时间，他就回来了，像小偷一样悄悄地爬上楼。一点十五分，他准备离开了。贝普在楼梯上等他，并且提醒他凡·马伦在办公室里。于是库格勒先生立刻转身回来，和我们一直待到一点半。然后他脱掉鞋，只穿着袜子（顾不上冷了），走到前面阁楼，从另一边楼梯下去，一步一步小心翼翼，生怕弄出声响。整整十五分钟后，他才下完楼梯。还好，他一副从外面回到办公室的模样。

同时，贝普摆脱了凡·马伦先生，进密室来找库格勒先生。可是他已经走了，当时正蹑手蹑脚地下楼梯。要是有行人看到这位经理会做何感想呢？天啦！你，居然只穿着袜子！

安妮

1943年9月29日 星期三

亲爱的吉蒂：

今天是凡·丹太太的生日。没有奶酪、肉和面包的配给券，她收到的礼物只有一瓶果酱。她的丈夫、杜塞尔先生和办公室员工只送给她鲜花和一些食物。我们过的就是这种日子！

上周贝普感到一阵头晕目眩，因为她有太多差事要做。有一天她甚至被叫出去十次，不是让她马上出发，就是让她再去一次，或是她全做错了。想想看，她有自己的工作要做，加上克雷曼先生生病，弥普感冒在家休息而她自己也有很多麻烦，她不但扭伤了脚，还和男友起了争执，更要应付一个暴躁的父亲，难怪她快崩溃了。我们都安慰她，让她坚决拒绝一两次，说自己实在没时间，这样采购单自然就会减少。

星期六上演了一出好戏，搬进密室以来从未见过的好戏。源于一次对凡·马伦的讨论，最后演变成一场哭哭啼啼的争吵。杜塞尔先生向妈妈抱怨说，大家都躲着他、排斥他、没人对他友善，可他自己什么都没做错，却落得这种下场，实在冤枉，又说了一大堆好言好语。幸好这回妈妈没有应和他！她对他说，我们都对你很失望，你不止一次给大家惹了大麻烦。（杜塞尔先生向妈妈保证。可是和平常一样，我们至今还没看到丝毫改变。）

凡·丹夫妇又惹麻烦了，我能感觉出来！爸爸非常生气，因为他们背着我们偷藏肉和其他东西。哦，又是一次爆炸性事件！真希望我能置身事外！真希望我能离开！他们快把我逼疯了！

安妮

1943年10月17日 星期天

亲爱的吉蒂：

谢天谢地，克雷曼先生又回来了！虽然脸色还有些苍白，可他还是愉快地出门帮凡·丹先生卖衣服，因为凡·丹先生的钱用光了。最后100荷兰盾也在仓库里丢失了，这事至今都让我们感到疑惑。这100荷兰盾怎么会出现在仓库里呢？同时，这100荷兰盾是被偷的，那小偷是谁呢？

我要说说缺钱的事。凡·丹太太的裙子、衣服、鞋子一大堆，可她觉得一样都不能卖；凡·丹先生的西装很难卖出去；皮特的自行车也被拍卖过，可是无人问津，又拿回来了。事情还没结束。在凡·丹太太看来，我们的日常开销应该由公司负责支付。这也太荒唐了！他们刚刚大吵了一架，现在已经处于“哦，亲爱的普蒂”、“珂丽宝贝”的和好阶段。

上个月，这栋可爱的房子里布满了各种谩骂争吵，我实在难以接受。爸爸紧闭双唇，一听到有人说起他的名字，就惊恐地抬头，生怕有什么棘手的麻烦要他解决。妈妈一脸紧张，面颊发红。玛格特抱怨头疼。杜塞尔先生睡不着觉。凡·丹太太整天发火。我几乎快发疯了。说实话，有时我都忘了谁和谁在生气，谁和谁又和好了。能让我摆脱这些想法的，只有学习。最近我学了不少知识。

安妮

1943 年 10 月 29 日 星期五

亲爱的吉蒂：

克雷曼先生又请假了，他的胃又搅得他不安宁，他甚至不知道胃还有没有在流血。他对我们说，感到不舒服，要回家休息。第一次我们发现他的身体真的垮了。

凡·丹夫妇越吵越凶。其实原因很简单：没钱了。他们想卖凡·丹先生的一件大衣和一套西服，却由于卖价太高而无人问津。

不久前，克雷曼先生说起他认识的一个皮货商，于是凡·丹先生动了卖掉妻子皮毛大衣的念头。那件皮毛大衣是她十七年前买的。最后以 325 荷兰盾的价格卖掉了，这可不是一笔小数目。凡·丹太太想留着钱，战后再添置新衣服。凡·丹先生费了好大的劲劝她，她才答应拿出这笔钱来支付家庭开销。

你根本想象不到那些尖叫、咆哮、跺脚、咒骂，简直太可怕了。

我们一家屏住呼吸，站在楼梯下面，准备着必要时把他们拉开。所有争吵、眼泪、剑拔弩张的气氛让我的神经绷得紧紧的。夜晚我倒在床上，泪流满面。感谢老天，终于有片刻的安宁了。

我现在的情况还不错，除了食欲不振。经常有人对我说："天啊，你脸色怎么这么差！"我得承认，他们竭尽全力地让我保持健康：葡萄糖、鱼肝油、酵母片、钙片，全都用上了。我经常神经过敏，尤其是在周日。一到周日，我的心情就跌落谷底。空气低沉、压抑，大家都无精打采。屋外听不到一声鸟叫，屋内弥漫着死一般的安静。这种安静紧紧地抓住我，似乎要把我拽进地下最深处。这时候，爸爸、妈妈和玛格特对我而言无足轻重。我在各个房间里来回穿梭，上楼下楼，好像笼中一只折翼的燕雀，在黑暗中撞击着笼中的铁条。"让我出去，让我自由呼吸，让我畅怀大笑！"在内心深处，有个声音在呐喊，我却没有回应，只是呆呆地躺在沙发床上。既然无法让时间消失，唯有在睡梦中打发时间，让寂静和恐惧感更快过去。

安妮

1943 年 11 月 3 日 星期三

亲爱的吉蒂：

为了让我们转移注意力，少些烦心事，也为了让我们发展智力，爸爸从函授学校订了一份目录册。玛格特把厚厚的册子从头到尾看了三遍，还是没找到既喜欢，又在她的经费预算之内的科目。爸爸比较容易满足，打算试试"初级拉丁语"。很快资料就寄来了。玛格特的热情也被激发了，决定选这门课，不再考虑费用的问题。虽然我也很想学习拉丁语，但学起来太吃力了。

为了让我也学点新东西，爸爸向克雷曼先生要了一本《儿童圣经》，这样一来，我也能学点“新约全书”。

“你准备送安妮一本《圣经》作为犹太圣节礼物吗？”玛格特问，有些不安。

“是的。或许圣尼古拉斯节送更合适。”爸爸回答。

耶稣和犹太圣节确实格格不入。

吸尘器坏了，每晚我只好用旧毛刷清理地毯。窗户紧闭，灯开着，炉火烧着，我在刷地毯。“肯定会有麻烦，”一开始我就自言自语，“肯定会有人抱怨。”果不其然。满屋的浓烟弄得妈妈头疼，玛格特的新拉丁语字典上布满了灰尘，皮姆嘟囔地说地板看起来也没什么变化。我真是费力不讨好。

从今以后，我们决定，从星期天早上五点半改到早上七点半生炉子。可我觉得这样太危险了。要是附近的人看到冒烟的烟囱，会怎么想呢？

窗帘也一样。自从搬进密室以来，窗帘就紧紧地钉在窗户上。偶尔有人忍不住偷看外面，结果是一通责备。受责备的人通常会辩解：“哦，没人会发现。”可果真如此吗？说得容易，所有粗心大意的举动都是这样开始和结束的。

此刻，激烈的争吵已经平息了，只有杜塞尔先生和凡·丹夫妇还在拌嘴。杜塞尔先生总是管凡·丹太太叫“老蝙蝠”或“又丑又傻的老太婆”，凡·丹太太还击，管我们这位博学的绅士叫“老女人”或“神经兮兮又易怒的老处女”等等。

这两人真是五十步笑百步！

安妮

1943年11月8日 星期一晚

亲爱的吉蒂：

如果你一口气看完我所有的信，你会发现，我每次写日记的情绪都不一样。在密室中，受情绪波动的影响如此之大，这实在让我很苦恼。可是并非我一人如此，我们都太过情绪化了。如果我看书看得入了迷，那么在与其他人相处之前，我得重新梳理思路，以免被人看作怪胎。你能看得出来，最近我很沮丧。我也不知道究竟是为什么，但我想是源于我的胆怯。今天晚上，贝普还在这儿时，门铃响了很长时间。我脸色唰的一下变白了，胃里也翻搅起来，心咚咚直跳——一切都因为我的恐惧。

晚上躺在床上，我仿佛看到自己孤零零地在地牢里，身边没有父母；或是看到自己在街上闲逛；或是看到密室着火了；或是深夜时有人来抓我们，我绝望地钻到床底。一切就像真的一样。想想，在不久的将来，一切真有可能变成现实！

弥普常常对我们平静安宁的生活羡慕不已，可是显然她忽略了我们的恐惧。

我无法想象这个世界还会恢复正常。虽然我经常说起“战后”，但那似乎只是永远无法成真的梦幻仙境。

在我眼里，密室里的八个人置身于一片蓝天之下，然而周围却布满危险的乌云。虽然我们头顶上的这片天地暂时是安全的，可四周的乌云正渐渐逼近。我们的保护圈越缩越小，周围全是黑暗和危险。我们拼命寻找逃生之路，却只是相互碰撞。我们往下看，一片争斗，往上看，一片和平美丽。可是同时，我们被成片乌云阻隔，上下不得。这片乌云仿若一堵穿不透的墙，向我们步步迫近，要将我们压碎，只是暂时还压不过来。我束手无策，只能苦苦哀求：“哦，保护圈，保护圈，打开得再大点吧，快让我们逃出去！”

安妮

1943年11月11日 星期四

亲爱的吉蒂：

这篇日记有个好题目：

钢笔颂

——纪念我的钢笔

钢笔一直都是我最珍贵的物品之一。我十分珍视它，特别是因为这支笔的笔尖很粗，而我只有用粗笔尖才能写出好字。它度过了一段漫长而有趣的钢笔生涯，下面我就简单介绍介绍吧。

九岁时，我的钢笔（用棉布包着）从亚琛市寄来，上面写着“非卖品”。我外婆（那位善良的捐赠者）以前就住在那儿。当时的我感冒了，正躺在床上休息，二月的风从房屋四周呼啸而过，这支漂亮的钢笔静静地躺在一个红色的皮盒子里。我，安妮·弗兰克，骄傲地成了这支钢笔的主人，并且一有机会就把它拿出来给我的朋友们看。

十岁时，爸爸妈妈允许我把笔带到学校去。意外的是，老师也同意我用钢笔写字。十一岁时，因为六年级的老师只准我们用学校的钢笔和墨水瓶，所以我只好把这个宝贝收起来。十二岁时，为了纪念我进入犹太学校，我的钢笔得到了一个新盒子，这个盒子不但可以再放一支铅笔，还有拉链，真是太棒了。十三岁时，钢笔跟随我来到了密室，我用它写下了无数的日记和作文。十四岁时，钢笔陪我度过了它的最后一年……

那是一个星期五的下午，五点刚过，我走出房间，正要坐在桌旁写东西。就在这时我被狠狠地推到一旁，位子让给了想要学习拉丁语的玛格特和爸爸。桌上搁着我的钢笔，却没人用。它的主人叹了口气，只能坐在桌子的小小一角，开始搓豆子，把长霉的豆子上的霉菌清理掉。五点四十五分，我开始扫地，把垃圾和烂豆子倒在报纸上，再扔进炉子里。一条大火苗一蹿而起，我心想，这倒还不错，因为之前火苗一直不旺。

又是一片安静。拉丁语学生走了，我又坐在桌边，收拾之前的东西。可是找了个遍，我的钢笔还是不见踪影。我又找了一遍，玛格特、妈妈、爸爸、杜塞尔先生也帮我找。可钢笔依旧消失得无影无踪。

“说不定是和豆子一起被丢进炉子里了！”玛格特说道。

“不，不可能！”我答道。

那天晚上我的钢笔还是不见踪影，我们推测它已经被烧掉了，再加上赛璐珞 是易燃物。第二天，最可怕的猜测得到证实，爸爸清理炉子时，在一堆烟灰中发现了笔夹，那是用来将钢笔别在口袋上的，金笔尖却不见踪影。“一定是烧化了，熔进石头里了。”爸爸推测。

我心中有个小小的安慰：我的钢笔被火葬了，正如我希望有一天自己也能这样！

安妮

1943年11月17日 星期三

亲爱的吉蒂：

最近发生的事使我们遭受了沉重的打击。由于贝普家有人患了白喉，她得和我们隔离六周。少了她，做饭和购物都成问题，更别说我们有多么想念她的陪伴了。克雷曼先生卧床休息，只能吃麦片粥。库格勒先生忙得不可开交。

玛格特把拉丁语作业寄给老师，老师批改完后再寄回来。她登记的是贝普的名字。那位老师人很好、很幽默。我猜他也很开心有这么一个聪明的学生。

杜塞尔显得心神不宁，我们也不知道原因。起初他在楼上一言不发，和凡·丹夫妇不怎么说话，我们全都注意到了。过了几天，妈妈找了个机会提醒他，这样下去，凡·凡太太会让他不好过。杜塞尔说，是凡·丹先生先不说话的，他也准备一直沉默下去。我应该解释一下，昨天是11月16日，他来密室的一周年纪念日。为此，他送给妈妈一株植物，而早在几周前就暗示杜塞尔应该请我们吃顿饭的凡·丹太太却什么也没收到。杜塞尔没有利用这个机会感谢我们无私地收留他，反而只字不提。16日早上，我问他，是该恭喜他还是该同情他，他说随便。妈妈充当和事佬，可也无济于事。这件事就这么成了僵局。

可以毫不夸张地说，杜塞尔的脑子确实有些不正常。我们常常笑他忘性太大，没有自己固定的看法，也没有常识。很多次，他把我们告诉他的消息又告诉我们，逗得我们哈哈大笑，因为这时他口中的消息已经面目全非了。不仅如此，每次他受到责备时，总是满口承诺一定会做到，可结果呢？没有一次信守诺言。

“说话的巨人，行动的矮子。”

安妮

1943年11月27日 星期六

亲爱的吉蒂：

昨晚我刚睡着，汉妮突然出现在我面前。

我看见她站在那儿，衣衫褴褛、消瘦、面色憔悴。她看着我，眼神悲伤，还带着责备。我能看懂其中的含义：“哦，安妮，你为什么抛弃我？救救我，快带我逃出这人间炼狱！”

可是我却帮不了她。我只能呆呆站着，眼睁睁地看着他们受尽折磨而死。我能做的只有向上帝祈祷，请求上帝将她带回我们身边。我看见汉妮，只看见她，我明白这是为什么。我误会了她，当时的我不够成熟，无法体会她的难处。她喜欢她那个朋友，而我却好像要把她抢走。可怜的汉妮啊，她肯定感到无比恐惧！我明白，因为现在的我也有同样的感受！我也曾明白过，但只是从心中一闪而过，然后又自私地沉浸在自己的烦恼和喜悦之中。

我那样对她实在太卑鄙了。如今她看着我，哦，天啊，看着她无助的神情、苍白的脸庞、哀求的眼神，但愿我能帮助她！上帝，我已拥有祈求得到的一切，她却饱受命运的折磨。她和我同样虔诚，或许更甚于我，而且一心向善。可是为什么我被选中活着，她却有可能面临死亡呢？我们之间有何差别？为什么我们现在天各一方，命运完全不同？

老实说，有好几个月，不，是至少一年，我没想过她了。我并没有彻底忘记她。可是当我看见她站在我面前时，我才想起她经受的种种磨难。

哦，汉妮，如果你能在战争中幸存下来，真希望战后你能回到我们身边，我会接纳你，并且弥补我对你犯下的过错。

可是即使我能提供帮助，那时她也不会像现在这般迫切需要帮助了。她是否也曾想过我呢？她的感受又是如何？

仁慈的上帝，请给她以安慰，至少让她不再孤单。但愿你能把我对她的怜悯和爱意传达给她，给她以支撑下去的勇气。

我该就此收笔了，再写下去也不会有结果。她那双大眼睛一直出现在我眼前，萦系在我的心头，挥散不去。汉妮真的相信上帝吗？或者她只是被迫接受？我不知道，也从没费心地问过她。

汉妮，汉妮，但愿我能带你离开，但愿我能与你分享我的一切。可惜太迟了，我帮不了你，也无法弥补我的过错。但我永远不会忘记你，我会一直为你祈祷！

安妮

1943年12月6日 星期一

亲爱的吉蒂：

越临近圣尼古拉斯节，我们就越怀念去年装饰喜庆的篮子。

所有人当中，我最反对今年不过圣尼古拉斯节。考虑半天，我最终想出一个有趣的主意。我和皮姆商量了一番，一周前就开始为每人写一首诗。

星期天晚上，七点四十五分，我们提着大大的洗衣篮上楼。洗衣篮上装饰着各种各样剪下来的图案，还有用粉色和蓝色复写纸扎成的蝴蝶结。最顶端是一张大大的棕色包装纸，上面还别着一张纸条。看着眼前这个大大的礼物，所有人都大吃一惊。我拿下纸条，大声念道：

圣尼古拉斯节到了，
在我们躲藏起来的日子里，
我只怕，去年的节日欢乐，
今年难再现。
那时的我们满怀希望，
坚信乐观将会取得胜利；
那时的我们相信，今年到来时，
我们一定享受自由，平安无事。
虽然事与愿违，我们还是不能忘记圣尼古拉斯节，
尽管我们已无礼物可送。
我们仍会想其他法子：
大家各找各的鞋吧！

所有人都在篮子里寻找自己的鞋，笑声连连。每只鞋里都有一个小小的包裹，里面装着送给鞋主人的诗。

安妮

1943年12月22日 星期三

亲爱的吉蒂：

我得了重感冒，直到今天才能给你写信。在这儿生病实在很痛苦。只要一咳嗽，就得把头埋进被子里——一次、两次、三次——尽量忍住不咳嗽。

嗓子还是很痒，于是我只得喝加了蜂蜜的牛奶，吃糖或是止咳药，一想到这些治疗法：发汗退烧、蒸汽疗法、湿敷、干敷、喝热水、含漱、静卧、电热毯、热水瓶、柠檬水、每隔两小时量一次体温。我就一阵头晕。这些方法真的有效吗？最糟糕的是，杜塞尔决定当医生，低下他那喷满发胶的头，贴在我光光的胸口上听声音。不仅他的头发蹭得我胸口痒痒的，而且让我难为情。就算他三十年前上过医学院，获得了什么医学学位。可为什么要把头贴在我胸口上呢？毕竟他又不是我的男朋友！而且他也分辨不出那声音是不是健康的。他应该好好洗洗他的耳朵，因为他现在的听力越来越差了。

关于我的病，就说到这儿吧。现在我又恢复健康了，还长高了差不多半寸，重了两磅。虽然脸色发白，可我迫不及待地想要看书了。

出人意料的是，密室里的人现在相处融洽，没有争吵，这是六个月以来不曾有过的和平安静，虽然可能好景不长。

贝普还是不能外出，可是她的妹妹就快不会传染了。

圣诞节快到了，我们得到了额外的烹饪油、糖果、糖浆。犹太圣节时，杜塞尔先生送给凡·丹太太和妈妈一块可爱的蛋糕，这是他让弥普放下手头的工作，先为他烤制的。玛格特和我收到了硬币做的胸针，闪闪发亮，我无法用语言形容，不过可爱极了。

整整一个月，我攒下了放在热麦片粥里的糖，请克雷曼先生帮忙找人做成软糖，作为我给弥普和贝普准备的圣诞礼物。

外面下着毛毛雨，天气阴沉。炉子散发出阵阵难闻的气味。吃下去的食物全都沉甸甸的黏在胃里，搞得肚子咕咕直叫。

战争陷入僵局，大家情绪都很低落。

安妮

1943年12月24日 星期五

亲爱的吉蒂：

之前我常常写道，我们在这儿总是容易受环境的影响。在我身上，最近这种情况越来越糟。歌德有一句著名的话“欣喜之巅，或绝望谷底”。这句话用在我身上恰如其分。一想到与其他犹太孩子相比，我们躲在这儿是何其幸运，我就仿若攀上了“欣喜之巅”；可当克雷曼太太讲起她女儿吉碧加入曲棍球俱乐部、划独木舟、参加学校的话剧演出、和朋友们喝下午茶，我又会跌入“绝望谷底”。

我不嫉妒吉碧，却渴望拥有一段真正快乐的时光，能够放肆地大笑一场，哪怕笑到肚子疼也无所谓。

我们就像麻风病人似的躲藏在此，与世隔绝。尤其到了冬天，到了圣诞节和新年，更显得形单影只。其实我不应该这样写，因为这样显得太不懂感恩了。可我没办法把一切都埋在心底，于是我要重复日记一开始的那句话：“纸比人有耐心。”

每当有人从外面进来，衣服中还带着风，脸颊上还留着寒气，我就会把头深深地埋进被子里，以阻止自己的念头：“我们何时才能走出去再次呼吸新鲜空气？”可是我又不能总把自己埋在被子中。相反，我必须把头扬得高高的，换做一副勇敢的样子。但即便如此，这些念头还是反反复复地出现在我的脑海里。

相信我，如果你被关上一年半，有时也会忍不住的。不管这种感受显得有多么不公平，多么不知感恩，都无法将它忽略。我渴望骑自行车、跳舞、吹口哨、看看世界、享受自由自在的感觉，可是，我却不能让这些感受表露出来。试想如果八个人都自顾自怜，脸上全是不满，对我们又有什么好处呢？我有时在想，是否有人会理解我的想法，是否真有人会忽视我的不知感恩，是否真有人能不在乎我是不是犹太人，只把我看作一个渴望普通人乐趣的小女孩。我不知道，也不能把这些心思告诉别人，因为只要我一开口，肯定会哭。其实，哭泣能释放情绪，缓解痛苦，只要不是一个人偷偷地哭泣。

尽管我明白所有的道理，也尝试过所有的方法，可是每分每秒我都渴望有一个能理解我的妈妈。正因为如此，无论我写什么或做什么，都想象着将来自己要当一个什么样的妈妈。我心目中的妈妈不会太过在意他人的言语，而是把孩子摆在首位。看来要表达清楚我的思想不太容易，不过“妈妈”这个词本身已经包含所有。你知道我是怎样称呼妈妈的吗？为了让自己在叫妈妈时听起来是在叫“妈妈”，我常常管她叫“妈姆西”。有时简短一点叫“妈姆”——意思是一个不完全的“妈妈”。还好她没有觉察出我的叫法有什么不同，不然她肯定会不开心的。其实我好希望自己可以发自肺腑地叫她“妈妈”。好了，就写到这儿吧。写了这么多，心情好些了，不再处于“绝望谷底”了。

安妮

1943 年 12 月 26 日 星期天

今天是圣诞后的第一天，我不禁想起去年的今天，皮姆给我讲的一个故事。那时我还不懂得他的含义，可现在我明白了。要是他再次提起，我就能让他瞧瞧，我已经懂了！

我想皮姆之所以对我讲起，是因为知道很多人的“秘密”的他，也需要表达自己的感受。皮姆从不谈论自己，我想玛格特也察觉不出他的心思。可怜的皮姆，他骗不了我，他没有忘记那个女孩，永远也不会忘记。他很随和，但对妈妈的缺点并非视而不见。我真希望我能像他一样，但不要经历他受过的那些苦。

1943年12月27日 星期一

亲爱的吉蒂：

星期五晚上，我生平头一回收到了圣诞礼物。克雷曼先生、库格勒先生和几个女孩为我们制造了一次妙不可言的惊喜。弥普亲手烤了一个可口的圣诞蛋糕，上面写着“和平1944”。贝普拿来了一些饼干，质量和战前的一样。

皮特、妈妈和我得到了一瓶酸奶，其他人得到一瓶啤酒。所有礼物都包装精美，还贴着漂亮的图片。圣诞节一眨眼就过去了。

安妮

1943年12月29日 星期三

亲爱的吉蒂：

昨晚我又感到万分悲伤。外婆和汉妮再次出现在我眼前。外婆，我那亲爱的外婆，她遭受的痛苦我们几乎完全无法体会，想想看，她一直都小心翼翼地隐藏着她那可怕的秘密[①]。但她却总是那么慈

① 她的病情已到晚期。

祥、和蔼，对我们的一切都无比关心。

外婆一直是个虔诚、善良的人，她永远不愿让我们失望，不管发生什么，不管我有多淘气，外婆总是护着我。外婆，你爱我吗？或者，连你也不理解我吧？我不知道。虽然有我们的关爱，可你肯定依旧感觉孤单，即使有很多人爱着你，可你还是会寂寞，因为你不是任何人的“唯一”。

还有汉妮。她还活着吗？她此刻在做什么？上帝啊，请保佑她，把她带回我们身边吧。想起汉妮，想起和她一起遭受折磨的人时，我就十分难过。汉妮，在你身上，我看到了自己可能遭受的命运。我一直把自己想象成你。因此，为什么我还会抱怨这儿的痛苦生活呢？难道我不应该高兴又满足吗？我自私又懦弱。为什么我总是想到、梦到那些最最恐怖的事情，感觉惊恐，想要尖叫呢？原因是，我对上帝不够虔诚。他赐予了我如此多，我实在不配，而且每天还做错很多事！

想起那些亲爱的人们遭受苦难，我们就忍住不流泪，可以哭上一整天。可我们唯一能做的，只有向上帝祈祷，祈求上帝赐予奇迹，拯救苍生。希望我的态度足够虔诚！

安妮

1943年12月30日 星期四

亲爱的吉蒂：

前几次激烈的争执已经平息，不仅是我们家人之间、杜塞尔和“楼上”之间，连凡·丹夫妇之间也重归于好了。可是，又有几片乌云正向我们头顶袭来，原因是因为——食物。凡·丹太太想了个荒唐的点子，早上少煎些土豆，将剩余的挪到午餐和晚餐再吃。妈妈、杜塞尔以及其他人都不同意。于是我们把土豆分成每人一份。另外，肥肉和油的分配也不公平，所以妈妈打算取消现在的分配方法。如果出现什么有趣的进展，我会告诉你的。这几个月以来，我们一直分肉（给他们肥肉，给我们瘦肉），分汤（他们有，我们没有），分土豆（给他们削皮的，给我们没削皮的），还分其他东西。现在开始分煎土豆了。

干脆把东西全都分了算了！

安妮

又：贝普给了我一张印有皇室成员照片的明信片。朱利安娜和皇后显得很年轻，三个小女孩也很可爱。贝普真是个好人，你说呢？

1943年1月2日 星期天

亲爱的吉蒂：

今天上午无事可做，我随手翻了翻日记。其中好多处提到了“妈妈”，语气强烈，把我自己也吓了一跳。我自言自语：“安妮，你真的如此愤恨吗？哦，安妮，你怎么能这样？”

我坐在那儿，手里捧着日记，心想自己为什么满怀怒气和恨意，要向你倾诉？我试着体会去年的安妮，为她辩解。我对你说过那么多指责，如果不解释其缘由，我会良心不安，问心有愧。那时（现在仍是如此）我的头脑被情绪左右，只能从自己的角度看待一切，却不懂得平心静气地去想想他人——那些被反复无常的我伤害或冒犯的人——说了些什么，只会自以为是。

我将自己隐藏在内心深处，从未想过他人，心里只装着自己，在日记里平静地记录下我的喜怒哀乐。因为这本日记已经成为回忆录，对我意义重大，可我却常常随意地写下“已经结束了”。

我以前常常对妈妈生气（现在也一样）。她确实不理解我，可是我也不理解她。她爱我，对我温柔又疼爱，可是我常常让她烦心。再加上她自己也有很多麻烦，她变得紧张又易怒，所以我能理解为什么她总是对我发脾气。

我总是把妈妈的责备太放在心上，对她又凶又没礼貌，结果弄得她很生气。我们陷入一个不愉快和伤心的恶性循环之中。两人都闷闷不乐，还好现在看来这样的循环快结束了。我不想弄明白这到底是怎么回事，只是为自己感到难过，但这是可以理解的。

日记里写下的激烈言辞只是为了宣泄当时满腔的怒火，换做平常，我只要把自己关在房间里，跺跺脚，或背着妈妈不满地嘀咕几句，气也就消了。

那段流着眼泪控诉妈妈的日子已经过去了。我变得更加理智，妈妈也不再那么神经紧张。当我心烦时，一般都能管住自己的舌头，她也如此。表面上看来，我们相处得越来越融洽，可是有一件事我仍然做不到，那就是像普通孩子一般深深地爱着妈妈。

与其让妈妈把那些刻薄的话放在心上，还不如将这些话写在纸上。这个念头让我安心不少。

安妮

1944年1月5日 星期三

亲爱的吉蒂：

今天我要向你坦白两件事。说来话长，但我必须要找人倾诉，而你，正是不二人选。因为我知道，不管发生什么，你都会保守秘密。

第一件事和妈妈有关。你知道的，我常常抱怨她，然后又尽力对她好。现在我终于恍然大悟她到底是怎么了。妈妈说过，她对待我们的态度更像是朋友，而非女儿。当然这样不错，但是朋友终究无法代替妈妈，我希望妈妈能为我树立榜样，做一个我尊敬的人。可大多数时候，她却是一个反面榜样。不过我觉得玛格特和我的想法完全不同，她永远无法理解我对你说的这些事。而对于和妈妈有关的话题，爸爸则总是极力回避。

在我想象中，妈妈首先应该言行举止得体，特别是对待正值青春期的孩子。而不是像我的妈妈，在我哭的时候取笑我。其实我哭并不是因为哪儿疼，而是为了别的事。

说起来好像有点琐碎，可有一件事我永远也无法原谅她。有一天，妈妈和玛格特打算陪我一起去看牙医，并且同意我骑自行车。看完牙医，我们走出来，妈妈和玛格特柔声告诉我，她们要去市中心逛逛。自然我也想跟着去，可她们却不答应，因为我骑着自行车。我又气又恼，眼泪夺眶而出，妈妈和玛格特却在一旁取笑我。我气得要命，才不管当时正站在大街上，冲她们吐舌头，正好一个老太太路过，把她吓了一大跳。我骑着自行车回到家，哭了好久。奇怪的是，虽然妈妈伤害了我很多次，可只有这次，只要回想起当时是多么生气，我仍感到心痛不已。

要坦白的第二件事实在难以开口，因为和我有关。吉蒂，我不是那种古板的人，可每次听到他们详细描述上卫生间的情景，我就会生出几分厌恶。

昨天我看到希斯·赫斯特的一篇关于脸红的文章，真像是专门写给我的。我并不会轻易脸红，可文章的其他部分和我的情况简直一模一样。文章的大意说，青春期的少女凡事都喜欢放在心里，开始意识到身体的奇妙变化。我也有相同的感觉。或许正因为如此，我最近才对玛格特、妈妈和爸爸感到不好意思。另一方面，玛格特比我更害羞，可她却根本不会难为情。

我感到自己的改变是如此的不可思议。不只是身体上的变化，还有内心的改变。我从不和其他人谈论自己或其他事，只能自己与自己交谈。每次来例假时（目前为止只来过三次），虽然疼痛不适、手忙脚乱，却感觉怀揣一个甜蜜的秘密。因此，尽管有些不便、有些麻烦，我总是期待着再次体会那种神秘的感觉。

希斯·赫斯特还写道，我这种年纪的女孩对自身感觉不确定，同时开始发现原来自己也是有主见、有思想、有独特行为习惯的个体。来这儿时我十三岁，开始思考自己，比其他女孩更早成为“独立的人”。有时夜里躺在床上，我感到内心有一种强烈的冲动，很想抚摸自己的胸部，聆听心脏安静且有节奏地跳动。

其实在我来这儿之前，下意识里已经有了这样的感觉。有天晚上我在杰奎琳家过夜时，忍不住对她的身体充满了好奇，但她总是躲着我，我从未见过她的身体。于是那晚我问她，作为友谊的证明，是否可以触摸彼此的胸部。然而杰奎琳拒绝了。

另外，我也有想要亲吻她的强烈欲望。结果我真的亲了。每次看到女性裸体，比如艺术史教科书上的维纳斯，我就会心醉神迷。看着完美无瑕的她们，有时我会不禁流下泪来。但愿我能拥有一个女友！

安妮

1944年1月6日 星期四

亲爱的吉蒂：

我如此渴望与人交流，想来想去，不知怎么的，结果挑中了皮特。有几次我在白天走进皮特的房间，感觉舒适又愉快。可是皮特太有礼貌了，就算有人打扰了他，也从不下逐客令，因此我从不敢久留，我害怕他会讨厌我。我总是找借口在他房里逗留，引他不自觉地说话。

昨天机会来了。最近皮特迷上了填字游戏，一天到晚几乎不做其他事。我帮他做游戏，一会儿的工夫，我们就隔着他的桌子坐了下来，他坐在椅子上，我则坐在沙发床上。

当我看向他那双深蓝色的眼睛时，心里有种奇妙的感觉。看得出对于我这个不速之客，他有多么局促不安。我能读懂他内心最深处的想法，从他脸上，我看出了他很无助，不知如何是好，同时，还有一丝男子汉的自觉。看着他一脸害羞的神色，我的心似乎也变得柔软。我想说："说说你自己吧，看看多话外表下的我。"可是我却发现，想问题比说出问题更容易。

那晚就这么过去了，什么也没有发生，除了我对他说起的关于脸红的文章。当然和我告诉你的不太一样，我只告诉他，随着年龄的增长，会变得越来越沉稳。

那晚我躺在床上，一场痛哭，还得小心翼翼地不被人发现。一想到我得向皮特哀求，心里就一阵厌恶。可是，为了满足愿望，人们几乎什么都会做。比如说我吧，我已经打定主意时不时找他说说话。

你可别以为我爱上了皮特，我可没有。如果凡·丹夫妇生的是女儿，而不是儿子，我肯定也会想办法和她交朋友。

今天早晨不到七点，我一醒来就想起自己做的梦。梦中，我坐在椅子上，对面坐的就是皮特——皮特·希夫，我们一起看一本玛丽·波斯的画册。这个梦如此真切，连画册里的几幅图画我都记得清清楚楚。突然我和皮特四目相对，我久久地凝视着那双温柔的棕色眼睛。他轻声说道："要是我知道的话，早就来找你了！"突然我一转身，一阵激动，接着一张温柔、英俊的脸庞贴上我的面颊，感觉如此美妙，如此美妙……

就在这时我醒了，仍感觉我们的脸颊还紧紧贴着。他棕色的双眼深深地看进我的内心，那么深，深到能够看出当时的我有多爱他，现在仍深爱着他。眼泪再次模糊了我的双眼，心里悲喜交加。悲的是我又一次失去了他，喜的是我坚信皮特依然是我的唯一。

奇怪的是，我做的梦常常如此生动逼真。有一天晚上我梦见了奶奶，如此真切，连她柔软、满是皱纹的皮肤都看得清清楚楚。还有一次，奶奶变成了我的守护神。除此之外，我还梦见了汉妮。在我心里，她仍代表着我那些受苦受难的朋友，以及所有犹太人。因此，当我为她祈祷时，也在为所有犹太人和苦难的人们祈祷。

现在，我最亲爱的是皮特。在我脑海中，他的形象从来不曾如此清晰。不需要照片，他就清清楚楚地印在我心里。

安妮

1944年1月7日 星期五

亲爱的吉蒂：

我真是个傻子，居然忘了告诉你我的一段爱情往事。

上幼儿园时，我喜欢上了萨里·基米尔。他的爸爸去世了，他和妈妈、阿姨住在一起。萨里有个名叫奥比的表弟，长相不错，瘦瘦的，一头黑发。后来他越长越英俊，一张犹如电影偶像般的脸庞，与风趣幽默但却又矮又胖的萨里相比，自然赢得了我更多好感。很长一段时间里，我们总是如影随形，可是我的爱情却没有得到回应，直到与皮特·希夫不期而遇。我全心全意地迷恋他，他也喜欢我，整整一个夏天我们形影不离。直到今日，我的眼前仍会出现我们在小区手牵手漫步的模样。皮特穿一件白色纯棉衣，我穿一条夏天的短连衣裙。暑假结束后，他进了中学，我上小学六年级。他常常在回家的路上等我，或者是我等他。皮特简直就是完美的化身：个子高挑、长相英俊、瘦瘦的，还有一张认真、安静、聪明的脸。他有一头黑发，迷人的棕色眼睛、红润的双颊、挺翘的鼻子。笑起来的样子既淘气又男孩子气十足。我真是爱死了他的笑容。

暑期时，我去了乡下。回来时，皮特已经搬去和一个比他大很多的男孩同住。那个大男孩肯定跟他说我只是个小丫头，于是皮特不再见我。我深爱着他，怎能面对现实？我还是黏着他，直到有一天我终于明白，如果再这么跟着他，人们会说我是个花痴。

后来，皮特交了几个和他同龄的女性朋友，连招呼也不跟我打了。我上了犹太学校，班里有几个男孩喜欢我。我很享受这种被人喜欢的感觉，为他们对我的关注而洋洋得意，可是仅此而已。后来，哈利疯狂地爱上我，不过我和你说过，我再也不会爱上谁了。

俗话说得好："时间是治愈伤痛的良药。"我就是这样。我告诉自己，我已经忘记了皮特，至少对他不再有爱意。然而对他的回忆却如此强烈，我不得不承认，我不再喜欢他的唯一理由是：我嫉妒其他女孩。今天早上我意识到，一切如旧。相反，随着年龄增长，我越来越成熟，我的爱也和我一起成长。现在我能理解当初皮特为什么觉得我很幼稚，不过一想到他已经彻底地忘记了我，心里还是一阵阵地疼。他的脸庞如此清晰，我明白，能够让我铭刻于心的，只有皮特。

今天我心乱如麻。早上爸爸亲吻我时，我想要大叫："如果你是皮特，该有多好！"我一直想着他，一整天我一遍又一遍地对自己说："哦，皮特，亲爱的，亲爱的皮特……"

谁能帮我？我一定得活下去，向上帝祈祷，如果有一天我们能走出去，我会再次和皮特相遇，他会注视我的眼睛，读出我眼里的爱意，开口说道："哦，安妮，要是早知道的话，我早就来找你了。"

有一次爸爸和我谈到了性。他说我还太小，不懂得这种欲望。可是我想其实我懂，现在我完全懂了。如今对我来说，最亲密的就是皮特！

我看着镜中的自己，与平时的我如此不同。双眼清澈而深邃，双颊红润，好几周不曾有过这样的好气色了，嘴唇也更加娇润。我看起来很开心，可神情里却隐藏着一丝悲伤，笑意也从嘴边转瞬即逝。

其实我不开心，我知道皮特心里没有我。至今我仍能感觉到他那双好看的眼睛凝视着我，他那凉凉的、柔软的脸颊紧贴着我……哦，皮特，皮特，我要怎样才能从心里抹去你的模样？任谁也无法代替你。我爱你，深爱着你。这份爱意如此强烈，再也无法埋藏于心，必须冲出胸膛，以显示出它的威力。

一周以前，甚至就在昨天，如果你问我："所有朋友之中，你觉得最有可能嫁给谁？"我会回答："萨里。因为和他在一起，我感到开心、平静。他还能带给我安全感！"可如今我会大声说："皮特，我全身心地爱着他，我愿付出所有！"只有一点：他可以抚摸我的脸，但仅仅到此为止。

今天早上我幻想和皮特待在阁楼里。我们俩坐在窗边的地板上，聊了会儿天，后来两人都哭了。过了一会儿，我感到了他的嘴唇和脸颊的温度！哦，皮特，快来我身边吧。别忘了我，我最最亲爱的皮特！

安妮

1944年1月12日 星期三

亲爱的吉蒂：

虽然贝普的妹妹要到下周才能重返校园，但是两周前贝普就已经回来了，但她又患了重感冒，在床上躺了两天。弥普和简也因为闹肚子请了两天假。

最近我迷上了跳舞和芭蕾，每晚都勤加练习舞步。我用妈妈淡紫色的花边衬裙做了一件超现代的舞蹈装。一条斜斜的带子穿过顶部，在胸部上方系一个蝴蝶结，最后以一条粉色条纹缎带结束。我试着把网球鞋改成芭蕾舞鞋，可是没有成功。我僵硬的四肢渐渐变得和以前一样灵活。其中有一项训练很辛苦：坐在地板上，一手托一个脚跟，然后将两条腿抬高。我必须在地板上加个垫子，不然可怜的屁股就要遭殃了。

人人都在看《无云的早晨》这本书。妈妈觉得写得相当好，因为书中描写了一些青少年的问题。我略带讽刺地想："你还是先对你身边的青少年多注意注意吧！"

我想，在妈妈心里，玛格特和我与父母之间的关系是全世界中最好的，而她是全天下最关心孩子生活的妈妈。我想她肯定心里装着玛格特，因为我相信玛格特没有和我一样的问题和想法。我决不会告诉妈妈，她的一个女儿和她想象的完全不一样。她会大为费解。我不想再让她平添忧愁，因为我知道一切都不会改变。妈妈的确感到玛格特比我更爱她，但是她以为现在的我只是处在成长的必经阶段。

玛格特人越来越好，和以前大不一样，没有那么狡猾，慢慢成了一个真正的朋友。她不再把我看作一个无足轻重的小丫头了。

说也奇怪，有时候，我居然能站在旁人的角度看待自己。我从容地看着这个叫作"安妮·弗兰克"的人，把她当成陌生人似的审视她的生活。

来这儿之前，我还不像现在这样想得这么多。那时的我偶尔感到自己不属于妈妈、爸爸和玛格特，我一直都是外人。有时我整整六个月假装自己是个孤儿，然后又自责：我一向如此幸运，却要假装可怜兮兮。我逼迫自己与人为善。每天早上听到楼梯间响起脚步声，我希望是妈妈来道早安，我热情地回应她，因为我真心期待她饱含爱意的眼神。可是她却呵斥我，结果我只好带着深深的沮丧上学去。

放学回家的路上，我又为妈妈找借口，告诉自己，她要操心的事已经够多的了。于是又打起精神，兴高采烈地回到家中，说个没完。然后第二天一切又重演，我又拿着书包，郁郁寡欢地离开家上学去。有时我下定决心要一直生气，可放学后我总有一肚子的话要说，早将之前的决定抛在脑后。不管妈妈在做什么，我都想让她停下来，好好听我说话。然后情况再一次发生，我不再听着楼梯间的脚步声，心里无比孤独，每晚总会哭湿枕头。

来到这儿后，一切变得更加糟糕。这你已经知道了。现在上帝派人来帮助我：那就是皮特·希夫。我玩弄着吊坠，把它抵在唇上，心想："我还在乎什么？皮特是我的，谁都不知道！"有了这个念头，所有的恶意指责，我都不放在心上。谁会知道一个十来岁的小姑娘的脑袋里，竟然装着那么多的想法呢？

安妮

1944年1月15日 星期六

亲爱的吉蒂：

详细描述我们之间所有的口角与争论，毫无意义。我只告诉你吧，很多东西我们都分开用，比如肉、油、土豆。最近刚到下午四点，我们就饥肠辘辘，肚子咕咕直叫，于是加餐吃了些黑面包。

妈妈的生日快到了。库格勒先生送给她额外的糖，却招来凡·丹一家人的嫉妒，因为凡·丹太太过生日时什么礼物也没收到。可是那些刺耳恶毒的言辞和眼泪已经让我们烦透了，再说给你让你心烦又有什么意义呢？

妈妈许了一个心愿，一个暂时无法实现的愿望：整整两周不用看见凡·丹太太的脸。是否同一屋檐下的人们迟早都会起争执？或者只是我们运气不好？吃饭时，半碗肉汤杜塞尔一人就盛了四分之一，剩下的根本不够我们分。我一下没了胃口，恨不得跳起来，狠狠地给他一拳，把他打倒在地，再把他甩出去。

是否大多数人都是吝啬又自私？自从搬进这儿，我对人性有了一些认识，这样很好，可是我已经受够了。皮特和我的看法一致。

尽管我们不断争吵，尽管我们渴望拥有自由，渴望呼吸新鲜空气，但是战争仍在继续，因此我们应该随遇而安，在这儿好好生活。

我又开始说教了，可是我也相信，如果再在这儿住下去，我会变成干巴巴的老豆茎。但我只想做一个真正的少女！

安妮

1944年1月19日 星期三 晚

亲爱的吉蒂：

我（又是我）不知道究竟发生了什么，可是自从做了那个梦之后，我一直关注自己的变化。对了，昨晚我又梦到了皮特・希夫，我们俩四目相对，他看穿了我的心思。可是这次的梦境不如上次真切，也不如上次美丽。

你知道的，以前我总是嫉妒玛格特和爸爸之间的关系。可现在我已经将这份嫉妒抛在脑后了。不过当爸爸冲我没来由地发火时，我仍感到心疼。“你就是这个样子，我无法责备你。你滔滔不绝，谈论着孩子和青少年的想法，可你根本就不懂！”我要的不只是爸爸的疼爱、拥抱、亲吻。我一心只想着自己，这样的我是不是很可怕？难道不是应该先想着待人友好、与人为善、原谅他们吗？我原谅了妈妈，可是每次她语带讽刺，或是嘲笑我时，我必须用尽全力才能控制自己。

我知道自己做得还远远不够。有一天我能做到吗？

安妮

又：爸爸问我有没有把蛋糕的事情告诉你。妈妈生日时，办公室的人送给她一块真正的、战前质量的摩卡蛋糕。真是美妙的一天！可是此时此刻我脑子里实在容纳不下这些事。

1944年1月22日 星期六

亲爱的吉蒂：

你能否告诉我，为什么人们总是想方设法隐藏真实的自我呢？为什么在别人面前，我总是表现得和别人完全不同呢？为什么人与人之间互相不信任呢？我知道这其中肯定有原因。无法完全信赖他人，甚至是最亲近的人，这种感觉实在可怕。

自从那晚的梦之后，似乎我长大了，变得更加独立，连对凡・丹夫妇的态度都有所改变。听到这个消息，你肯定会大吃一惊吧。我不再带着偏见的眼光看待所有的讨论和争执。是什么使我发生了这样的改变呢？我突然意识到，如果妈妈有所改变，如果她是一个真正的妈妈，我们的关系肯定会大不一样。虽然凡・丹太太绝对算不上是一个多好的人，但是每当她们遇到棘手的问题时，如果妈妈不是那么难以相处，一半的争论是完全可以避免的。凡・丹太太也有好的一面：可以跟她讲道理。她或许自私、吝啬、爱耍心机，可是只要你不激怒她，不把她刺激得失去理智，她也很乐意让步。虽然这招并非屡试不爽，可是如果你有耐心，可以多试试，看看究竟能有怎样的效果。

如果我们保持开放的胸怀，友好的态度，而不是只看到最坏的一面，那么所有的争执：关于孩子的教育问题、关于不溺爱孩子、关于食物，一切的一切都会有不同的结果。

我知道你要说什么，吉蒂。

"可是，安妮，这些话真是出自你的口中吗？你一直苦苦忍受着楼上那几个出言不逊的人，你承受了那么多的不公平。"

没错，这些话的确出自我的口中。我想用一种全新的眼光看待周遭的事物，拥有自己的观点，而不是盲目地模仿父母，并不是"有其父必有其子"。我要重新审视凡・丹夫妇，自己判断哪些是事实，哪些是言过其实。假如最后我对他们失望，我也能够和父母站在一边。

如果我没有对他们失望，我可以试着改变父母的态度；如果无法改变他们的态度，我就只有坚持自己的观点和判断。我会抓住一切机会，开诚布公地向凡·丹太太指出我们之间的各种分歧。尽管会被人视为自作聪明，我也不怕说出自己公正的观点。我不会说自家人的坏话，不过如果有人对我的家人说三道四，我会挺身而出，为家人辩解。从今天起，我不再说长道短、搬弄是非。

以前我一直深信不疑，凡·丹夫妇是引发争吵的罪魁祸首。可是现在我相信，应该负主要责任的是我们。在大事上我们是正确的，可是聪明人（比如我们）应该掌握更多与人相处的技巧。

关于这种技巧，我希望自己明白了一些，也希望有机会好好运用一番。

安妮

1944年1月24日 星期一

亲爱的吉蒂：

发生了一件非常奇怪的事（其实事情还未结束）。

来这儿之前，不管在家里还是在学校，一谈起性，不是神神秘秘就是说得很恶心。凡是和性有关的词语，都得轻声低语。要是有谁不明白，准会被嘲笑。我觉得真是奇怪，为什么说起性的话题，人们总是这么神秘兮兮或令人生厌呢？不过因为我无法改变这种状况，因此我尽量闭口不谈，也不向我那群女生朋友询问。

后来我知道了不少。有次妈妈对我说："安妮，我给你个好建议吧。永远别和男生谈论性。如果他们说起，你也别回答。"

我依然记得当时我是如何回答的。"不会，当然不会，"我说，"怎么可能！"谈话到此为止。

刚来这儿时，爸爸常常对我说一些原本应该由妈妈告诉我的话。至于其他的，我从书上学到了一些，从他们的谈话中也知道了一些。

说起这个话题，皮特·凡·丹可不像学校里的男生那么令人讨厌。或许开始的时候有过一两次，可他不会故意引我多说话。有一次，凡·丹太太说她从不和皮特谈论这些事，据她所知，她丈夫也不会。显然她并不知道皮特对这些事了解多少，也不知道他是从哪儿知道的。

昨天，玛格特、皮特和我在削土豆片，不知怎么就说起了布奇。“我们还不知道布奇是公的还是母的呢。”我说道。

“当然知道了，”皮特回答，“布奇是公的。”

我笑了起来：“原来公猫也会怀孕啊。”

皮特和玛格特也笑了。一两个月前，皮特告诉我们，布奇很快就要生小猫了，因为它的肚子明显变大了。可是，布奇的大肚子是偷吃骨头的结果，它肚子里根本就没有小猫，更谈不上要生了。

皮特觉得应该为自己辩解：“跟我来。你自己好好瞧瞧吧。我和这只猫玩了一天，我肯定它是只公猫。”

按捺不住好奇心，我跟着他去了仓库，却不见布奇的踪影。我们等了一会儿，天越来越冷，只好回到楼上。

下午晚些时候，我听到皮特又下楼了。我鼓起勇气独自一人穿过安静的房屋，来到仓库。布奇正在包装台上和皮特打闹，皮特准备把它放在秤上称体重。

“嗨，你想看看吗？”他直接拎起猫，把它翻过来，熟练地抓住它的头和爪子，开始给我上课，“这是雄性器官，这是几根杂毛，这是它的屁股。”

猫一下翻过身来，用它的爪子站立起来。

如果其他男孩指着“雄性器官”给我看，我永远不会再理他。可是皮特继续若无其事地说着这个又别扭又尴尬的话题。他并非另有所图。等他说完后，我也松了一口气，又表现得自然起来。我们和布奇玩得很开心，聊了一会儿，最后晃晃悠悠地穿过长长的仓库，走到门前。

“阉割布奇时你也在场？”

“当然了。”皮特说，“没花多少时间。他们给猫注射了麻醉剂。”

“他们拿掉了什么东西吗？”

“没有，他们只是剪断了管子。从外面根本看不出来。”

我鼓起勇气，问了这个“不寻常”的问题：“皮特，德语Geschlechtsteil是不是‘性器官’的意思？可是男性和女性的叫法不一样。”

“这我知道。女性的叫作阴道，可是我不知道男性的叫作什么。”

“哦，”我说道，“我们怎么才能知道这些词语呢？大多数时候都是偶然之间碰到的。”

“不用等了，我去问问爸妈。他们懂得比我多，而且更有经验。”

我们上了楼也就没再聊下去了。

是啊，真的发生了。我从未和男生如此自然地说起过这个话题。我肯定当妈妈提醒我不要跟男生谈论这些话题时，她说的就是这个意思。

那天我觉得自己像变了一个人似的。当我回想起我们的谈话，感觉怪怪的。可是至少我明白了一件事：年轻人之间，甚至是异性之间，即使不开玩笑，也能自然地谈论这些事情。

皮特真的会问他父母吗？昨天那样的他是真实的他吗？

哦，这我又怎么会知道呢？！

安妮

1944年1月27日 星期四

亲爱的吉蒂:

最近几周，我逐渐喜欢上了皇室的家谱和系谱表。我得出了一个结论：一旦开始寻找，对过去不断挖掘，越挖越深，就会有更加有趣的发现。

我学习很勤奋，能听懂英国广播公司的“家庭服务”节目。星期天，我则忙着整理、翻看我的电影明星收藏集。我的收藏数量已经相当可观。每周一库格勒先生都会给我带一本《电影与戏剧》，我高兴极了。虽然有几个高雅的家庭成员常常说，这个小小的爱好纯粹是浪费金钱，可是当我准确无误地说出任何一部电影中的演员，甚至一年前的电影我也记得一清二楚，他们还是会目瞪口呆，一脸惊讶。贝普常常在假日里和男朋友一起看电影。每当她告诉我周六要去看的电影名称时，我就会一口气说出男女主角的姓名以及影评。不久前妈妈说，我以后压根儿用不着看电影，因为所有的电影情节、影星名字、影评我都烂熟于心。

每次我换了一个新发型，他们的脸上就会浮现出不赞同的神情。肯定会有人问我是在模仿哪位影星。我回答是自己设计的，可他们却一脸的不相信。至于我的发型，一般维持不了半个小时。因为那时我已经烦透了他们的说三道四，只好冲到卫生间，赶紧恢复到以前的一头鬈发。

安妮

1944年1月28日 星期五

亲爱的吉蒂：

今天早上我一直很纳闷儿，你是否觉得自己像头牛，反复咀嚼我这些老掉牙的消息，最后终于受够了如此单调乏味的草料，打个大大的哈欠，暗自希望安妮能挖掘点新的东西。

抱歉，我知道你觉得我写的日记枯燥乏味。可是你想想，对于那些翻来覆去老掉牙的谈话内容，我也听得烦透了。饭桌上的话题不是政治就是美食，否则就是妈妈或凡·丹太太又抖出那些已经讲过一千遍的童年旧事。再不然就是杜塞尔谈论可爱的赛马，夏洛蒂昂贵的衣服，漏水的划艇，四岁男孩就会游泳，肌肉疼痛、受惊的病人。最后的情况是：八个人中只要有一人张嘴，其他七人就能接着帮他讲完故事。笑话刚一开始讲，我们就知道笑点何在。所以只有讲笑话的人自己笑了。两位前家庭主妇说起形形色色的送奶工、杂货商、屠夫，这些人不是被她们夸得天花乱坠，就是被骂得狗血喷头。在我们的脑子中，他们都变成了玛士撒拉[①]。密室里根本听不到新鲜的话题。

大人们总是习惯重复克雷曼先生、简和弥普讲过的故事，并且添油加醋，实在令人难以忍受。所以我经常不得不在桌下暗暗地掐掐手臂，以免自己忍不住纠正那位讲得眉飞色舞、唾沫横飞的人。不管大人们犯了多少错，也不管他们怎样天马行空、凭空杜撰，像安妮这样的小孩是决不能纠正大人的错误的。

简和克雷曼先生喜欢谈论那些躲藏起来的人，他们知道我们渴望听到和我们处境相同的人的故事。不管是被捕的人们的痛苦，还是被释放的囚犯的喜悦，我们都感同身受。

---

① 《圣经·创世记》中人物，据传享年965岁。

找地方偷偷躲藏起来变得很普遍。各地都出现了很多反抗组织，比如“自由荷兰”。他们伪造身份证，为躲藏起来的人们提供金钱资助，安排藏身之地，为躲藏起来的年轻基督教徒找工作。这些慷慨无私的人们甘冒生命危险，帮助和拯救他人，实在令人吃惊又钦佩。

最好的例子就是这些帮助我们的人。他们设法让我们至今仍平安无事，并且可能把我们送去安全地带。一旦被发现，他们会和我们遭受同样的命运。他们从来没有把我们看作负担，从来没有抱怨过我们为他们增添了多少麻烦。他们每天上楼，和男人谈论生意与政治，和女人说起食物和战时困难，和孩子们聊聊书本和报纸。他们脸上带着最灿烂的表情，每逢生日和节日，他们都会送鲜花和礼物，并且随时准备竭尽所能地帮助我们。我们永远不会忘记，当其他人在战场上英勇作战的同时，这些帮助我们的人也用高尚情操和关爱展现出大无畏的英雄气概。

现在到处流传着神奇的故事，大多数都是真事。比如，这周克雷曼先生说，格尔德兰省举办了一场足球赛。其中一支球队是由躲藏起来的人组成的。而另外一支球队的成员居然是 11 个宪兵。希佛萨姆市发行了新的登记卡。为了使许多躲藏起来的人领取配给品（必须出示该卡才能得到配给票证簿，否则买一本得花 60 荷兰盾），登记员要求该地区所有躲藏起来的人们在指定的时间内领取登记卡，然后再去单独的办事点领取证明文件。

不过这得谨慎小心，以免这些事传到德国人的耳朵里。

安妮

1944年1月30日 星期天

亲爱的吉蒂：

又一个星期天过去了。我已经不像刚开始那样讨厌星期天，可星期天确实很无聊。

我还没去仓库，不过可能很快会去的。前几晚我和爸爸一起下楼去，而昨晚我则独自一人摸黑下楼。站在楼梯顶上，德军飞机来回穿梭，我知道当时只有自己，无法求助。我不再害怕，抬头望着天空，虔诚地相信上帝。

我十分渴望独处。爸爸注意到我和平常不太一样，可是我却不能把烦心事告诉他。我只想大声尖叫："让我一个人待着，别管我！"

谁知道呢，说不定有一天真的没有人再烦我了！

安妮

1944年2月3日 星期四

亲爱的吉蒂：

进攻的消息在全国沸沸扬扬地传开了，人人激动不已。如果你也在这儿的话，肯定和我一样对人们做的众多准备感到钦佩不已，虽然你会取笑我们的手忙脚乱。可谁知道呢，也许最后只是白忙一场！

报上全是进攻的消息："一旦英国军队登陆荷兰，德军将会拼尽全力抵抗，必要时水漫荷兰也在所不惜。"他们印制的荷兰地图，标明可能被水淹的地区。阿姆斯特丹的大部分地区都在标注的范围之内，于是我们的第一个问题是：如果街上的水淹过腰部，该怎么办呢？对于这个棘手的问题，大家的回答五花八门：

"步行或骑自行车是不可能的了，我们只好涉水而行。"

“别傻了。我们必须游泳，全都穿上游泳衣、戴上游泳帽，尽量潜水，以免被人看出我们是犹太人。”

“胡说八道！要是女士们游泳时，腿上被老鼠咬了一口，看她们还怎么游！”（当然了，说这话的是一位男士。我们倒要瞧瞧到时候谁的叫声最大！）

“我们不能离开这屋子。仓库不太牢固，要是发大水，肯定会塌的。”

“大家都听着，别开玩笑了，我们应该想办法弄艘船。”

“有什么好烦恼的？我有个更好的点子。每人从阁楼上拿个装货的板条箱，再拿根木头汤勺当船桨。”

“我踩高跷。年轻时我可是踩高跷的高手呢。”

“简·吉斯不需要。他背着他老婆，然后弥普踩高跷。”

吉蒂，现在你大概了解是怎么回事了吧？这些轻松的玩笑实在很有趣，不过要是果真发大水的话，那就另当别论了。

第二个问题是：如果德军要疏散阿姆斯特丹的居民，我们又该怎么办呢？

“跟着一起走。尽量伪装自己。”

“无论如何都别出去！最好待在原地！德军能把所有荷兰人赶到德国去，再把他们统统杀光。”

“我们当然待着这儿。这儿才是最安全的。还要想办法说服克雷曼和他的家人搬来和我们同住。想法子弄一袋刨花，这样一来就能睡在地板上。再让弥普和克雷曼带几床毯子过来，以防万一。现在我们有六十五磅谷物，再多买些准备着。我们还有六十五磅豆子、十磅干豌豆。简想办法再弄些豆子。对了，还有五十个蔬菜罐头。”

“其他东西呢？妈妈，都跟我们说说吧。”

“十个鱼罐头、四十罐牛奶、二十磅奶粉、三瓶油、十罐黄油、四罐肉、两大罐草莓、二十罐土豆、十磅燕麦片、九磅大米，就这些。”

“我们的储藏还是很充足的，可是得供应整个办公室的人的食物。这样一来，存货每周都会减少，所以也并不是那么充足。我们还有足够的煤、木柴和蜡烛。”

“每人都在衣服里藏个小钱袋。就算必须离开时，也能随身带着钱。”

“把最需要先带走的东西列个清单，以免逃命时慌乱。还有预先整理好背包。”

“到那时，派两人望风，一前一后。”

“嘿，要是停水、停气、停电了，这么多吃的又有什么用？”

“那我们就在炉子上煮。先把水过滤，再烧开。我们应该洗干净几个大水壶，再灌满水。那三个用来做罐头的壶也可以用来储水，洗衣盆也可以。”

“我们还有大概二百三十磅冬天吃的土豆，就放在香料储藏室里。”

一整天我听到的就是这些。除了进攻还是进攻。全是关于饥饿、死亡、炸弹、灭火器、睡袋、身份证、毒气……的争论。没一样让人开心的。

密室的男性成员提出了直截了当的警告，下面就是他们和简之间的一场对话：

密室：“德军撤退时，我们怕他们会把所有人也带走。”

简：“不可能。他们没那么多的火车。”

密室：“火车？你真以为他们会让平民坐火车？绝对不可能。所有人只有走路的份。”

简：“我不相信。你们总是往坏处想。他们为什么要把所有平民赶走？”

密室：“难道你不记得格贝尔斯的话吗？如果德军必须撤退的话，他们会把所有占领区的大门统统关上。”

简：“他们说过的话多着呢。”

密室："你以为德军很高尚很仁慈，做不出来吗？他们的理由就是：就算战败，也要把所有人拖下水。"

简："你们有你们的看法，我就是不信。"

密室："事情都是这样。非要亲眼看见，才知道确有危险。"

简："可是你们也不能肯定。一切都是假设而已。"

密室："因为我们亲身经历过。先是在德国，然后是在这儿。你觉得俄国那边怎么样了？"

简："你们不应该把犹太人算在内。没有人知道俄国的情况。英国和俄国为了宣传，可能夸大其词，这招德国人也用过。"

密室："绝对不可能。英国广播公司一贯都是如实报道。就算消息稍微有些夸张，可是事实也够糟的了。你不能否认波兰和俄国几百万热爱和平的无辜平民惨遭杀害，或是被毒死。"

其他的谈话内容我就不说了。我很镇静，对骚乱毫不在意，已经将生死置之度外。没有了我，地球照样转动。既然无力改变任何事情，那就让一切顺其自然吧。我只有专心学习，希望一切都有个好结果吧。

安妮

1944年2月8日 星期二

亲爱的吉蒂：

我实在无法形容我的感受。前一分钟我满心渴望和平安宁，后一分钟又希望一份欢乐。我们已经忘记怎么笑了。我是说，那种开心的大笑。

今天上午我咯咯地笑了。你知道的，就像以前在学校时那样。玛格特和我就像两个真正的少女那样咯咯地笑了。

昨晚我和妈妈又吵了起来。玛格特裹着羊毛毯，突然她从床上跳了起来，仔细检查毛毯。你猜她发现了什么？居然是一根针！原来妈妈缝补完毛毯之后忘拿走了。爸爸意味深长地摇摇头，说妈妈可真够粗心的。过了一会儿，妈妈从卫生间走出来，我打趣地说了一句："哦，您可真是个残忍的妈妈。"

当然了，她问我为什么说这样的话。于是我们告诉她，她粗心地把针忘在毛毯里了。她立刻一副傲慢的模样，说道："你还真会说啊。你缝补时，整个地上都是针。瞧瞧，你又乱扔指甲刀，从来不会收拾收拾！"

我说我没有用指甲刀，玛格特也帮我说话，因为这是她引起的。

接着，妈妈不停地唠叨我有多么粗心大意，最后我实在忍不住了，不客气地说道："说你粗心的又不是我。怎么总是我当替罪羊！"

妈妈不说话了，不到一分钟，我给了她一个晚安吻。这件事虽小，可这些日子事事都让我很不安。

安妮

1944年2月12日 星期六

亲爱的吉蒂：

今天阳光灿烂，天空蔚蓝。和风徐徐，我渴望，真的渴望一切：交谈、自由、朋友、独处。我渴望……大哭一场！我感到自己快要爆炸了！我知道哭泣会让人的情绪得到宣泄，可是我不能哭。我焦躁不安，从一个房间走到另一个房间，透过窗框的缝隙大口呼吸，感觉心在剧烈地跳动，仿佛在说："满足我的渴望吧……"

我想春天已经在我内心降临。我感到春天苏醒了，整个身体和灵魂都感觉到了春天。我必须强迫自己行为正常。我现在心乱如麻，一片迷茫，不知道该读什么，该写什么，该做什么。只知道自己渴望着某种东西……

安妮

1944年2月14日 星期一

亲爱的吉蒂：

星期六以来，我变了很多。事情是这样的：我渴望着什么（现在仍然渴望），可是……问题的一小部分，非常小的一部分，已经解决了。

星期天早上，我注意到皮特一直在看我，而且看我的眼神和平常不一样，这让我欣喜若狂（我对你实话实说）。我不知道，也无法解释，可是突然我有一种感觉：以前我以为他爱上了玛格特，现在看来，并非如此。一整天我都尽量不去多看他，因为每次我看他，发现他也在看我，这让我心里美滋滋的。

星期天晚上，除了皮姆和我，其他人都围在收音机旁，收听“德国大师的经典音乐”。杜塞尔不停地转动收音机的旋钮，这惹恼了皮特和其他人。半个小时之后，皮特终于忍不住了，不耐烦地让他别再胡乱摆弄收音机。杜塞尔语气傲慢地说：“我自己知道！”皮特生气地顶了他一句，凡·丹先生也帮他说话，杜塞尔只好让步。事情就是这样。

这次争吵的原因本来没什么大不了的，可是皮特却很在意。今天上午，我在阁楼的书箱里翻来翻去地找书，皮特走进来告诉我发生的事。我对此一无所知，皮特很快就知道自己找到了一个专心的听众，于是说得更带劲了。

“瞧，事情是这样的，”他说，“平时我不太多话，因为我知道自己会结巴，我一张嘴就口吃、脸红，话在嘴里直打转，找不到合适的词语，最后不得不闭嘴。昨天的事就是这样。我本来想说的不是这个意思，可是一张嘴就乱套了，真是可怕啊。我以前有个坏习惯，到现在偶尔还会犯的，如果我对某人生气，我会动手不动嘴。我知道这样做不好，所以我很佩服你，你总是那么口齿伶俐，从不胆怯。”

“哦，你错了。”我回答，“我常常词不达意。而且我的话太多了，总是长篇大论，这也一样糟糕。”

“也许吧，不过你有优点，那就是没人看出你在难为情。你能控制自己，不会脸红。“

听了他的话，我忍不住偷偷地笑了。不过我想听他继续说说自己，所以忍住了笑，坐在地上的一个垫子上，双手抱住膝盖，专注地看着他。

原来这屋里还有另外一个人和我同样生气，真是开心啊。皮特放心地在我面前批评杜塞尔，因为他知道我是不会说出去的。而我呢，也很高兴，因为我感到一股浓浓的情感，一种只有和我的女生朋友们在一起时才有的感觉。

安妮

1944年2月15日 星期二

亲爱的吉蒂：

这次皮特和杜塞尔的小小争吵有些后遗症，不过这全都怪杜塞尔。星期一晚上，杜塞尔来找妈妈，语气炫耀地说，那天一大早皮特就去问候他，接着为星期天晚上的事向他深深道歉，说自己实在是有口无心。杜塞尔说他没把这事放在心上，于是一切又恢复正常了。妈妈把这事告诉我，我暗暗地吃了一惊，皮特对杜塞尔如此生气，居然会忍气吞声、低头认错，这和之前信誓旦旦的他判若两人。

于是我忍不住拿这事试探皮特，结果他一口咬定是杜塞尔撒谎。你真该看看皮特的神情，愤怒、犹豫、激动和其他情绪从他脸上一闪而过。要是当时我有照相机就好了。

那天晚上，凡·丹先生和皮特果真狠狠地骂了杜塞尔一顿。可是糟糕的是，皮特今天还得请杜塞尔看牙。

事实上，他们从来就互相不搭理。

安妮

1944年2月16日 星期三

亲爱的吉蒂：

除了几句闲聊，皮特和我一整天都没说话。去阁楼太冷了，再说今天是玛格特的生日。十二点三十九分，皮特过来看生日礼物，在房里来回晃悠，和人聊天——他可从来没有这样过。今天是玛格特生日，那我就好好地对待她吧！于是我去煮咖啡、拿土豆。当我走进皮特的房间，他立刻收起楼梯上的纸片。我问他要不要关上通往阁楼的暗门。

“当然，”他说，“请便。等你再回来的时候就敲门，我来开门好了。”

我谢过他，上了楼，在桶里寻找最小的土豆，找了至少有十分钟，有些腰酸背疼，加上阁楼很冷，还有些着凉了。当然我没有敲门，而是自己打开了暗门，可他还是热情地站起身来，从我手上接过平底锅。

“我尽了全力，找不到更小的了。”

“你在大桶里找过吗？”

“找了，都找遍了。”

这时我已经下到楼梯底了，他还端着锅，看着里面的土豆。“哦，不过有这些也还不错。”当我把锅接过来时，他又补了一句，“恭喜！”

说这话时，他温柔地看着我，这让我心里感到一阵温暖。我能读懂他的眼神，他是想讨我开心，可是他不善言辞，不会花言巧语，只能将一切都写在眼神中。我完全理解他，而且心存感激。现在回想起他的话语和眼神，我还是一阵欣喜！

下楼后，妈妈说晚饭时要用些土豆，于是我自告奋勇地又上楼去了。我走进皮特的房间，向他抱歉又一次打扰他。我正要上楼梯时，他站了起来，走到楼梯和墙壁之间，抓住我的手臂，让我别上去。

“让我去吧，”他说，“反正我也要上去。”

我说不用了，而且这次不只挑小土豆。他被我说服了，放开我的手臂。等我拿完土豆回来的时候，他打开暗门，又把我的平底锅接了过去。我站在门口问他：“你在学什么呢？”

“法语。”他回答。

我问他能不能看看他做的功课。然后我去洗手，在沙发床上和他面对面地坐下。

我先向他解释了一些法语问题，然后就聊了起来。他告诉我，战后他想去荷属东印度群岛的橡胶园工作。他谈起家里的生活、黑市，觉得自己毫无用处，游手好闲，感觉很自卑。又谈起战争，说俄国和英国肯定会交战的，还说起了犹太人。他说如果他是基督教徒，或者战后成为基督教徒，那么生活会容易很多。我问他真的想受洗礼吗。他说他永远无法感觉自己是个基督教徒，可是战后，他绝对不会让人知道自己是犹太人。刹那间我一阵伤心。他还是有些不诚实，真遗憾。

皮特继续说：“犹太人永远是上帝挑选的子民！”

我回答：“就一次，我希望他们是为了好事而被挑选的！”

我们聊得很愉快，聊爸爸，聊怎样判断人的性格，聊各种各样的事，聊了太多，我都记不住了。

五点十五分，我走出房间，因为贝普到了。

那晚他还说了些其他的话，真好。我们谈到了以前我给他的一张电影明星的照片，他把照片挂在房间一年半多了。他非常喜欢这张照片，于是我答应再给他几张。

“不了，”他回答，“我就好好保存这张吧。我每天都看它，里面的人已经是我的朋友了。”

现在我更加明白，为什么他总是紧搂着莫西，显然他也需要感情慰藉。我还忘了他说起的另外一件事。他说：“只有事关自己，我才会害怕。不过我正在克服。”

皮特特别自卑。比如，他总觉得自己很傻，而我们很聪明。我帮他补习法语时，他对我千谢万谢。下一次我一定要对他说：“哦，别这样！你的英语和地理比我强多了！”

安妮

1944 年 2 月 17 日　星期四

亲爱的吉蒂：

今天上午我上楼去，因为我答应过凡·丹太太给她讲故事。我从《夏娃的梦》开始讲起，她很喜欢听。接着我念了一段《密室》，引得她哈哈大笑。皮特也在一旁听了一会儿（只是最后一部分），他让我有时间去他的房间，多讲些故事。

我决定眼下就把握机会，所以我拿去笔记本，让他念凯蒂和汉斯谈论上帝的那一段。我看不出他对这个故事的印象如何。他说了什么我也记不清楚了，反正不是评论故事写得好，而是说起了故事背后的思想。我对他说，我就是想让他知道，我写的不只是有趣的事情而已。他点了点头，我离开了他的房间。让我们拭目以待吧，看看他还会对我说些什么！

安妮

1944年2月18日 星期五

亲爱的吉蒂：

每次我上楼，都是为了能够看见“他”。有了盼头，我的生活也大为好转。

至少我的友谊的对象总在那儿，我也不用担心有竞争对手（除了玛格特）。别以为我恋爱了，因为我并没有。可是我心里的确感觉到，有种美妙的东西在皮特和我之间逐渐增长，那是一种友谊，一种信任感。只要一有机会，我就去看他，而且我们的相处方式也和以前不同了。以前他不知道如何对我开口，可是如今，我快走出门口了，他还在滔滔不绝。不过妈妈不喜欢我上楼去，她总说我打扰了皮特，让我不要老去找他。老实说，难道她不相信我有分寸吗？我去皮特房间时，她的眼神总是怪怪的。等我下楼时，她问我去了哪儿。真是讨厌，我开始恨她了！

安妮

1944年2月19日 星期六

亲爱的吉蒂：

又到星期六了。你也知道星期六是一番怎么样的情景。今天早上到处一片寂静。我花了快一个小时的时间在楼上做肉丸，可是我只想顺便和“他”说说话。

两点三十分，大家都上楼了，有人读书，有人睡觉。我拿着毯子和其他东西下楼去，坐在桌旁看书写字。不一会儿，我再也忍不住了，把头埋在手臂里，眼泪流下脸颊，心里痛苦极了。哦，要是“他”来安慰我的话，该有多好。四点过后我又下楼去了。五点，我去拿土豆，希望再见他一面，可是当我还在卫生间里梳头时，他却看莫西去了。

我想帮凡·丹太太的忙，于是拿着书和其他东西上楼去，可是突然之间眼泪又要涌出来了。我飞快地下楼，跑进卫生间，顺手抓起小镜子。我坐在卫生间里，穿得整整齐齐，红围裙上留下了深色的斑斑泪迹，情绪跌到了最低点。

我心里想：“哦，我永远无法得到皮特。谁知道，或许他根本不喜欢我，他根本不需要倾诉对象，他只是在不经意间才会想起我。我又得一个人孤孤单单了，没有可以吐露心声的对象，没有皮特，没有希望、慰藉、值得期待的事。哦，我多么希望能依偎在他的肩上，不再感觉无望，感觉被人抛弃！谁知道呢，也许他根本不在乎我，他看其他人的眼神也同样温柔。或许我只是一厢情愿地认为他看我的眼神是特别的。哦，皮特，多么希望你能听见我、看见我。如果事与愿违，令人失望，我肯定无法接受。”

过了一小会儿，我又充满希望，满心期待。虽然内心还在哭泣。

安妮

1944年2月20日 星期天

亲爱的吉蒂：

其他人在星期天以外做的事，却是密室中的我们在星期天做的事。其他人穿上最漂亮的衣服，在阳光下散步的时候，我们则在擦桌子，扫地，洗衣服。

八点。虽然我们想要多睡会儿，可杜塞尔在八点就起床了。他先上洗手间，再下楼，又上楼，上洗手间，在里面洗了整整一个小时的澡。

九点三十分。炉灶点燃了，窗帘拉上了，凡·丹太太去了卫生间。星期天上午我的一大折磨，就是躺在床上，看着杜塞尔背对着我祈祷。我知道这听起来有些奇怪，可是祈祷中的杜塞尔有些可怕。他没有喊叫或伤感，而是整整一刻钟，不停地摇摆，前前后后，来来回回，摆个不停，没完没了。如果我不紧闭双眼，肯定会头晕目眩。

十点十五分。凡·丹夫妇吹了一声口哨，意思是卫生间里没人了。弗兰克一家，几个睡眼惺忪的人从床上坐起来。然后一切变得快、快、快。玛格特和我轮流洗衣服。楼上很冷，我们穿上裤子，系上头巾。同时，爸爸在卫生间里忙着漱洗。十一点，玛格特或我去一次洗手间。然后大家都换了一副干净的模样。

十一点三十分。早餐开始。关于食物的事，说得够多的了，这里就不再细说。

十二点五十分。我们各忙各的。爸爸身穿工装裤，趴在地上使劲地刷地毯，弄得整个房间都是浓浓的灰尘。杜塞尔先生收拾床铺（当然没一样做得对），嘴里吹着同一首贝多芬的小提琴协奏曲。妈妈在阁楼上晾衣服。凡·丹先生戴上帽子，消失在楼下，通常后面跟着皮特和莫西。凡·丹太太围着一条长长的围裙、穿着一件黑色羊毛夹克、一双套鞋，头上包着一条红色的围巾，抓起一堆脏衣服，一副手脚麻利的洗衣妇模样，冲大家点点头，就下了楼。玛格特和我洗碗、整理房间。

安妮

1944年2月23日 星期三

亲爱的吉蒂:

从昨天起，天气一直很好，我也打起精神。我最美妙的东西——日记——也有了很大的进展。几乎每天上午我都去阁楼呼吸新鲜空气。今天上午当我到阁楼时，皮特正忙着收拾房间。他很快就打扫干净，朝我走了过来。我们俩望着蓝天，光秃秃的栗树上，露珠闪闪发亮，飞翔的海鸥和其他鸟儿闪耀着银光。我们静静地看着，既感动又着迷。他站着，头靠着一根粗粗的木梁，我则静静地坐着。我们呼吸着新鲜空气，望着外面，两人都不愿开口打破这美妙的时刻。就这样过了好久，最后皮特不得不去顶楼砍柴。我知道他是个懂事的好孩子，因此我跟着他爬梯子去了顶楼。他砍柴砍了十五分钟，我们一句话也没说。我看着他，很显然他使尽了全力展现着他的力量。我透过开着的窗户向外看，饱览阿姆斯特丹的大部分地区，看看房顶，再看看地平线，一切都融化在一片无法分割的淡蓝色中。

“只要这些还在，”我想，“阳光、无云的天空，只要我还能享受这些，又有什么可难过的呢？”

对于惊恐、孤单、悲伤的人，最佳良药就是出去走走，去一个无人的地方，一个只有天空、自然和上帝的地方。只有这样，才能感受到一切原本的样子，感受到上帝希望人们在自然的美景和淳朴中幸福快乐。

只要这些还在——原本就该永远存在——无论身处何种境地，我都明白，所有的悲伤都会得到慰藉。我坚信大自然能抚平所有人的伤痛。

哦，谁知道，或许在不久的将来，我就能沉浸在无比的快乐之中，与和我有同感的人共享幸福。

安妮

我的一些想法：给皮特·凡·丹

我们待在密室中，错过了太多东西，也错过了太多时间。我和你同样错过了很多。我指的不是外在的东西，这方面我们的储藏充足。我指的是内心。和你一样，我也渴望自由，渴望新鲜空气，可是我想，我们已经得到相当多的补偿。我说的是内在方面。

今天上午，我坐在窗前，静静地看着上帝和大自然，心里充满幸福，纯粹的幸福。皮特，只要在内心里感受到这种幸福——对大自然的喜悦，拥有健康和其他很多——就能永远拥有幸福。

财富、名望，一切都终将失去。虽然内心的幸福可能变得黯淡，可是它却永远存在。只要还活着，它就会使你重获幸福快乐。

无论何时，如果你感觉孤单或悲伤，那就选个好天气去顶楼，看看外面。不只是看看房屋或屋顶，还要遥望天空。只要你能无畏地看着天空，你就会明白，自己的内心一片纯净，幸福也会再次降临。

1944年2月27日 星期天

亲爱的吉蒂：

从早到晚，我满脑子里都是皮特·凡·丹。睡觉时眼前还浮现出他的身影，梦里也是他，一觉醒来，他依然看着我。

我强烈地感觉到，皮特和我之间的差别并不如外表上看起来那么大。其原因，听我解释：皮特和我都没有妈妈。他的妈妈太肤浅，喜欢卖弄风情，对皮特的心思并不在意；我的妈妈则对我的生活兴趣十足，然而手法笨拙，也不敏感，无法像真正的母亲一般理解孩子。

皮特和我都在和各自内心最深处的感受搏斗着。我们缺乏自信，容易受到伤害，太过感情用事，受不了粗暴的对待。不管发生什么，我只想冲出门外，或是隐藏自己的感受。可是最后我却把锅碗弄得噼啪作响，把水溅得到处都是，发出噪音，人人都希望避而远之。皮特的反应则是把自己关在屋里，一言不发，静静地坐着，胡思乱想，小心翼翼地隐藏着真实的自己。

可是，究竟要到何时，我们要如何才能走进对方的心里呢？

我不知道我还能将这种渴望按捺多久。

安妮

1944年2月28日 星期一

亲爱的吉蒂：

简直就是一个噩梦，一个即使在我清醒之后，仍不断延续的噩梦。几乎每时每刻他都出现在我眼前，可是我却无法和他在一起。我不能让其他人有所察觉。于是，尽管心在隐隐作痛，我却必须装作一副开心的模样。

皮特·希夫和皮特·凡·丹已经合为一个皮特，一个是心地善良、待人和气的皮特，一个是我格外渴望的皮特。妈妈真是讨厌，爸爸人很好，可就因为人好，更让人生气。玛格特最烦人，她利用我脸上的笑容让我帮她做事，可是我只想一个人安静一会儿。

皮特没有来阁楼找我，而是上了顶楼做木工活。锉刀声、砰砰声，随着这些声响，我的勇气碎成一片，心情越来越差。远处响起钟声，仿佛在说："心灵纯净，头脑清醒！"

我有些感伤，这我知道。我沮丧又愚蠢，这我也知道。

哦，救救我吧！

安妮

1944年3月1日 星期三

亲爱的吉蒂：

先把自己的事暂时搁在一旁，因为发生了一次盗窃。我说了很多次盗窃，你也听烦了吧。不过小偷们喜欢光顾吉斯公司，我又有什么办法呢？而且这次比1943年7月份那次复杂多了。

昨晚七点三十分，凡·丹先生照例去库格勒先生的办公室。他发现两扇玻璃门和办公室大门是开着的。他吃了一惊，再继续往前走，发现凹室门也是开着的，而且大办公室里一片狼藉，心里更加惊讶了。

“有小偷。”他脑子里闪过一个念头。不过为了证实，他下楼去了大办公室，检查门锁，发现一切完好。“肯定是贝普和皮特太大意了。”凡·丹先生得出结论。他在库格勒先生的办公室里逗留了一会儿，关了灯就上楼了，没太在意开着的门和乱作一团的办公室。

今天一大早，皮特来敲我们的门，说是前门大开，橱子里的放映机和库格勒先生新买的公文包不见了。我们让皮特先去锁门，接着凡·丹先生说起了头天晚上他发现的事，大家都万分焦急。

唯一的解释是，小偷一定配了钥匙，因为没有强行闯入的痕迹。他肯定是趁天刚黑的时候偷偷溜进来，再关上门。当他听到凡·丹先生的脚步声，立刻藏了起来。等凡·丹先生一上楼，马上揣着赃物一溜烟地跑了，而在匆忙逃跑之间忘了关门。

谁会有我们的钥匙呢？为什么小偷不去仓库呢？难道是仓库里的员工干的？既然他听到了凡·丹先生的声音，或许还看到了他，那他会不会告发我们呢？

这件事让我们恐惧不已，我们不知道小偷会不会再来。或者，听到楼里有动静，他也吓了一跳，以后再也不敢来了？

安妮

又：如果你能帮我们找个好侦探，我们实在很乐意。当然了，有个条件：必须可靠，不会告发躲藏起来的人。

1944年3月2日 星期四

亲爱的吉蒂：

今天玛格特和我待在阁楼。和她在一起没什么意思，不如和皮特（或其他人）在一起好玩。我知道，对于大多数事情，她和我感受相同！

洗碗时，贝普对妈妈和凡·丹太太说起自己感到很沮丧。这两人能帮她什么忙呢？不够圆通的妈妈只会把事情越弄越糟。你知道她提了什么建议吗？她说贝普应该想想世上还有那么多饱受折磨的人！可是对于一个处境悲惨的人来说，怎能再想着其他人的苦难呢？我说出了自己的想法。当然她们的回应是，这种谈话，小孩别插嘴。

大人们真是傻子！好像皮特、玛格特、贝普和我的感受各不相同似的，其实，对我们而言，唯一有帮助的是母爱，或是一份深深的友情。可是这两位妈妈根本不理解我们，或许凡·丹太太比妈妈稍微好一些。哦，我真想和贝普说说话，我的经验或许对她有所帮助。可是爸爸插进来，一把将我推到一边。他们全都是傻子！

我也对玛格特谈起了爸爸妈妈，说如果他们不这么添乱，这儿该有多好啊。我们就能好好安排晚上，人人都有发表意见的机会。可是现在完全变样了。这儿根本没有我说话的份儿！凡·丹先生咄咄逼人，妈妈语带讽刺，声音怪里怪气的，爸爸则不愿加入，杜塞尔也没兴趣，凡·丹太太总是被攻击的对象，只能红着脸静静地坐着，几乎还不了嘴。而我们呢？我们不允许有意见！天啊，天啊，他们不是提倡进步吗？却不许有意见！你可以叫他人闭嘴，但你不能禁止他人有意见，不管他们有多年轻！唯一能帮助贝普、玛格特、皮特和我的，只有浓浓的关心和疼爱，可在这里我们得不到。这儿的人们，特别是这些傻兮兮的所谓圣人，全都理解不了我们。因为他们从来没想到，我们的头脑更加敏感，思想更加先进。

爱，爱是什么呢？我想是无法用语言表达的。爱是理解，是关心，是分享快乐，共担忧苦。归根究底，这不仅仅只是肉体的爱更是分享、给予、回报，不管是否是夫妻，是否有孩子。失去贞操并不重要，只要你明白：在生命中，有个人伴你左右，他理解你，并且专属于你！

安妮

此刻，妈妈又在数落我了，因为我和凡·丹太太说话比和她说话还多，显然她吃醋了。我才不在乎呢！

今天下午我找到皮特，聊了至少四十五分钟。他想跟我说些自己的事，可却不知道如何开口。最后他费了好大的劲，用了好长时间才说了出来。我不知道是走还是留。可是我很想帮帮他。我跟他说起贝普的事，说妈妈实在不会说话。他跟我说，他父母老是吵架，为政治，为香烟，什么事都能吵起来。我之前告诉过你，皮特非常害羞，可是他也承认，如果一两年不见父母，他会非常开心。“我爸爸并没有表面上那么好，”他说，“香烟的事，妈妈说得完全没错。”

我也跟他说起了我的妈妈。可他却为我爸爸辩护，说他是个“很棒的人”。

今天晚上我洗完碗，把围裙挂起来。这时他叫我过去，让我别把楼下他父母又吵了一架，现在谁也不理谁的事说出去。虽然我已经告诉了玛格特，不过我还是答应了他。因为我肯定玛格特是不会外传的。

“哦，不会的，皮特，”我说，“你根本用不着担心我。我知道不能到处散播消息。你跟我说什么，我都不会说出去的。”

听了我的话，他很高兴。我也告诉他，我们真是爱说闲话，接着我说道：“玛格特说我不诚实，当然了，她说得没错，因为虽然我也想闭嘴，不说闲话，可是议论杜塞尔却是我最乐意做的事。”

“你承认了，这很好。”他说，然后脸红了，这句衷心的赞美几乎让我有些不好意思。

接着我们聊了聊“楼上”和“楼下”的事。听说我们不喜欢他的父母，皮特相当惊讶。“皮特，”我说道，“你知道的，我一向诚实，所以我为什么不能把这件事告诉你呢？我们都能看出他们的缺点。”

我接着说：“皮特，我很想帮助你。你愿意接受我的帮助吗？你现在处境尴尬，虽然你只字不提，可我知道你正为这事烦恼。”

“哦，很欢迎你帮助我！”

“或许你该找我爸爸好好谈谈。把你心里的话都告诉他，他不会说出去的。”

“我知道，他是个真正的朋友。”

“你很喜欢他，对吗？”

皮特点了点头，我接着说：“他也喜欢你，你知道吗？”

他抬起头，脸也红了。这句话让他如此开心，实在令我有些感动。

“你真是这么想的吗？”他问道。

“是的，”我说，“从他偶尔的只字片语中就听得出来。”

这时，凡·丹先生走进来，吩咐了他几句。

皮特真是个“很棒的人”，就像爸爸一样！

安妮

1944年3月3日 星期五

亲爱的吉蒂：

今晚我看着蜡烛，又感到平静和快乐。似乎祖母就在蜡烛里，还是那样凝视着我，保护着我，让我感到快乐。可是还有另一个人也影响着我的情绪，那就是皮特。今天我去拿土豆。当我端着满满一锅土豆站在楼梯上时，他问道："午休时你做什么？"

我们坐在楼梯上，开始聊起来，一直聊到五点十五分（拿完土豆后一个小时），我才端着土豆回到厨房。皮特没再说起他父母的事。我们只谈论书本和过去。哦，他凝视着我，眼神温暖又热切。我想我很快就会爱上他。

今晚他说起了一个话题。削完土豆后我去了他的房间，口中说道："天气真热啊。瞧瞧玛格特和我就知道温度如何了，天气一冷，我们就脸色发白；天气一热，脸上就红扑扑的。"

"恋爱了？"他问。

"为什么我要恋爱呢？"这个回答，或者说这个问题真是太傻了。

"为什么不呢？"他说，这时该吃晚饭了。

他是什么意思呢？今天我终于问了他，是否觉得和我聊天很烦。他只说了一句："哦，还行！"这样的回答多大程度上是由于害羞，我也说不出来。

吉蒂，我现在真像一个坠入爱河的人，每时每刻都离不开心爱的人。皮特就是我心爱的人。我能告诉他吗？只有当他对我也怀有同样的感觉时，我才会告诉他。不过我心里很明白，人们和我相处时都是谨慎小心的。

他也喜欢独处，所以我不知道他究竟有多喜欢我。总之，我们彼此之间了解更深了，希望有一天我们都能勇敢地向对方倾诉更多。可是谁知道呢，或许那一天来得比我想象中更快！

一天中有一两次，他会向我投来会心的一瞥，我也会对他眨眨眼，两人都很开心。说他很开心，好像有些疯狂，不过我强烈地感觉到他和我心思相同。

安妮

1944年3月4日 星期六

亲爱的吉蒂：

几个月以来，这是第一个不觉疲惫、不枯燥乏味的星期六，而原因就是皮特。

今天上午我去阁楼晾围裙，爸爸问我想不想留下来练习法语，我答应了。我们一起说了一会儿法语，我还为皮特做了一番解释，然后学习英语。爸爸大声朗读狄更斯的作品，我坐在爸爸的椅子上，紧挨着皮特，心里别提有多高兴了。

十点四十五分，我下楼了。等到十一点三十分，又上楼去，皮特已经在楼梯上等我了。我们一直聊到十二点四十五分。每次我离开房间，比如吃完饭，如果四周没人听得见，皮特就会趁机说："再见，安妮，稍后见。"

哦，真是开心啊！不知道他会不会爱上我？不管如何，他都是个好男生，你根本不知道和他交谈有多么美妙！

凡·丹太太对我和皮特的聊天不太在意，可是今天她却揶揄我："你们两个在那儿，我能放心吗？"

"当然，"我抗议，"这话不是在侮辱我吗？！"

上午、中午、夜晚，时时刻刻我都期盼见到皮特。

安妮

又：昨晚下雪了，整个世界白茫茫一片。现在全都融化了。

1944年3月6日 星期一

亲爱的吉蒂：

自从皮特告诉我他父母的事之后，我就感到对他有种责任感——

你说这奇怪吗？似乎他们争吵是他的事，也是我的事。可是我不敢再提起这个话题，因为我怕会让他不开心。我不愿意插手别人的事，即使给我全世界的钱，我也不愿意。

从皮特的脸上，我能看出皮特和我想事情想得很深。昨天晚上凡·凡太太嘲弄皮特："思考者！"他满脸通红，一脸困窘，我差点就火冒三丈。

这些人干吗不闭嘴？

我站在一旁，眼睁睁地看着他孤零零的一个人，自己却束手无策、无能为力，你无法想象这是什么滋味。我能想象得出，似乎我变成了他，深深地体会到，有时候他对这些争吵是多么的沮丧。可怜的皮特，他太需要爱了！

他说他不需要朋友，这话听来真是冷冰冰的。哦，他错了！我想他的本意并非如此。他坚持着自己的男子汉气概，守着他的孤独，装出一副漠不关心的表情，为了扮好他的角色，为了永远不必流露情感。可怜的皮特，你还能伪装多久呢？这种超常的行为，难道你不会崩溃吗？

哦，皮特，但愿我能帮助你，但愿你愿意让我帮助你！让我们一起赶走彼此的孤单吧！

我想的很多，却说的很少。一看见他我就开心。如果能够在阳光灿烂的日子里和他在一起，那就更开心了。昨天我洗了头，因为我知道他就在隔壁，所以有点手忙脚乱。我实在忍不住，心里越安静越严肃，表现得就越闹腾！

谁会首先发现我的弱点呢？

还好凡·丹夫妇没有女儿。要是征服同性的话，肯定不会如此有挑战性、如此美妙、如此神奇！

安妮

又：你知道我一向对你实话实说。所以我想我应该告诉你，我的生活就是为了一次一次的相逢。我希望发现他也迫不及待地想见我。当发现他害羞地尝试时，我就欣喜若狂。他希望和我一样擅长言辞，可是他不知道，令我感动的，却是他的笨拙。

1944年3月7日 星期二

亲爱的吉蒂：

当我回想起1942年的生活，一切都显得不真实。那时的安妮·弗兰克正享受着无比美好的生活，与在密室里变得更加明智的安妮·弗兰克判若两人。是的，那时的生活无比美好，犹如天堂一般。每个街角都有五个喜欢我的男生，还有二十几个朋友。我是老师眼中的宠儿，爸爸妈妈的掌上明珠，糖果满满一兜，还有用不完的零花钱。这样的生活还有什么不满意的呢？

你也许奇怪，我怎么会如此有魅力，迷倒那么多人？皮特·希夫说因为我“有吸引力”，可是还有其他原因。我机智的回答、诙谐的语言、微笑的脸庞、有判断力的头脑，都令老师开心不已。这就是我：摆姿态、迷人、嬉笑逗趣。我还有几个讨人喜欢的优点：学习努力、诚实、大方。我从不拒绝想偷看我答案的人，大方地把糖果分给朋友们，从不高傲自大。

受到这么多的疼爱，难道我不该自负吗？就在我处在万众宠爱的顶峰时，却突然跌入了现实，我花了一年多的时间才慢慢习惯周围没有了爱慕关怀的眼神。

学校里的我又是什么样呢？班上的开心果，满脑子的鬼点子，永远笑呵呵的，从不哭鼻子。难怪谁都愿意和我一起骑车上学，谁都愿意亲近我。

回想过去的安妮·弗兰克，是个快乐、有趣却肤浅的女孩，和现在的我判若两人。皮特·希夫是怎么说我的?“不管何时见到你,你身边总围着一群女孩,至少两个男孩。你总是笑呵呵的,从来都是大家的焦点!”他说得没错。

过去那个安妮·弗兰克现在还剩下什么呢?哦,我还记得如何笑,如何轻易地回答,就算没有进步,我责备他人的本事也没有退步,而且还懂得卖弄、逗趣,如果我愿意的话……

我仍然愿意过那种看似无忧无虑的快乐生活,一个晚上、几天、一周。等到一周过去,我累得筋疲力尽,如果有人对我说些有意义的事情,我会感激不尽。我渴望拥有朋友,而不是爱慕者。我渴望别人因为我的性格和行为而尊重我,而不是只爱我满脸讨人喜欢的笑容。虽然这样一来,我周围的圈子会变小,可是只要他们都是真心的,发自肺腑的,那又有什么关系呢?

尽管拥有一切,1942 年的我也有烦恼。我常常感觉孤独,不过因为当时的我整天忙忙碌碌、蹦蹦跳跳,也没想太多。我尽情享受生活,有意无意中想尽办法用各种玩笑填补内心的空虚。

回想过去,我明白,我生命中的那段时光已经不可避免地结束了,我那逍遥自在、无忧无虑的校园生活已经一去不复返了。我甚至没有怀念那些日子,因为我长大了,走出了那种生活。我严肃的一面依然存在,所以我不能总是嘻哈打闹。

我似乎透过一面高倍放大镜,看着 1944 年以前的生活。在家里的生活充满了阳光。然后,1942 年年中,一夜之间天翻地覆。争吵、指责,我实在受不了。我毫无防备,只有用顶嘴维护尊严。

1943 年的上半年,我常常哭泣,感觉孤独,发现自己身上竟有这么多的缺点和不足。我成天说个不停,想要拉近和皮姆的距离,却失败了。因此我有独自一人承担改变自我的艰巨任务。只有改变自我,我才不用听那些让我沮丧不已的指责。

1943 年的下半年,情况稍稍好转。我成了一个少女,人们更多地把我看作成年人。我开始思考、写作,最终得出结论:其他人不再和我有关系，他们没有权利把我当作钟摆似的来回晃荡、随意摆布，我想以自己的方式改变自我，我完全可以离开妈妈。想着这些，实在有些痛苦。但对我造成更大影响的是，我意识到自己再也无法对爸爸吐露心声了。我只能相信自己。

新年后的第二次重大转变发生了：我做了一个梦。因为这个梦，我发现了自己对一个男孩的渴望，不是渴望女伴，而是男朋友。我还发现，在我肤浅、快乐的表面之下，隐藏着幸福。有时我会安静下来。现在，我只为皮特·凡·丹而活，因为他主宰着我的将来！

晚上我祷告："感谢上帝，为一切的美好、珍宝和美丽。"然后我躺在床上，心里充满喜悦。躲藏起来、身体健康、我的存在——这就是"美好"；皮特的爱（这份爱现在还朦胧而脆弱，我们谁都不敢大声说出来）、未来、幸福和爱情——这就是"珍宝"；世界、大自然、一切非凡美景——这就是"美丽"。

此时此刻，我不再想那些痛苦之事，只想着依旧存在的美。这就是我和妈妈的不同之处。面对悲惨境地，她的建议是："对比种种苦难，为你幸免于难而心怀感激吧。"我的建议则是："走出去，走进乡间田园，享受阳光、自然美景；走出去，试着重新找寻幸福；想想你内心的美、周遭蕴藏的美，高兴起来吧。"

妈妈的建议错了，如果你正遭受苦难的话，那该怎么办呢？你会完全迷茫绝望。相反，美丽一直存在，即使在苦难之中也有美的踪影。如果你寻找它，会发现越来越多的快乐，从而找回内心的和谐。一个快乐的人，会将快乐传递给周围的人；一个勇敢的人，永远不会在苦难中死去！

安妮

1944年3月8日 星期三

亲爱的吉蒂：

玛格特和我一直都互写纸条，当然只是好玩。

安妮：真是奇怪，我只有在白天时才记得头天晚上的事。比如，我突然想起杜塞尔先生头天晚上鼾声如雷。（现在是星期三下午两点四十五分，杜塞尔先生又打起鼾来，我这才想起他昨晚打鼾的事。）当我起床用夜壶的时候，故意弄出声响，打断他的鼾声。

玛格特：哪个好些呢，打鼾还是喘气？

安妮：打鼾好些，因为当我弄出声响时，鼾声就停了，而且还不会吵醒打鼾的人。

有件事我没对玛格特说起，不过我想告诉你，亲爱的吉蒂，我总是梦到皮特·凡·丹。前天晚上我梦到我们在起居室里溜冰，还有一个从阿波罗溜冰场来的小男孩。他和他妹妹一起，这个女孩双腿细长，总是穿一件蓝色衣服。自我介绍之后，我问起他的名字。他说他叫皮特。真是奇怪，在梦中我究竟认识几个叫皮特的人！

接着我梦见我们面对面地站在皮特的房里，我对他说了些什么。他亲吻了我，却说并不爱我，还说我不应该调情。我绝望地哀求："我没有调情，皮特！"

醒来时，我心里很开心，皮特根本没有说过这句话。

昨晚我梦到我们亲吻，可是皮特的脸颊让人十分失望：他的脸颊不像看起来那样柔软，倒像是爸爸的脸颊——一个刮胡须的男人的脸颊。

安妮

1944年3月10日 星期五

亲爱的吉蒂：

俗话说“祸不单行”，这句话今天真是应验了。让我把一件件可怕的事情告诉你吧。直到现在，空气中还流动着恐怖的味道。

首先，弥普参加汉克和安吉在威斯特科特举行的婚礼，却感冒了。第二，自从上次克雷曼先生胃出血后，就再没回来工作过，所以办公室的工作全落在贝普一人肩上。第三，警察逮捕了一个人（名字我不会写）。这件事不仅吓坏了他，也让我们担惊受怕，因为他一直给我们提供土豆、黄油和果酱。M先生（我给他取的名字）有五个不满十三岁的孩子，还有一个孩子尚未出世。

昨晚又发生了一场小小的惊慌。正在吃晚饭的时候，突然隔壁有人敲墙壁，搞得我们又紧张又担心。

最近我一点儿都不想写日记，只是一心沉浸在自己的世界中。别误会，对于可怜的好心M先生的遭遇，我也很担心，只是日记中没把太多篇幅留给他。

星期二、星期三、星期四，从下午四点半到五点十五分，我待在皮特的房里。我们学习法语，还聊了很多。我真心期盼着下午的这个时刻。而且让我最开心的是，在我看来，皮特也很乐意看见我。

安妮

1944年3月11日 星期六

亲爱的吉蒂：

最近我一直坐不住。楼上楼下，来来回回，一趟一趟的。我喜欢和皮特聊天，可又总担心招他厌烦。他对我说起了一些他的过去、他的父母和他自己的事，我总也听不够，每五分钟我就自问，为什么我还想听到更多呢。他以前觉得我是个真正的麻烦精，我对他的看法也差不多。现在我已经改变了看法，可是怎么样才能知道他的想法也改变了呢？我觉得他也改变了，但这并不一定表示，我们非得成为最好的朋友，虽然这会让我们相处得更好。当然我不会为此而发狂。我花了很多时间想他，可不能仅仅因为我心里难受，让你也不开心！

安妮

1944年3月12日 星期天

亲爱的吉蒂：

日子一天天过去，事情也越来越疯狂。

从昨天开始，皮特没再看我，而事实上他表现得一副为我疯狂的模样。我尽力控制自己，不去追随他的脚步，尽量不和他说话，可是做起来却不容易！究竟发生了什么？为什么他前一分钟和我刻意保持距离，后一分钟却又朝我跑来？或许我把事情想得太糟了。或许他只是和我一样情绪多变，明天一切又变好了！

我心里难受又悲伤，可却要尽力装出一副若无其事的样子，实在太难了。我得说话，在屋里到处帮忙，和其他人一起坐着，最重要的是，要面露微笑！我无比想念户外，想找个没人的地方，随心所欲地待着！我感觉自己一片迷茫。吉蒂，现在的我乱作一团。一方面，我疯狂地想着他，和他同处一室时，情不自禁地看向他；另一方面，我疑惑不解，为什么他对我如此重要？为什么我无法再度恢复平静？

日日夜夜，只要一睁眼，我就不停地问自己：“你给他足够的独处机会了吗？你是不是在楼上待得太久了？你是不是说了太多他没准备谈论的严肃话题？或许他根本就不喜欢你？是否一切都是你的想象？可是为什么他和你说了那么多他的事？他对自己的行为感到后悔了吗？……”

昨天下午，听了外面传来的悲惨消息，我疲惫不堪，于是在沙发床上睡了一会儿。我只想睡觉，不愿再多想。一觉睡到四点，然后我得去隔壁。我费了好大的劲，才一一回答妈妈的问题，又找借口向爸爸解释下午睡觉的事。我说自己头疼，其实这也不算谎话，因为我确实感到一阵阵的疼痛……在心里！

普通人、普通女孩、我这般年纪的少年，会觉得我太过自怜。但事实就是如此。虽然我向你倾吐心声，可是其他时间里，我尽量冒冒失失、兴高采烈、信心满满，以此避免他人的追问，也不让自己心烦意乱。

玛格特很善良，希望我能对她吐露内心话，可是我不能把什么都告诉她。她太在乎我了，太在意我的事了，花了很多时间思考我这个想法古怪的妹妹。只要我一张嘴，她就紧盯着我，心想：“她是在假装呢，还是说真的呢？”

因为我和玛格特总是在一起。如果我把心事全告诉一个人，我可不希望她整天围在我身边。何时我才能理清自己混乱的思绪？何时才能再次找回内心的平静？

安妮

1944年3月14日 星期二

亲爱的吉蒂：

今天我跟你说说我们吃的东西，或许你会觉得很有趣（我倒没觉得）。清洁女工正在楼下打扫卫生，所以我坐在凡·丹家铺着油布的桌边，用一条喷着战前香水的手绢捂着鼻子和嘴巴。也许你不明白我在说什么，所以还是让我从头说起吧。

给我们提供食物票证的人被捕了，于是我们只剩下五本黑市配给票证簿——没有食物票证、没有肥肉、没有油。因为弥普和克雷曼先生生病了，贝普也没时间出门采购，所以食物少得可怜，日子过得很凄惨。到明天，连一片肥肉、黄油和人造奶油都没有了。早餐没有煎土豆可吃（为了节省面包，我们一直吃煎土豆），只好改吃热麦片粥。凡·丹太太觉得这样下去会饿死，所以我们买了些混合啤酒。今天的午餐包括土豆泥和腌制的羽衣甘蓝[①]，所以我才拿手绢做好预防措施。你肯定想象不出放了几年的羽衣甘蓝有多么臭！厨房里一股坏葡萄干、臭鸡蛋和盐水的混合味道。天啊，光是想想要吃这些东西，我就想吐！而且土豆染上了一种怪病。每两桶就得扔掉一桶。我们苦中作乐，猜测土豆到底得了什么病，最后得出结论：是癌症、天花和麻疹。老实说，在战争第四年，躲藏起来的滋味实在难受。但愿这恶臭的局面早点结束！

说真的，如果生活的其他方面能让人高兴一些的话，对吃的我倒不太在意。可问题是：这种冗长乏味的日子让所有人生厌。下面是五个大人对目前状况的看法（孩子是不允许有看法的，这次我就遵守规定吧）：

凡·丹太太："很久以前，我就不想做厨房皇后了。可是干坐着无所事事也很无聊，所以我才去做饭，但我还是忍不住要抱怨：巧妇难为无米之炊。没有油怎么做饭？还有一阵阵的难闻的气味让我想吐。另外，我辛辛苦苦地做饭，换来的又是什么呢？忘恩负义和粗鲁的话语。我总是害群之马，什么事都怪在我头上，而且我认为

① 十字花科的一种可食用植物。

战争没什么进展，最终获胜的是德国人，我担心我们会饿死。当我情绪不好的时候，谁靠近我，我就骂谁。”

凡·丹先生：“我只有抽烟、抽烟再抽烟，然后吃的、政局和珂丽的心情也就没那么重要了。如果无烟可抽，我就会生病，然后需要吃肉，日子就会过得更艰难，一切都不如意，肯定会跟宝贝珂丽大吵一架。我的珂丽真是个傻子。”

弗兰克太太：“食物不是最重要的，不过现在我饿极了，想吃一块黑面包。我要是凡·丹太太的话，早就不让凡·丹先生抽烟了。可是现在我急需一根烟，因为我头晕。凡·丹夫妇实在惹人讨厌。英国人可能犯了很多错，但是战争仍然有进展。我应该闭口不谈，庆幸自己不是在波兰。”

弗兰克先生：“一切都很好，我什么都不需要。保持镇静，我们时间充裕。给我土豆，我就安静下来。最好把我那份土豆拨点给贝普。局势正在好转，我相当乐观。”

杜塞尔先生：“我必须完成自己定下的任务，一切必须按时完成。局势似乎很不错，我们不可能被抓住。我，我，我……”

安妮

1944年3月15日 星期三

亲爱的吉蒂：

嘿！就让愁云阴霾消散几分钟吧！今天这样的声音不绝于耳：“要是这样或那样，我们就有麻烦了，要是某某人生病了，我们只能自己靠自己了，要是……”

你对密室成员已经很熟悉了，也能猜出他们谈论什么。

这么多的“要是”，是因为库格勒先生被召集去工作六天，贝普患了重感冒，明天可能得在家休息，弥普的流感还没有完全好，克雷曼先生的胃出血非常严重，已经昏迷了。实在是悲惨啊！

我们认为库格勒先生应该直接找个可靠的医生，让他开具一张健康状况不佳的证明，再把这个证明交给希佛萨姆市的市政大厅。仓库员工明天休假，所以办公室里只有贝普一人。要是（又来了）贝普必须待在家里，门就一直是锁着的，我们必须像老鼠一样安静，以防凯格公司的人听到动静。一点钟，简会过来半个小时，像动物园管理员一样看望我们这些被抛弃的可怜人。

今天下午，简第一次对我们说起外界的消息。大家全都围在他身边。你真该瞧瞧当时的情景，和那幅《围坐在奶奶身边》的画一模一样。

他向听众们讲起了关于食物的故事，让所有人都大饱耳福。弥普的一个朋友，P 太太为他做饭。前天简吃了胡萝卜加青豌豆，昨天吃的是剩菜，今天是大豌豆，明天打算把剩下的胡萝卜和土豆做成羹。

我们问起弥普的医生怎么样。

“医生？”简说道，“什么医生？今天上午我打电话给他，是他秘书接的电话。我向他要流感的药方，秘书让我明天上午八点到九点之间去取。如果你病情严重，医生会亲自接电话，说：‘把舌头伸出来，说啊。哦，我听出来了，你的喉咙发炎了。我会写张药方，你拿去买药吧。再见。’就这样。这工作真是容易，电话里就能看病。不过我不会责怪医生。毕竟，这些日子看病的人太多了，医生太少，而且也没有三头六臂。”

听了这事，我们全都笑了。我想象得出，这些日子里，候诊室是怎样的景象。医生不再鄙视穷病人，他们瞧不起的是那些病情较轻的病人。“嘿，你在这儿做什么？”他们心想，“排到最后去。重病优先！”

安妮

1944年3月16日 星期四

亲爱的吉蒂：

天气好极了，出奇地美。我打算去阁楼待会儿。

现在我知道为什么我比皮特更加坐立不安了。他可以在自己的房里工作、幻想、思考、睡觉。而我呢，不断地被人从一个屋角赶到另一个屋角。虽然我十分渴望独处，可是我和杜塞尔共用一个房间，从来没有独处的机会。所以我在阁楼里寻找慰藉。在那儿，或是和你在一起的时候，我才能做我自己——至少有片刻。可是我不愿叫苦连天。相反，我想变得勇敢！

谢天谢地，没有人觉察到我内心最深处的感觉，他们只注意到我变得越来越冷淡，对妈妈更加不屑，对爸爸更加疏远，越来越不愿意和玛格特分享任何想法。我把自己紧紧地封闭起来。最重要的是，我得维持自信的模样，不能让任何人看出我的理智和情感在不断交战。目前为止，理智一直胜出。不过是否有一天情感会占上风呢？有时我害怕它会，可是更多时候我希望情感战胜理智！

对皮特闭口不谈这些事情实在很难，不过我知道必须让他先开口。白天我必须辛苦地假装梦中说过的话、做过的事都不曾发生！吉蒂，安妮疯了，可是谁让我处在一个疯狂的时代，外加疯狂的环境中呢？

我能记录下自己所有的想法和感受，这才是最美的事。否则，我肯定会被闷死。我想知道皮特的所思所想。我一直希望，有一天能和他好好谈谈。他肯定猜出了内在的我，因为他不可能爱上表面上所认识的安妮！像皮特这样喜欢平静安宁的人，怎么能忍受得了我的毛躁和聒噪呢？他会不会是第一个，也是唯一一个看穿我坚硬面具的人呢？那么还要多久他才能看穿呢？不是有句老话说“怜悯近乎爱”吗？我们现在的情况不就是这样吗？我常常自怜，也常常可怜他！

说真的，我不知道该如何开口，真的不知道，所以我又怎能指望更加不善言辞的皮特先开口呢？但愿我能写信给他，至少这样他能明白我想说却难以开口的话！

安妮

1944年3月17日 星期五

亲爱的吉蒂：

总算一切都好了。贝普只是喉咙疼，而不是流感。库格勒先生拿到了医生证明，不用被召集去干活了。密室的人都长长地松了一口气。这儿一切都不错！只有玛格特和我都对父母越来越不耐烦。

别误会，我还是很爱爸爸，玛格特也很爱爸爸和妈妈。可是等你和我们一样大的时候，你就会希望能自己做主，不再事事都受他们的控制。只要我一上楼，他们就会问我要做什么。他们不准我在食物里加盐。一到晚上八点十五分，妈妈就会问我是不是该换睡衣了。我看的每本书都必须经过他们的同意，我得承认，在这方面他们不是太严格，我看什么书他们几乎都会同意，可是玛格特和我厌倦了他们成天的议论和质问。

还有一件事让他们不开心：我不再愿意给他们早安吻、午安吻和晚安吻了。那些可爱的昵称现在显得非常做作，爸爸喜欢谈论放屁和上厕所的事，真叫人恶心。简而言之，我真希望能够摆脱他们片刻，而他们却不明白。玛格特和我没有对他们说过这些。说了又有什么用呢？反正他们也不会明白。

玛格特说：“真正让我烦恼的是，如果你碰巧双手抱头，偶尔叹气，他们立刻就会问你是不是头疼，或是哪儿不舒服。”

突然间，发现以前亲密和谐的家庭关系现在已经所剩无几了，这对我们俩都是个沉重的打击！主要是因为这儿的一切都不正常。我是说，在外表上，我们被当作小孩子。可思想上，我们却比同龄人更加成熟。虽然我只有十四岁，但我知道自己要的是什么。我能分辨对错，有自己的想法、意见和原则。虽然这话出自一个少女口中，看起来很奇怪，但我感觉到自己更像是一个成人，而不是孩子。我是一个完全独立的人。我知道我比妈妈更善辩，更会谈论问题。我知道自己很客观，不夸大其词，双手比妈妈更加灵巧，更会收拾整理。也因此，我觉得（或许你觉得好笑）自己在很多方面比妈妈更胜一筹。如果我爱上某人，我一定会对他心怀钦佩和尊敬。可是我既不尊敬妈妈，也不佩服她！

如果我拥有皮特，一切都会好起来的，因为在很多方面，我都很佩服他。他是如此正直，又如此聪明！

安妮

1944年3月18日 星期六

亲爱的吉蒂：

关于我和我的感受，我对你说的比对任何人说的都多，所以干脆也跟你聊聊性的话题吧。

一说起性，父母、普通人都会变得非常奇怪。他们不向十二岁的子女解释说明，反而把孩子赶出房间，让他们自己寻找答案。后来，父母注意到孩子们对这方面有了一些了解。这时他们便以为孩子们完全懂了，其实不然，真想不通他们为什么不弥补弥补，直接告诉孩子呢？

成人的一个主要障碍——虽然在我看来，只是个小问题——是，他们害怕一旦孩子懂得了：大多数情况下，婚姻的神圣和纯洁只是无稽之谈，他们将不再把婚姻看得神圣纯洁。在我看来，一个男人在婚前有些经验也不是坏事。毕竟，这和婚姻本身无关，不是吗？

我满十一岁后不久，他们就告诉我月经的事。可是那时，我完全不明白经血来自何处，也不明白这有什么用。十二岁半时，我从杰奎琳那儿得知了一些。她可不像我这么无知。我的直觉告诉我，男人和女人在一起会做什么。起初，这似乎是个疯狂的想法，可是当杰奎琳确认之后，我为自己的无师自通而自豪！

杰奎琳还告诉我，孩子不是从妈妈的肚子里钻出来的。她说："原料从哪儿进，成品就从哪儿出！"杰奎琳和我在一本性教育的书里看到了关于处女膜和其他细节的知识。我知道可以避孕，可是避孕的原理是什么，对我来说还是一个谜。不过，总而言之，有很多问题我还没找到答案。

如果妈妈不把一切告诉孩子，那么孩子只能听到只言片语，这样是不对的。

虽然今天是星期六，我却不觉得无聊！因为我一直和皮特在阁楼里。我坐在那儿，闭上双眼，浮想联翩，做起美梦来！

安妮

1944年3月19日 星期天

亲爱的吉蒂：

对我来说，昨天是相当重要的一天。午饭过后，一切都和平常一样。五点，我削好了土豆，妈妈给了我一些猪血香肠，让我拿给皮特。一开始我不太情愿，最后还是去了。他不肯要，我有了一种可怕的感觉，以为是因为之前我们为"不信任"的话题而争辩不休，他还在生气。突然我忍不住了，眼里泛起了泪花，二话不说就把盘子还给妈妈，跑到卫生间里大哭一场。随后我决定找皮特说个明白。晚饭之前，我们四个人帮他做字谜，所以我什么也不能说。等到吃饭时，我悄悄地对他说："今晚你打算练习速记吗？皮特。"

"不。"他回答。

"一会儿我想和你谈谈。"

他同意了。

洗完碗，我去他的房间，问他是不是因为之前的争吵，他才不肯要香肠。幸好不是。他只是觉得一下子就收下显得不够礼貌。楼下很热，我的脸红得像龙虾一样。于是我下去帮玛格特拿了些水，然后就上楼去呼吸呼吸新鲜空气。为了装装样子，我先在凡·丹夫妇房里的窗边站了一会儿，然后再去皮特的房间。窗户是开着的，他正站在窗户左边，于是我向右边走去。比起明亮的白天，在半黑之中，靠着一扇打开的窗户，谈话变得轻松许多。我想皮特也有同感。我们谈了很多很多，我无法一一重复。可是感觉很好。这是我来密室之后最美妙的一个晚上。我简单地说说我们聊起的各种话题吧。

首先我们说起了争吵，以及最近我对争吵有了完全不同的看法。然后说起了我为何与父母变得疏远。我对皮特说起了妈妈、爸爸、玛格特和我自己。他问道："你总是给他们每人一个晚安吻，不是吗？"

"一个？几十个呢。你没有，对吗？"

"没有，我还没有真正吻过谁。"

"连生日时都没有吗？"

"有的，过生日时有的。"

我们还聊起了我们俩都不信任父母。他的父母彼此相爱，希望他对他们敞开心扉，可是他却不愿意。我如何躲在被窝里伤心痛哭。他如何去顶楼咒骂发泄。玛格特和我如何最近才慢慢彼此了解，现在仍然很少谈心，因为我们总是在一起。所有能想到的事我们都聊了。关于信任、关于感受、关于我们自己。哦，吉蒂，他和我想象中的一模一样。

接着我们说起了1942年，那时的我们和现在如何不同，甚至都认不出那时的自己了。我们一开始是如何无法忍受对方。他觉得我是个聒噪的讨厌鬼，我很快断定他一点儿也不特别。那时我不明白为什么他不主动和我说话，可是现在我很高兴他没有。他说起以前他经常躲在自己房里。我说，我的叽叽喳喳、活蹦乱跳与他的沉默不语只有一线之差。我也喜欢安静平和，却没有一件只属于我一个人的东西，除了我的日记。人人都情愿看我转身而去，尤其是杜塞尔先生。有时我并不想和父母坐在一起。我们还说起，他如何高兴我父母有孩子，我如何高兴这里有他。现在我理解他对独处的渴望，理解他与父母的关系，我真希望能在他们争吵的时候帮帮他。

"你一直都在帮我！"他说。

"怎么帮你？"我大吃一惊。

"用你的快乐。"

这是他整晚最妙的一句话。他还告诉我，他不像以前那样介意我去他的房间，事实上，他很喜欢我去。我也告诉他，所有爸爸妈妈的昵称都没什么意思，亲吻也不一定就代表我们彼此信任。我们还说，要用自己的方式生活，还说起了日记、寂寞、人们内心与外表的反差、我的伪装面具，等等。

真是太美妙了。他肯定把我当作朋友一样喜欢，目前来说，这就够了。我又感激又开心，简直无法形容。我必须道歉，吉蒂，因为今天我写得不好，想到什么就写什么！

我感觉皮特和我分享着一个秘密。只要他一看我，笑笑，眨眨眼，我心里似乎就亮起一盏灯。希望这种情形能一直保持下去，我们能共度更多、更开心的时光。

既感激又开心的安妮

1944年3月20日 星期一

亲爱的吉蒂：

今天上午皮特问我能不能哪天晚上再去他那儿，说我不会打扰到他，还说那房间一个人装得下，两个人也容得了。我说不能每晚都去见他，因为我父母不赞成，可他觉得我不应该为此而烦恼。于是我告诉他，我会找个星期六晚上去的，还让他遇上能看见月亮的晚上，叫我一声。

"当然，"他说，"或许我们能下楼，在那儿看看月亮。"我点点头，小偷可吓不了我。

同时，我的幸福蒙上了一层阴影。长久以来，我一直觉得玛格特喜欢皮特。只是不太清楚她究竟有多么喜欢他。可是整体情况让人很不高兴。现在每次我去见皮特，都是对她的伤害，虽然这并非出自我的本意。有趣的是，她几乎从不表露出来。我知道她会疯狂地嫉妒，但玛格特只是说我用不着为她难过。

"你变成了局外人，这真是太可怕了。"我说道。

"我习惯了。"她回答道，语带忧伤。

我不敢告诉皮特，或许以后再说吧，可是我和他得先讨论讨论其他事情。

昨晚妈妈狠狠地训斥了我一顿，我实在是活该。我不该对她太过冷淡，太不尊敬。无论如何，我应该对她友好些，尽量少开口！

就连皮姆也不像以前那样好了。他试着不再把我当成小孩子看待，可是现在他太冷淡了。就让我们瞧瞧会怎么样吧！他提醒我，如果我不学习代数，战后也不会辅导我。我可以等着瞧，不过要是有新的课本，我也愿意从现在开始。

暂时这样就够了。每天我只是凝视着皮特，心里充满幸福！

附：

玛格特善良的证据。1944年3月20日，我收到了这个：

安妮，昨天我说我没有嫉妒你，其实那并不全是实话。事情是这样的：我不嫉妒你，也不嫉妒皮特。我只是难过自己没有找到一个能够分享思想和感受的人，而且短时间内也找不到。正因为如此，我从心底里祝福你们俩能彼此信任。在这儿，你们失去了许多别人理所当然的拥有的东西。

另一方面，我很清楚我和皮特不可能走到很亲密的那一步。因为我觉得，只有感觉与一个人很亲近，我才能和他分享心事。虽然我话不多，但我希望他能深深地理解我。所以，这个人必须是我认为在才智上超过我的人，显然皮特做不到。但是你和他走得很近，我完全能理解。

所以，你没必要因为觉得抢走了原本不属于我的东西而自责。这并非事实。你和皮特一定能收获友谊。

我的答复：

亲爱的玛格特：

你的信写得太体贴了，可是对现在的情况，我仍然无法完全高兴起来。我想自己永远也不会。

现在，皮特和我并不像你想的那样相互信任。只是，比起在明亮的阳光下，在半黑之中，站在打开的窗边，谈话更容易。比起站在屋顶大声喊出感受，细语倾诉更加容易。我想你对皮特有一种姐姐般的感情，愿意帮助他，正如我一样。或许有一天你能做到，虽然并非我们所想的那种信任。我相信，信任必须是双向的。我还认为，爸爸和我从没有真正地很亲近，原因就在这里。我们还是别谈这个了。如果你还想谈论什么事，那就写信吧，因为写信比面对面的交谈更容易。你知道我有多么钦佩你，希望自己也能拥有你和爸爸的善良，因为在这方面，你们俩很像。

安妮

1944年3月22日 星期三

亲爱的吉蒂：

昨晚我收到了玛格特的回信：

亲爱的安妮：

昨天看了你的信，我有种不快的感觉。每次你去找皮特学习或聊天，就会良心不安。其实你没必要这样。在我心里，我知道会有人值得我信任（就像我信任他一样），可是我无法容忍皮特占据这个位置。

正如你在信里所说的，我确实把皮特看作弟弟——一个小弟弟。我们一直都在试探，或许以后能发展成姐弟般的情感，可是现在肯定不行。所以你不需要为我而难过。既然你已经找到了情投意合的同伴，那就尽情享受吧。

同时，事情变得越来越好。吉蒂，我想密室里正在酝酿一场真爱。大家开玩笑说，如果要在这儿长久住下去，我就嫁给皮特，或许这并不全是无聊的笑话。别误会了，我并没有想过真要嫁给他。我甚至不知道他长大后是什么样子，也不知道我们能否走到结婚的那一步。

现在我坚信皮特也爱我，只是不知道他爱我的方式。我看不出他想要的是否只是一个好朋友，也猜不透他之所以被我吸引，是把我当作一个女孩，还是一个妹妹。他说每次他父母吵架时，我总是帮他。听了这话，我喜不胜收，这让我更加相信他的友谊。昨天我问他，要是密室里有十二个安妮总是去找他，他会怎么办。他的回答是："如果她们都像你，那也不算太糟糕啊。"他非常热情，我想他是真的喜欢见到我。同时，他正在努力学习法语，甚至在床上学到十点十五分。

哦，想起星期六晚上，想起我们说过的话、我们的声音，我第一次对自己感到满意。就算重来一次，我还是会说同样的话，不会有任何改变，我还是平时那个我。他如此英俊，不管是面带微笑，还是静静地坐着。他又可爱、又善良、又美好。我想，我最令他感到吃惊的是，他发现我根本不是表面上那个肤浅又世俗的安妮，而是和他一样充满梦想，也烦恼不断！

昨晚洗完碗，我等他过来叫我上楼。可是他没有，于是我走开了。他下楼对杜塞尔说，该听收音机了，又在卫生间外面待了一会儿。可是杜塞尔在卫生间里待了太久，所以他又上楼了。他在房里走来走去，早早地睡了。

整个晚上，我都坐立不安，不断地去卫生间里用冷水冲脸。我看了会儿书，胡思乱想了一阵子，看看钟，等啊等啊，始终听着他的脚步声。我筋疲力尽，早早上床了。

今晚我得洗澡，明天呢？

明天还没到来！

安妮

附：我给玛格特的回信

亲爱的玛格特：

我想我们最好还是等着，瞧瞧会发生什么吧。不久之后，皮特和我必须决定，是要回到过去的样子，还是做出改变。我不知道最终的结果会是什么。我无法看得这么远。

可是有一件事我可以肯定：如果皮特和我真的成为朋友，我会告诉他，你也非常喜欢他，并且在他需要的时候，你也愿意伸出援手。我想你不希望我这么做，可我不管。我不知道皮特是如何看待你的，不过到时候我会问问他。这肯定不是什么坏事。相反，欢迎你到阁楼来，不管我们在哪儿，都欢迎你。你不会打扰到我们的，因为我们有一种默契：只在天黑之后聊天。

打起精神吧！我正竭尽全力，虽然这并不容易。希望属于你的时刻比你想象中更早到来。

安妮

1944年3月23日 星期四

亲爱的吉蒂：

最近事情多多少少恢复了正常。给我们提供配给票证簿的人出狱了，谢天谢地！

弥普昨天回来了，可是今天她丈夫因为发烧卧病在床——流感的常见症状。贝普好一些了，只是还有点咳嗽，克雷曼先生还得在家休息很长一段时间。

昨天一架飞机在附近坠毁。机组人员及时跳伞。飞机掉在一所学校的房顶上，还好楼里没有学生。坠机引起了一场火灾，几人丧命。飞行员跳伞的时候，德国人向他们扫射。目睹如此暴行，阿姆斯特丹人狂怒不已。我们——我是说女士们——吓得魂不附体。哦，我真讨厌枪声。

现在说说我自己的事吧。

昨天我和皮特在一起，不知道怎么就说起了性。很早以前我就决定问他一些事。他什么都知道。当我说玛格特和我懂得不多时，他很惊讶。我和他说了很多关于玛格特、我、妈妈和爸爸的事，说最近我什么都不敢问他们。他同意教教我，我感激地接受了。他对我解释避孕的原理。我大胆地问他，男孩怎么知道自己长大了呢。他想了想，说今天晚上告诉我。我告诉他杰奎琳的事，说女孩敌不过强壮的男孩。“你没必要害怕我。”他说。

那晚我再去的时候，他告诉我男孩的事。稍稍有些尴尬，可是能和他一起谈论这个话题，实在太好了。我们都没想过能如此开诚布公地与异性谈论这么私密的事情。我想现在我什么都知道了。他对我说了很多关于避孕药的事。

那天晚上在卫生间里，玛格特对我说起了她的两个朋友：布拉姆和崔斯。

今天上午我遇到了一个烦人的意外：早餐后皮特对我打了个上楼的手势。“你这么耍我，真是卑鄙。”他说，“昨晚我听见你和玛格特在卫生间里的谈话。原来你只是想瞧瞧皮特到底懂得多少，然后大笑一番！”

我呆住了！我用尽全力让他打消这种荒唐的想法。我能理解他的感受，可是事实并非如此！

“哦，不，皮特！”我说，“我才不会这么卑鄙。我说过不会把你告诉我的事告诉别人，以后也不会。装腔作势，故意做些卑鄙的事……不，皮特，不能开这种玩笑。我真的什么都没说。难道你不相信我？”他说他相信我。不过我想以后我们得再好好谈谈。我整天什么都没做，只是一个劲地担心。谢天谢地，他想到什么就说什么。想想，如果他把事情闷在心里，真的认为我很卑鄙，那后果真不堪设想。他真是个好人！

现在我要把心里话全都告诉他！

安妮

1944 年 3 月 24 日　星期五

亲爱的吉蒂：

这些天来，吃完晚饭，我常常去皮特的房间呼吸晚上的新鲜空气。比起白天阳光照耀脸庞，在黑暗中能更快地开始有意义的谈话。挨着他坐在椅子上向外看，感觉舒适惬意。每次我去他的房间，凡·丹夫妇和杜塞尔就会说些无聊之极的话，“那儿真是安妮的第二个家啊”，或是“天黑又没灯，一个绅士接待一个小女孩，这合适吗？”面对这些所谓的俏皮话，皮特显得镇定自若。对了，妈妈也好奇得要命，很想问问我们都聊些什么，只不过害怕我会拒绝回答。皮特说大人们只是嫉妒我们年轻，用不着把这些恼人的话放在心上。

有时他下楼来找我，可是很尴尬。因为不管他做了多少准备，还是满脸通红，一句话也说不出来。我很高兴自己不会脸红。

当我上楼开心地和皮特在一起时，玛格特只好一个人孤零零地坐在楼下，这让我很不安。可是我能怎么办呢？我不介意她也上楼来，但就算她上楼来，也只能像局外人似的呆呆地坐在一旁。

大家对我们突然产生的友谊议论纷纷。不知有多少次，在吃饭时有人说，要是战争再持续五年，密室里就要举行婚礼了。我们在意大人们的闲谈吗？不怎么在意，这些纯属无稽之谈。爸爸妈妈忘了他们也曾经年轻过吗？显然忘记了。无论何时，我们当真，他们就笑，他们一当真，我们就开始笑。

我不知道以后会发生什么，也不知道有一天，我们会不会把事情都聊完了，变得无话可说。不过照这样下去，最后我们能达到心有灵犀、心心相通的程度。真希望他的父母别再古古怪怪的了。可能是因为他们不想总看到我吧。皮特和我肯定不会把谈话内容告诉他们。

1944年3月25日 星期六

亲爱的吉蒂：

我彻底改变了，一切都变得不一样了：思想、看法、挑剔的态度、内在、外在，一切都变了。有一点是真的，我可以放心地说出来，那就是我在往好的方向改变。我对你说过，被大家宠爱了几年后，我很难适应残酷的成人世界和严厉的指责。可是让我忍受如此之多，爸爸妈妈难逃其责。在家里他们希望我享受生活，那很好。可是在这儿他们不应该让我在争吵中一直站在他们那边。很久以后我才发现自己对错兼半。可现在我已明白，我犯了很多错，大人也不例外。爸爸妈妈最大的错误，就是永远无法公平友好地对待凡·丹夫妇（必须承认，有时候需要伪装友善）。最重要的是，我希望大家和平相处、不再争吵、不再说闲话。这对爸爸和玛格特不难，难的是妈妈。而凡·丹先生呢。只要同意他的话，不多嘴，安静地听他讲那些老套的嘲弄人的笑话，再附和着讲个笑话，就没问题了。至于凡·丹太太，只要对她开诚布公，有错就承认，她也会坦率地承认自己的很多缺点，也不难和她和平相处。我明白，她对我的印象不像起初那样糟糕。这是因为我很诚实，有话当面说，即使不是恭维话。我想做个诚实的人，诚实能使你走得更远，也使你对自己更加满意。

昨天凡·丹太太说起我们给克雷曼先生米的事。“我们总是给、给、给，也该有个限度吧。克雷曼先生费点劲也能弄到米嘛，为什么我们要把自己的米全给他？我们也非常需要大米。”

“不是的，凡·丹太太，”我回答道，“你这话说得不对。克雷曼先生或许能弄到一点米，可是他不想为这事操心。我们现在的情况可不能批评帮助我们的人。只要我们有的东西，都应该慷慨解囊。一周少一盘米饭没有太大区别，可以吃豌豆嘛。”

凡·丹太太不同意我的话，可是她说，虽然她不同意，还是愿意让步。真是难得啊。

我说得够多了。有时候我知道我的处境，我也有疑问，可是最后都能成功！我知道我会的！尤其是现在我有了皮特，帮我渡过难关和多雨的日子！

老实说，我不知道他到底有多爱我，也不知道我们会不会发展到接吻的程度。这种事我不想强求！我对爸爸说，我经常去看皮特，想征求他的同意，当然他同意了！

现在我把埋藏心里的事都告诉了皮特，真是轻松多了。例如，我对他说，以后我想写作，就算做不了作家，也要在业余时间写写文章。

我没有太多钱，太多财物，我不美丽、不聪明，可是我快乐，我要一直快乐！我天生快乐，心中充满爱，天性相信他人，我希望所有人都快乐。

挚友安妮

空荡荡的天空，虽然晴朗明亮，

却如夜晚一般黑暗。

（这是我几周前写的，现在已经不合适了，可我还是记下来，因为我很少写诗。）

1944年3月27日 星期一

亲爱的吉蒂：

在密室生活中，政治应该是重要的一部分。可是我对政治不感兴趣，一直避免这个话题。不过今天，我就好好谈谈政治吧。

当然，人人对政治的看法都不一样。在战争时代，听到人们时常谈论政治，这很平常，不过为了政治而争执不休，实在愚蠢！他们可以大笑、诅咒、打赌、嘟囔，随便做什么都行，不过不能争吵，因为争吵只能让事情越来越糟。外面的人给我们带来消息，可很多都是假的。不过，到现在为止，电台里的消息都是真的。简、弥普、克雷曼先生、贝普、库格勒先生的心情随着政局起起落落，不过简最平静。

密室里的气氛向来都是一样。为了反攻、空袭、演讲等，大家争论不休，还有人无数次地惊叹：“哦，天啊，如果他们现在才开始，得延续多久啊！”又或者是“实在太好了！好极了！”

乐观主义者和悲观主义者——不用说现实主义者——不知疲倦地高谈阔论，就像对其他事一样。他们全都坚信，只有自己的观点才是正确的。一位女士被激怒了，因为她的丈夫对英国人信心十足。还有一位丈夫抨击妻子，因为她嘲笑他心爱的国家！

从早到晚，就这样不停地争论。好笑的是，他们全都乐此不疲。我发现了一个办法，效果惊人，就像拿别针扎人，保管他们会跳起来一样。办法是这样的：我开始谈论政治，哪怕只是一个问题，一个字，一句话，他们立刻就炸开了！

似乎德国的“国防军新闻”和英国广播电台的新闻还不够似的，现在又增加了空袭特别报道。总之，精彩极了。不过另一方面，英国空军部队正全天候实施空袭，就像德国的宣传机器，只不过德国的宣传机器是全天候散播谎言！

广播从每天上午八点一直开到晚上九点、十点，甚至十一点。毫无疑问，这说明大人们有无限的耐心，也说明了他们的大脑已经失灵了（我是说其中一些人，我可不愿得罪谁）。一天听一次广播就够了，最多两次。不过这些老笨蛋……别介意，该说的我都说了！“音乐伴你工作”、德国广播、弗兰克·菲利普或威廉敏娜女王，轮番上阵，总有人乐意倾听。大人们不是在吃饭或睡觉，就是围在广播前谈吃的、谈睡觉、谈政治。天啊！实在太无聊了，我都快变成沉闷的干瘪老太婆了！虽然和这群老家伙在一起，变成那样也不坏！

说说好的例子吧，我们敬爱的丘吉尔发表了演讲。

星期六晚上九点。茶泡好了，茶壶上罩着暖罩，摆在桌上，客人们一个接一个走了进来。

杜塞尔坐在收音机左边，凡·丹先生坐在收音机前，皮特坐在边上。妈妈挨着凡·丹先生坐，凡·丹太太坐在后面。玛格特和我坐在最后一排，皮姆靠在桌边。我没有具体写出大家的座位分布，不过这不重要。男人们抽烟，皮特听得太紧张，微闭着双眼，妈妈穿着深色长袍，凡·丹太太吓得浑身颤抖。外面的飞机可不管什么演讲，一鼓作气地朝艾森飞去。爸爸啜着茶，玛格特和我互相相偎，莫西趴在我们的膝盖上呼呼大睡。玛格特满头发卷，我的睡衣太紧太短。这情景显得多么亲密、安静、舒适，暂时确实如此。可是我很担心演讲结束，因为他们显得很不耐烦，几乎忍不住又要开始一场争论了，就像一只试图引鼠出洞的猫，彼此挑衅，大干一场。

安妮

1944年3月28日 星期二

亲爱的吉蒂：

我很想再写一些政治方面的事情，可今天我有一大堆别的消息要告诉你。首先，妈妈禁止我去找皮特。据她说，是因为凡·丹太太嫉妒。第二，皮特邀请玛格特上楼和我们一起聊天。他是出自真心，还是出于礼貌，我实在不知道。第三，我问爸爸，应不应该在意凡·丹太太的嫉妒，他的回答是不必在意。

现在我该怎么办？妈妈发火了，不想让我上楼去，让我回到与杜塞尔共用的房间里好好学习。或许是她自己嫉妒吧。爸爸却不会因为我们有几个小时不在他身边而吃醋。他觉得我们相处融洽是件好事。玛格特也喜欢皮特，可是三个人在一起，没办法聊两个人可以聊的事。

妈妈觉得皮特爱上我了。老实说，我倒希望这是真的。这样我们就扯平了，而且更加容易了解对方。她也说他老是看我。是啊，我想我们俩偶尔确实相互挤挤眼。可是他一直欣赏我的酒窝，我也没办法，不是吗？

现在我的处境实在为难。妈妈反对我，我也反对她。爸爸对我和妈妈之间的冷战视而不见。妈妈很伤心，因为她还爱着我，可是我却没有太难过，因为她对我而言已经毫无意义了。

至于皮特，我不想放弃他。他如此美好，我如此爱恋着他。他和我能够拥有一段妙不可言的关系，为什么这些老家伙要来打探我们的事呢？还好，我习惯隐藏自己的情感，表面上不会流露出对他的痴狂。他会不会说些什么呢？会不会有一天，我们脸颊紧紧相贴，就像在我梦中那样？哦，皮特·希夫、皮特·凡·丹，你们合二为一！他们不了解我们。他们永远无法体会，我们静静地坐在一起时，无声交流，心生满足。他们不知道是什么吸引了我们！哦，何时我们才能跨越所有困难？不过克服困难也是一件好事。因为有困难，结局才更美好。当他把手枕在胳膊上，闭上眼睛时，他还是个孩子；当他和莫西打闹，或是谈起它时，心中充满爱；当他扛土豆或是其他重物时，他是如此强壮；当他去看炮火或是穿过黑暗的房间寻找小偷时，他是如此勇敢；当他尴尬又笨拙时，实在招人疼爱。他教我功课教得有模有样，比我教他强多了。真希望他在每方面都胜过我！

对这两个妈妈，我们有什么好在意的呢？哦，真希望他能开口说话。

爸爸总是说我很自负，其实我不是，我只是爱慕虚荣！很少有人夸我漂亮，除了学校里的一个男生，他说我笑起来很可爱。昨天皮特由衷地赞美我。就算是好玩吧，我把对话大致告诉你。

皮特常说："笑一个！"我觉得很奇怪，于是昨天我问他："你为什么总想看我笑呢？"

"因为你笑起来有酒窝。你是怎么弄出来的？"

“生下来就有酒窝。下巴上也有一个。这是我唯一漂亮的地方。”

“不，不，才不是呢！”

“是的，我知道自己不漂亮，从来就不漂亮，以后也不会漂亮！”

“我不同意。我觉得你很漂亮。”

“我才不漂亮。”

“我说你漂亮就是漂亮。你得听我的。”当然了，我也恭维了他一番。

安妮

1944年3月29日 星期三

亲爱的吉蒂：

博克斯坦大臣从伦敦向荷兰广播，说战后要收集与战争有关的信件和日记。当然了，大家都盯上了我这本日记。想想看，如果真能出版一本关于密室的小说，该多有意思啊。光看书名还以为是侦探小说呢。

不过，说真的，战后十年，人们读到当初我们这些躲藏起来的犹太人过的是什么样的生活，吃的什么，谈的什么，只会觉得好笑。虽然我对你说了很多的事，可是你对我们仍然知之甚少。空袭时女人惊恐万分。例如，上周六，三百五十辆英国飞机在爱因顿姆投下了五百五十吨炸弹。房屋摇摇欲坠，就像狂风中的小草。现在又有多种流行病在肆虐。

你对这些事一无所知，如果一一说来，得花上一整天的时间。人们排队买蔬菜和各种食物；医生一转身，汽车和自行车就会被盗，因此他们无法探视病人；小偷遍地都是。让人不禁要问，为什么荷兰人突然之间都变成小偷了；八岁、十一岁的小孩砸破别人家的玻璃，拿得动的东西全都不放过；人们不敢离家，哪怕是五分钟，否则等他们回家时，财物全都消失不见了；报纸上全是寻物启事，悬赏被盗的大打字机、波斯地毯、电子钟、衣物等；街角的电子钟全被拆了，公用电话也被拆得一干二净。

荷兰人的士气不可能高涨。人人挨饿。除了咖啡替代品，一周的食物份额维持不了两天。迟迟不见进攻，男人被派去德国，孩子们不是生病，就是营养不良。人人都穿着烂衣服、破鞋子。黑市上一只新鞋底卖到 7.50 荷兰盾。而且几乎找不到鞋匠补鞋，就算有，也得等上四个月，可能在等待中，鞋也不见踪影了。

这其中还是有一件好事：因为食物越来越差，法令越来越严格，因此抗议破坏活动也随之增加。配给委员会、警察、官员，要么帮助他们的同胞，要么被同胞告发，被送进监狱。幸好，只有少数荷兰人行为不轨。

安妮

1944 年 3 月 31 日 星期五

亲爱的吉蒂：

想想看，现在天还是很冷，可是大多数人快一个月无法取暖了。听起来很可怕，不是吗？关于俄国前线，大家都很乐观，因为那边进展顺利！我不常写政局的事，可现在我必须告诉你俄国的情况。他们已经接近波兰边境和罗马尼亚的普鲁特河了。他们逼近奥德赛，已经包围了特尔诺波尔。每天晚上，我们都等待着来自斯大林的战报。

他们在莫斯科大放礼炮，那座城市肯定一整天都是隆隆炮声。他们是喜欢假装战争就在附近呢，还是实在找不出其他表达喜悦的方式？我不知道！

匈牙利被德军占领了。

那儿还住着一百万犹太人。他们逃不过厄运。

这儿没发生什么特别的事。今天是凡·丹先生的生日。他收到了两包烟，还好好地喝了杯咖啡，那是他妻子尽力设法省下来的。库格勒先生送了他柠檬汁，弥普送的是沙丁鱼，我们送的是古龙香水，他还收到了丁香、郁金香，还有一块表面是悬钩子 的蛋糕。因为面粉质量差，黄油又少，有些黏糊糊的，不过味道不错。

大家渐渐地不再谈论我和皮特的事了。他今晚来接我，实在体贴，你说呢？他以前可是讨厌这么做的！我们现在是很要好的朋友，总是待在一起，无话不谈。谈到敏感话题时，我不必像对其他男孩一样克制自己，欲言又止。这种感觉真好。比如，我们说起血液，不知怎么又聊到了月经，等等。他觉得女人流了这么多血还能受得了，实在是坚强，还说我也一样坚强。可是我到底是怎样坚强呢？

我在这儿的日子好多了。上帝没有抛弃我，永远不会抛弃我。

安妮

1944年4月1日 星期六

亲爱的吉蒂：

一切还是那么困难。你知道我说的是什么，对吧？我渴望他能亲吻我，可是他却迟迟没有。他还把我当朋友吗？难道我对他来说，就没有其他的意义了吗？

你我都知道，我很坚强，能独自承受很多重担。我不习惯找人分担忧愁，也不依赖妈妈。可是我多么渴望把头靠在他的肩上，就这么静静地靠着。

我忘不了，真的忘不了那个梦。梦里我和皮特的脸颊紧紧地贴在一起，一切都那么美好！他是否也有同样的渴望？是否只是因为他太害羞，才无法说出他爱我？为什么他希望我靠近他呢？哦，为什么他不开口说话呢？

我得先停下来，冷静冷静。我会再次变得坚强。如果我有耐心，一切自会到来。不过最糟糕的是，我似乎在追他。总是我上楼去找他，他却从不曾找过我。希望是因为房间布局的缘故吧，而且他也明白这种困难。哦，我相信他会比我想象中更加通情达理。

安妮

1944年4月3日 星期一

亲爱的吉蒂：

今天我要改一改，详细给你讲讲我们的食物，因为现在这变成一件难事，也是一件要事。不仅是在密室里，整个荷兰、整个欧洲，以及其他地方都是如此。

在密室度过的二十一个月中，我们经历了很多“食物循环”（一会儿你就知道是什么意思了）。“食物循环”是指在一段时间内，只吃一道菜，或是一种蔬菜。长久以来，我们的食物只有菊苣、带沙的菊苣、不带沙的菊苣、土豆泥拌菊苣、菊苣土豆泥砂锅。然后是菠菜，接着是苤蓝、婆罗门参、黄瓜、土豆、泡菜，等等。

每天午餐、晚餐只能吃泡菜，这可不是什么有趣的事。不过饥饿难耐时，什么都能吃。现在，我们正处在最好玩的一段时期，因为没有一点儿蔬菜。

每周的菜单包括褐色豌豆、豌豆汤、土豆加汤团、土豆面条布丁，多谢上帝，还有芜菁叶或烂胡萝卜，然后又回到褐色豌豆，再次重复。因为面包紧缺，我们每餐都吃土豆，有时也煎一些土豆。

我们用褐色豌豆、菜豆、土豆做汤，还有蔬菜汤、鸡汤、豆汤。每样菜里都有褐色豌豆，连面包里都有。晚餐经常吃土豆加人造肉酱——谢天谢地，我们还有些这个——菜沙拉。我必须要跟你说说汤团。我们用政府发的面粉，加上水、酵母做汤团，黏糊糊的，又硬，吃下去觉得胃里都是石头！

每周最开心的就是吃一片肝泥香肠，在没涂黄油的面包上涂上一些果酱。庆幸的是我们还活着，大多数时间里还能开心地吃下去！

安妮

1944年4月5日 星期三

亲爱的吉蒂：

好长时间我都不知道为什么要费劲学习。战争结束似乎遥遥无期，停战犹如童话一般不太现实了。如果到了九月战争还没结束，我就不能回学校了，因为我可不想拉下两年的功课。

皮特充实着我的生活，只有皮特。我梦见他、想着他，直到周六晚上，那一天让我觉得异常可怕，哦，实在太恐怖了。和皮特在一起时，我忍住不掉眼泪，和凡·丹夫妇一起一边喝柠檬汁一边兴奋地大笑。可是只要独处时，我就知道自己会哭红双眼。我穿上睡衣，坐在地板上，开始热切地祈祷。接着我蜷起双腿，把头埋在双臂之中，在光光的地板上缩成一团，哭了起来。突然一声呜咽把我带回现实，我强忍泪水，不想让隔壁的人听见我在哭。我打起精神，一遍又一遍地说："我一定要，我一定要，我一定要……"这个别扭的姿势让我身体僵硬，我撑着床边慢慢地站起来，直到十点半，才爬回床上。一切结束了！

现在真的都结束了。我终于发现我必须学习，这样才不会变得无知和愚昧。我要努力成为一名记者，这是我的理想！我知道我能写作。有几篇故事写得很好，我把密室的故事写得诙谐幽默，我的大多数日记也写得生动形象，可是我是不是真有写作天赋，还有待时间的检验。

《夏娃的梦想》是我写过的最棒的童话，奇怪的是，我居然完全不知道这篇童话是如何写成的。《凯蒂的生活》也很不错，可是总的来说没什么特别之处。我是自己作品最佳的、也是最严厉的批评家。我知道如何判断好坏。只有亲自动笔，才能体会写作的神奇之处。以前我总是哀叹自己不会画画，可是现在，至少我知道自己会写作，这足够让我欣喜若狂的了。就算没有写书或写报纸文章的天赋，我也能为自己而写。当然我想要的不只这些。我无法想象自己像妈妈、凡·丹太太和其他那些女人一样生活，整天忙忙碌碌，干完活后就被人遗忘。除了丈夫和孩子，我还要拥有自己的事业，全身心投入的事业！我不愿像大多数人一样，一生徒劳。我想变成有用的人，给他人带来欢乐，即使对方是陌生人。希望在那时候，我仍然活着！我感谢上帝赐予我这个天赋，我要发挥我的天赋，不断完善自己，表达内心的一切！

写作的时候，我把忧愁抛得远远的。我的忧伤不见了，精神为之一振！可是有个大问题，我能不能写出伟大的作品呢？我能不能成为一名记者或是一名作家呢？

我希望梦想成真。写作使我记录下一切，我所有的思想、理想和幻想。

很久没有继续写《凯蒂的生活》了。我在大脑里构思好了下一步的故事情节，可是动笔却不太顺利。也许我永远也无法完成这个故事，最终它的下场是被扔进废纸篓或火炉里。想想实在可怕，但我对自己说："你才十四岁，阅历太少，怎么能写出深刻的思想来呢？"

所以，打起精神，重振信心，肯定会成功的，因为我下定决心，坚持写作！

安妮

1944年4月6日 星期四

亲爱的吉蒂：

你问我的爱好和兴趣是什么，我乐意告诉你。不过我得先提醒你，我的爱好和兴趣很多，你可别吃惊。

首先，写作。不过我想这不仅仅是爱好而已。

第二，皇室家谱。我正在所有能找到的报纸、书本和资料里寻找法国、德国、西班牙、英国、奥地利、俄国、挪威、荷兰的皇室家谱。这方面的进展不小。一直以来，我读传记和历史书的时候，都会随手做笔记，甚至还抄了很多历史书上的段落。

第三个爱好是历史。爸爸给我买了很多书，我几乎迫不及待地想要去公共图书馆，把需要的信息统统找出来。

第四个是希腊和罗马神话。这方面我也有好多书。我能说出缪斯的九个名字和宙斯七个情人的名字。赫拉克勒斯的妻子的名字，我也倒背如流。

我的其他爱好有电影明星照片、全家福。我酷爱书籍和阅读，也很喜欢艺术史，尤其是有关作家、诗人和画家的方面。音乐方面以后可能会涉猎。我讨厌代数、几何、算术。其他科目我倒也很喜欢，不过历史是我的最爱！

安妮

1944年4月11日 星期二

亲爱的吉蒂：

此刻我头晕目眩，不知道从何说起。星期四（上一封信的日期）一切都和平常没什么两样，星期五（耶稣受难节）下午我们玩游戏，星期六下午也是。日子过得飞快。星期六两点左右，枪声响起，男人们说是机关枪。此外一切安静。

星期天下午四点半，皮特来找我，是我邀请他的。五点十五分，我们去了前面的阁楼，在那儿待到六点。六点到七点十五分，电台播放了一场动听的莫扎特音乐会，我特别喜欢那首小夜曲。我真受不了在厨房里聆听。如此美妙的音乐，使我内心澎湃不已。星期天晚上皮特不能洗澡，因为洗澡盆在办公室厨房里，装满了换洗衣服。于是我们一起去前面的阁楼，为了坐得更舒服点，我把屋里能找到的唯一一个垫子也拿来了。我们坐在一个包装箱上。因为包装箱和垫子都很窄，我们靠得很近，背后再靠着两个包装箱。莫西陪在我们身边，也算是有了个伴。突然，八点四十五分，凡·丹先生吹了一声口哨，问我们有没有拿杜塞尔的垫子。我们一下跳了起来，拿着垫子，和莫西、凡·丹先生下楼去了。这个垫子可惹了大祸。杜塞尔很生气，因为我拿了他当作枕头的垫子，他害怕垫子里进了跳蚤。就因为一个垫子，他闹得所有人都不得安宁。作为报复，皮特和我在他的床里偷偷塞了两把硬刷子，可是杜塞尔出人意料地要去他房里坐坐，我们只好把刷子拿了出来。这段小插曲，让我们大笑了一阵。

好景不长。九点半，皮特轻轻敲门，请求爸爸下楼，他有个英语句子不会。

"听起来很可疑，"我对玛格特说，"一听就是借口。看他们说话的模样就知道肯定有贼了！"果然没错。就在那时，有人闯进了仓库。爸爸、凡·丹先生、皮特急忙下楼。玛格特、妈妈、凡·丹太太和我静静等着。四个女人吓作一团，需要说说话，所以我们说了起来。突然楼下传来"啪"的一声。然后一切重归安静。钟响了，九点四十五分。我们脸色煞白，却竭力保持镇定，可是心里怕得要命。男人们呢？"啪"的一声究竟是怎么回事？他们和小偷打起来了吗？我们吓得不敢再想下去，只能静静地等待。

十点，楼梯上响起脚步声。爸爸脸色苍白，神情紧张地走了进来，后面跟着凡·丹先生。“关灯，轻轻地上去，可能有警察！”容不得我们害怕，马上关灯，我抓起一件夹克，就这样坐在楼上。

“到底怎么回事？快说啊！”

没有人告诉我们发生了什么。男人们又下楼去了。直到十点十分，四个人才又回来。两个人守在皮特房里开着的窗前，不停张望。通往楼道的门是锁上的，书架也关得好好的。我们用一件毛衣盖住夜明灯，然后他们向我们说起了事情的经过：

皮特在楼道里听见两声巨响。他赶忙下楼，看见仓库门左边的厚木板不见了。他跑上楼，对“家庭守卫”发出警报，随即四个人下楼。当他们走进仓库时，小偷正忙着偷东西。凡·丹先生不假思索地大叫一声：“警察！”外面传来匆忙的脚步声，小偷逃了。他们在门上补了一块木板，以免引起警察的注意。可是外面有人猛的一脚，木板被踢翻在地。男人们惊呆了，小偷竟如此大胆。皮特和凡·丹先生怒火中烧。凡·丹先生举起斧头在门上狠狠敲了几下，一切又安静了。他们再次把木板装了回去，可又一次失败了。外面有一男一女拿着手电筒从裂口处照了进来，照亮了整个仓库。“怎么回事……”其中一个人咕哝着。这时四个人的身份立刻大转变，从警察变成了盗贼，并且马上冲上楼。杜塞尔和凡·丹先生抓起杜塞尔的书，皮特打开厨房和私人办公室的门窗，把电话摔在地上，四人总算进了书架后的暗门。

拿手电筒的一男一女很可能报了警。那天是星期天晚上，也就是复活节的那个星期天。第二天，复活节的星期一是没有人办公的，所以直到星期二上午我们才能走动。整整一天两晚只能在恐惧中呆呆地坐着！我们什么都不敢做，只是坐在一片漆黑之中，凡·丹太太怕得关了灯。我们小声说话，每次听到什么动静，有人连忙“嘘”的一声。

十点半、十一点，一点儿声响都没有。爸爸和凡·丹先生轮流上楼来看我们。十一点十五分时，下面有了动静。大家都屏住呼吸，心悬到了嗓子眼，一动不动。屋里响起了脚步声，然后是私人办公室、厨房、楼道。大家吓得连大气都不敢出，八颗心怦怦直跳。脚步声到了楼梯上，然后书架发出嘎吱嘎吱声。这一刻简直无法形容。

“我们完了。”我说道。脑海中浮现出当晚我们被盖世太保拖走的模样。

书架的嘎吱嘎吱声越来越大。我们听到罐头落地声，然后脚步声变得模糊。我们脱离危险了，至少目前安全了！人人浑身发颤，我听见好几个人牙齿打战的声音，所有人都说不出话来，我们就这样一直待到十一点半。

屋里没了声音，可是楼梯间还亮着一盏灯，就在书架前面。是因为警察怀疑吗？还是他们忘了关灯？会有人再回来关灯吗？我们又能说话了。

楼里没有了人，或许有人还守在外面吧。于是我们只能做三件事：猜测发生了什么，怕得发抖，上洗手间。因为桶在阁楼上，能够拿到的只有皮特的铁废纸篓。凡·丹先生第一个去，然后是爸爸，可是妈妈很不好意思。爸爸把废纸篓拎到隔壁，玛格特、凡·丹太太和我十分感激。最后妈妈也硬着头皮去了。大家都很需要纸巾，还好我口袋里有一些。

废纸篓里一阵阵臭味，大家全都压低音量，筋疲力尽。这时已是午夜了。

“就睡在地板上吧！”玛格特和我一人得到一个枕头和一条毯子。玛格特躺在食物橱柜旁边，我则睡在桌腿之间的地板上。躺在地板上后，臭味没有那么浓了，可是为了以防万一，凡·丹太太还是悄悄拿了些漂白粉，并且拿来一条毛巾盖在夜壶上。

说话、轻声低语、恐惧、臭味、放屁，不断有人上厕所。在这种环境中怎么睡得着！可是到了深夜两点半，我还是累得打起瞌睡，什么声音也听不见。三点半时，凡·丹太太把头枕在我腿上时，我醒了。

“看在上帝的分上，给我几件衣服穿穿吧！”我说道。有人递给我一件衣服。不过你别问是些什么衣服：一条松垮垮的羊毛裤子，穿在睡衣上，一件红色的毛衣、一条黑裙子、白色长袜以及破的及膝袜。

凡·丹太太坐在椅子上，凡·丹先生躺在地板上，头枕着我的双腿。从三点半开始，我不断想这想那，一直发抖，搞得凡·丹先生睡不着。我在想，如果警察回来抓人，该怎么办？我们会告诉他们，我们藏在这儿。如果他们是好人，我们就安全了；如果他们是纳粹支持者，可以设法贿赂他们！

"我们应该把收音机藏起来！"凡·丹太太说。

"当然，就藏在炉子里吧。"凡·丹先生回答道，"如果他们发现我们，也能找到收音机！"

"他们也能发现安妮的日记。"爸爸说道。

"那就烧了吧。"最害怕的那个人建议。

这个建议，以及警察把书架推得嘎吱嘎吱响，是我最害怕的两件事。哦，别想动我的日记。如果日记没了，那我也完了！谢天谢地，爸爸没再说什么。

把所有谈话记下来并无什么意义。我们说了好多。我安慰惊恐万分的凡·丹太太。我们说起了逃跑，被盖世太保审讯，打电话通知克雷曼先生，大家要鼓起勇气。

"我们必须像战士一样，凡·丹太太。就算真被抓了，也是为了女王和这个国家，为了自由、真理以及正义，就像收音机里说的那样。唯一糟糕的是，我们会连累其他人！"

一小时之后，凡·丹先生和妻子换了位子，爸爸走过来，在我身边坐下。男人们一支接一支地抽烟，偶尔一声叹息，有人使用夜壶，然后一切又重新开始。

四点、五点、五点半。我走到皮特身边，在窗边挨着他坐下。我们坐得很近，近得能感觉到彼此的颤抖。我们不时地说上一两句话，仔细听听有什么动静。隔壁，他们放下窗帘，列了一张清单，列出要在电话里告诉克雷曼先生的事。他们打算七点时打给他，让他派人过来。这种做法很危险，因为守在门口或仓库里的警察可能会听到打电话的声音。可是如果警察回来的话，风险更大。

我不想附上他们列的清单，不过为了让你看得更明白，我还是抄下来吧。

有小偷：警察进入大楼，走到书架前，不过没有进入密室。显然中途被人发现，于是小偷强行打开仓库门，沿着花园逃跑。大门被闩上。库格勒肯定是从二楼离开的。

打字机和计算机在私人办公室的黑箱子里，安全。

弥普或贝普的换洗衣物在厨房的洗衣盆。

只有贝普或库格勒有二楼门的钥匙。门锁或许被弄坏了。

设法提醒简，并拿到钥匙，四处检查检查办公室，还有喂猫。

一切按计划进行得很顺利。克雷曼先生接到电话，门闩被移走了，打字机被放回箱里。我们又围坐在桌旁，等着简或是警察前来。

皮特睡着了，凡·丹先生和我躺在地板上。这时楼下传来很大的脚步声。我悄悄站起身来："是简！"

"不，不，是警察！"他们全都这么说。

书架上响起了敲击声。弥普吹了一声口哨，凡·丹太太再也受不了，四肢无力地瘫在椅子上，脸色苍白。如果紧张气氛再持续一会儿，她肯定会晕倒。

简和弥普走了进来，眼前一副可笑的景象。仅仅是桌上的模样，就值得拍张照片：一本《电影与戏剧》，正好翻到舞女那一页，上面还沾着果酱和果胶，那是我们用来抵抗腹泻的。两个果酱罐、半个面包卷、四分之一的面包卷、果胶、一面镜子、一把梳子、火柴、灰尘、香烟、烟草、烟灰、书本、一条内裤、一把手电筒、凡·丹太太的梳子、卫生纸，等等。

当然，见到简和弥普，大家又是欢呼，又是流泪。简在门的裂口处钉了一块松木板，又和弥普一起去报警，说有人非法闯入。弥普还在仓库门底下发现了一张夜间看守人施乐格留下的纸条。纸条中说他注意到了门上的洞，已经报警了。简打算去看看施乐格。

于是我们有半个小时的时间收拾房子和我们自己。短短三十分钟内，变化如此之大，真是前所未见。玛格特和我下楼整理床铺、上卫生间、刷牙、洗手、梳头。然后我稍微收拾房间，又上楼去了。桌子已经被清理干净了。我们拿了些水冲咖啡、泡茶、煮牛奶、摆餐具。爸爸和皮特倒掉我们临时使用的夜壶，并用热水和漂白粉清洗。最大的一个夜壶装得满满的，很沉，他们费了好大劲才抬起来。更糟糕的是，夜壶是漏的，他们只好把它先放在桶里。

十一点，简回来了，和我们一起坐在桌边。大家绷得紧紧的神经慢慢放松了，简告诉了我们下面的故事：

施乐格先生在睡觉。可是他的妻子告诉简，她丈夫在巡夜时发现门上有个洞。于是他报警，两人在楼里搜查。作为夜间看守人的他，每晚都会带着两只狗，骑着自行车巡逻该地区。他的妻子说，他星期二会过来，把其他经过告诉库格勒先生。警局里似乎没人知道有小偷闯入的事。不过他们已经记录在案，打算星期二早上过来看看。

回来的路上，简遇到了为我们提供土豆的凡·豪亦文先生，他把有人非法闯入的事情告诉了凡。“我知道，”凡·豪亦文先生冷静地回答，“昨晚我和妻子路过你们那栋楼的时候，我看见门上有裂缝。我妻子想往前走，可是我拿着手电筒往里面瞧了瞧。小偷肯定就是那个时候跑掉的。为了安全起见，我没有报警。因为这样做不妥当。我什么都不知道，不过我也有自己的猜测。”简谢过他，继续往前走。显然，凡·豪亦文先生怀疑我们躲藏在这儿，因为他总是在午饭时间送土豆来。他确实是个好人！

一点钟，简离开了。我们洗完碗，八个人统统上床。两点四十五分，我醒了，看见杜塞尔先生已经起床了。我脸上睡得皱皱的，在卫生间碰到了皮特，他刚刚下楼。我们说好在办公室见面。我梳洗一番，就下楼去了。

“这次事件以后，你还敢去前面阁楼吗？”他问。我点点头，抓起枕头，用一块布包着，然后我们就一起上去了。天气晴朗，虽然空袭警报很快就要拉响，我们还是待在原地。皮特一手搭在我的肩膀上，我也把手搭在他的肩膀上。我们就这样静静地坐着，一直到四点，玛格特过来叫我们喝咖啡。

我们吃面包、喝柠檬汁、开玩笑（我们终于又能开玩笑了），一切恢复正常。那晚我向皮特道谢，因为他是所有人当中最勇敢的。

那晚，我们经历了前所未有的危险。上帝真的在保佑我们。想想，警察就在书架前，灯亮着，却没人发现我们的藏身之地！“我们完了！”那一刻我轻声说道。可是我们又逃过一劫。当进攻来临，炸弹掉落时，人人只能靠自己。可是这次，我们为善良无辜的、向我们伸出援手的基督教徒担心。

“我们得救了，请继续拯救我们吧！”我们只能这么说。

这次事件后，我们的情况改变了很多。现在，杜塞尔晚上不再跑到楼下库格勒的办公室，而改为在洗手间工作。八点半至九点半之间，皮特四处巡逻，并且再也不能打开他房间的窗户，因为凯格公司有人发现那扇窗户是开着的。晚上九点半之后，不能冲厕所。施乐格先生是夜间看守人，今晚有个地下木匠会来，用我们白色的法兰克福床架做路障。密室里争论不休。库格勒先生责备我们粗心大意。简也说我们不该下楼。如今我们必须确定施乐格是否可靠，如果他听见门后有声音，会不会大叫，怎么做路障，等等。

这次事件让我们深深明白，我们是身带锁链的犹太人，被铐在一处，毫无权利可言，有的只是千种义务。我们必须将个人感觉放在一旁。必须勇敢坚强、忍受苦难、毫无怨言、竭力而为、信任上帝。总有一天，可怕的战争会结束。到那时，我们又会变成人，而不只是犹太人！

是谁将这一切苦难加诸在我们身上？是谁让我们和其他人不一样？是谁让我们忍受苦难？是上帝让我们沦落如今的田地，可是上帝也会让我们脱离苦难。在世人眼里，我们命中注定受苦受难，可是如果在苦难之后，还有犹太人幸存，那么这些犹太人将会被树立为榜样。谁知道呢，或许我们的宗教会指导世界，指引所有心存善念的人，这就是我们必须受苦受难的理由、唯一的理由。我们永远无法只是荷兰人，或只是英国人，或任何国家的人。我们永远是犹太人。我们必须继续做犹太人，不过到那时，我们甘心做犹太人。

勇敢起来！记住自己的职责，并且心甘情愿地履行职责，会有出路的。上帝从来不会抛弃我们的民族。多少年来，犹太人一直忍受磨难。可是多少年来，他们坚强地活着。几个世纪的苦难让他们愈发坚强。弱者倒下，强者生存，他们是打不垮的！

那晚我真以为自己会丧命。我等待着警察，准备赴死，就像战场上的战士。我很乐意为国捐躯。可是现在，既然逃过一劫，战后我的第一个愿望就是成为一个荷兰公民。我爱荷兰人，我爱这个国家，我爱这种语言，我想在这儿工作。即使我必须致信女王，我也不达目标决不罢休！

我越来越独立。年轻如我，勇气更甚。和妈妈相比，我对公正了解得更深更真实。我清楚自己想要的是什么，我有目标、有看法、有信仰、有爱情。如果能做自己，我心满意足。我知道我是一个女人，一个内心坚强、充满勇气的女人！

如果上帝让我活下去，我会比妈妈更有成就。我要让世界听到我的声音，为人类做出自己的贡献！

现在我知道，人最需要的是勇气和幸福！

安妮

1944年4月14日 星期五

亲爱的吉蒂：

大家还是非常紧张。皮姆几乎快要爆发了。凡·丹太太感冒了，躺在床上，满腹牢骚。凡·丹先生没有烟抽，脸色苍白。杜塞尔不得不放弃很多舒适安逸的享受，对谁都吹毛求疵。最近我们的运气不佳。厕所漏水，水龙头也卡了。还好我们有很多门路，很快就能修好。

偶尔我有些感伤，这你是知道的。不过有时候我确实有感伤的理由：当皮特和我紧紧坐在硬硬的木板箱上，周围布满了垃圾和灰尘，我们环抱对方肩膀，皮特把玩着我的一撮头发的时候；当外面的小鸟歌唱，当树木长出嫩芽，当太阳升起，天空湛蓝——哦，每当这些时候，我就有无数愿望！

可是环顾四周，看到的只有不满和暴躁的面孔，听到的只有叹气声和低低的抱怨。你会以为我们的生活急转直下。其实事情究竟有多糟糕，视人的心境而定。密室之中，没有人费劲带头做个好榜样。人人忙着琢磨，怎样和情绪搏斗！

每天都能听到："但愿一切结束就好了！"

工作、爱、勇气、希望，请让我善良，帮我渡过难关！

吉蒂，今天我有些犯傻，我也不知道为什么。日记也写得乱七八糟，从一件事跳到另一件事。有时我真的怀疑，是否有人会对我的胡言乱语感兴趣。他们可能会把这称为"一只丑小鸭的沉思"。我的日记肯定对布克斯坦先生[①] 和吉尔布兰迪先生没多大用处。

安妮

① 布克斯坦是波兰流亡政府（位于伦敦）的教育部长。

1944年4月15日 星期六

亲爱的吉蒂：

“坏事一件接一件。何时才到尽头？”这话说得一点儿都没错。猜猜又发生了什么？皮特忘了抽掉前门门闩。结果，库格勒先生和仓库员工进不来。他跑去凯格公司那边，打碎办公室厨房的窗户才进来了。密室窗户是开着的，凯格公司的人也看到了。他们会怎么想？凡·马仑先生会怎么想？库格勒先生气极了。以前我们责备他不加强大门安全，可是如今我们却做了这样的傻事！皮特心里忐忑不安。吃饭时，妈妈说，她为皮特感到难过，他几乎快哭了。其实我们都有错，因为通常每天我们都会提醒他抽掉门闩。或许一会儿我能去安慰安慰他。真希望我能帮助他！

以下是最近几周的密室新闻：

上星期六，布奇突然病了。它静静坐着，开始流口水。弥普立刻把它抱起来，用毛巾裹着，放进购物袋中，带它去动物诊所。布奇的肠胃有些毛病，兽医开了些药。皮特喂它吃了几次，可是它常常溜得无影无踪。我猜它肯定是出去追求它的甜心了。可是现在它的鼻子肿了，每次把它拎起来，它就喵喵喵地叫——它可能是想偷东西，却被人打了一巴掌。有几天布奇发不出声。可就在我们决定再带它去看兽医的时候，它却好转了。

现在每天晚上，阁楼窗户都留一条缝。皮特和我常常晚上坐在那儿。

幸好有橡胶泥和油漆，厕所很快修好了。坏的水龙头也换了。这个月我们得到了八本配给票证簿。不幸的是，以后两周的豆子替换成麦片或去壳谷粒。我们最近的美食是酸辣泡菜。运气不好时，只能吃一罐黄瓜和芥末酱。

很难有蔬菜。只有莴苣、莴苣、莴苣。一天三餐全是土豆和肉汁替代品。

俄国人占领了克里米亚一半以上的领土。英国人攻到卡西诺就无法前进了。这样下去，我们只有在西墙[①] 祈祷了。空袭异常猛烈。海牙的出生死亡与婚姻登记处被炸毁。所有荷兰人都要重新分发新的登记卡。

今天就写到这儿吧。

安妮

1944年4月16日 星期天

亲爱的吉蒂：

记住昨天的日期，因为对我而言，昨天有喜事发生。对每个女孩来说，得到初吻那天不都是十分重要的日子吗？这个日子对我同样重要。布莱姆吻我右颊，或是伍德斯特吻我右手都不算数。我是怎样突然得到这一吻的呢？听我慢慢道来。

昨晚八点，我和皮特坐在他的沙发床上。没过多久，他伸手搂住我（因为是星期六，他没穿工装裤）。“我们移过去一点吧，”我说，“这样的话，我的头就不会撞到橱柜了。”

他移了老远，几乎快到角落了。我一只手从他腋下穿过，抱着他的背，他一手搭在我肩膀上。这样一来，我几乎完全在他的怀里了。其他时候我们也这样拥抱过，可是从不像昨晚那么紧。他抱紧我，我左侧贴着他胸膛，心跳加快。我把头靠在他肩上，抵着他的头，这下他才满意。这样又过了大约五分钟，我坐直了，他马上双手捧起我的脸，缓缓靠近他。哦，感觉太美妙了。我几乎说不出话来，

① 耶路撒冷城内第二圣殿的西墙遗迹，历史上是朝圣、哀悼与祈祷的地方。

内心充满快乐。他抚摸我的脸颊和手臂，带着一丝笨拙，把玩着我的头发。大多数时候，我们的头紧挨着。

吉蒂，我简直无法形容，那种感觉传遍全身，幸福得说不出话来。我想他也和我一样。

九点三十分，我们站了起来。皮特穿上网球鞋，以免晚上巡逻时发出很大声音，我则站在他身旁。怎么突然有此动作，我自己也不知道。不过在下楼前，他吻了我，隔着我的头发，在左脸和耳朵之间。我急忙下楼，没有回头看。真希望今天也能如此。

星期天早上，十一点之前。

安妮

1944年4月17日 星期一

亲爱的吉蒂：

你觉得爸爸妈妈会同意我这个年纪的女孩和一个十七岁的男孩坐在沙发床上亲吻吗？我很怀疑，不过我得相信自己的判断。在他的怀里做梦，感觉如此平静安全。他的脸颊和我的脸颊紧贴一起，让人兴奋地发抖。知道有人在等着我，这种感觉太美妙了。可是，还有个可是，皮特会到此为止吗？我没有忘记他的承诺，可是他还只是个男孩！

我知道现在开始还太年轻了。不到十五岁，就如此独立——这一点人们很难理解。我很肯定，除非谈起订婚或结婚，否则玛格特不会和男孩接吻。可是皮特和我都没有这种打算。我也肯定，在遇见爸爸之前，妈妈没有和男人有过亲密接触。如果杰奎琳或其他朋友得知我躺在皮特怀里，依偎着他的胸膛，头靠在他的肩上，脸贴着他的脸，不知道她们会说什么！

哦，吉蒂，真是令人震惊！不过说真的，我并不觉得有什么可震惊的。我们藏在这儿，与世隔绝，充满焦虑和恐惧，特别是最近。为什么相爱的我们要分开呢？为什么不能接吻呢？为什么非要等到合适的年龄呢？为什么要征得其他人的同意呢？

我已经决定多为自己着想。他永远不愿伤害我，或惹我不开心。为什么我不听从自己的心，让我们都开心呢？

吉蒂，我想你能体会我的犹豫。那是我的诚实在抵抗这样的偷偷摸摸。你觉得我应该告诉爸爸吗？你觉得我们两个人之间的秘密该告诉第三人吗？这样一来，大部分的美好会消失，不过这会让我心里好受一些吗？我要对他说说。

哦，是的，我还有好多事要和他商量，仅仅拥抱和依偎毫无意义。分享想法需要彼此完全信任，不过我们也会因此而变得更加坚强！

安妮

又：昨天上午六点我们就起床了，因为全家人又听到了小偷闯入的声音。这次被偷的肯定是某个邻居。当我们七点检查的时候，门还是紧紧地关着，谢天谢地！

1944年4月18日 星期二

亲爱的吉蒂：

一切正常。昨晚木匠又来了，在门板上加了几块铁板。爸爸预计俄国和意大利在5月20日之前肯定会有大规模行动，西部也一样。战争打得越久，就越难想象有一天我们能从这儿走出去。

暖冬过后，春天真是美好。四月的天气最好，不太冷，也不太热，偶尔一场绵绵细雨。栗树长出嫩叶，开出了几朵小花。

星期六，贝普给我们带来四束花，三束水仙花和一束专门给我的麝香兰。库格勒先生给我们带的报纸也越来越多了。

该学代数了。再见，吉蒂。

安妮

1944年4月19日 星期三

亲爱的吉蒂：

坐在打开的窗前，享受大自然，耳畔鸟儿在歌唱，阳光洒在脸上，怀抱心爱的男孩，还有什么比这更美好的呢？在他怀里，我感觉如此平静，如此安全。知道他就在我身旁，无须言语，这种感觉多么美妙。哦，但愿我们永远不被打扰，连布奇也躲得远远的。

安妮

1944年4月21日 星期五

亲爱的吉蒂：

昨天我喉咙疼得厉害，只好躺在床上休息。可是才到下午，我就百无聊赖，也没有发烧，所以今天起床了。喉咙也不怎么疼了。

或许你也发现了，昨天是希特勒五十五岁的生日。今天是约克伊丽莎白公主十八岁的生日。英国广播公司报道说，虽然通常会宣布皇室子女成年，可却没有宣布她成年。我们猜测他们会为这位美女挑选哪位王子，可是想来想去，却找不到合适的人选。或许她的妹妹玛格特·罗斯，配得上比利时的皇储包度因！

最近灾难一个接一个。外门才加固不久，凡·马仑又出了问题。最有可能偷走土豆粉的就是他，可是他却想怪在贝普头上。不出所料，密室又一次闹得人仰马翻。贝普气得不行。或许最终库格勒先生会跟踪这个可疑的家伙。

贝多芬街的估价师今天上午来了一趟。我们的箱子他出价 400 荷兰盾，而其他的东西我们觉得估价都太低了。

我想问问《王子》杂志社，能否发表我的一篇童话，当然了，用的是笔名。可是到目前为止，我的童话都太长了，所以我想发表的机会不大。

亲爱的，下次再聊。

安妮

1944年4月25日 星期二

亲爱的吉蒂：

十天以来，杜塞尔一直不和凡·丹先生说话，原因就是自从小偷事件之后制定的新安全规定。其中一条规定，晚上杜塞尔不能下楼。每晚九点半皮特和凡·丹先生最后一次巡查之后，谁都不能下楼。晚上八点以前，早上八点以后不能冲厕所。只有上午当库格勒先生的办公室亮灯的时候才能开窗，晚上也不能用一根棍子撑开窗户。最后一条惹恼了杜塞尔。他说凡·丹先生大骂他，可是这都怪他自己。他说宁愿不吃饭，也不能不要空气，他们必须想个办法，让窗户开着。

“我得找库格勒先生谈谈这事。”他对我说道。

我回答说，这种事我们从来不和库格勒先生讨论，就密室的人商量而已。

“什么事都背着我。我得找你爸爸谈谈。”

星期六下午和星期天，他也不被允许坐在库格勒先生的办公室里。因为如果凯格公司的经理刚好在隔壁的话，可能会听见他的声音。可是杜塞尔依然我行我素，不把规定放在眼里。这下凡·丹先生生气了。爸爸下楼去找杜塞尔谈，他却找了些站不住脚的借口。这次连爸爸也发火了。如今爸爸尽量避免和杜塞尔打交道。虽然我们不知道杜塞尔说了些什么，不过肯定是很难听的话。

想想，下个周就到了这个可怜人的生日了。当你和别人生闷气时，要如何庆祝生日呢？对于那些你不愿交谈的人，又要如何收下他们的礼物呢？

福斯库吉先生的情况每况愈下。十几天以来，他的体温接近华氏104度。医生说癌细胞扩散到了肺部，已经没什么希望了。可怜的人，他给了我们帮助，可是现在，只有上帝能帮助他了！

我写了一个有趣的故事，名叫《探险家布里》。我把故事念给三个听众听，结果大受欢迎。

我的感冒很严重，并且传染了玛格特、妈妈和爸爸。但愿皮特没有被传染。他坚持要吻我，还管我叫他的“宝藏”。这个词可不是形容人的，这个傻小子！不过他还是很可爱！

安妮

1944年4月27日 星期四

亲爱的吉蒂：

今天上午，凡·丹太太心情很糟糕，抱怨不断。先是抱怨感冒，买不到止咳糖浆，老是擤鼻涕，痛苦极了。然后又咕哝着没有太阳，进攻还不开始，不准朝窗外看，等等。我们忍不住笑她，其实她的情况没那么糟，因为她很快就和我们笑作一团了。

下面是我们土豆布丁的秘方，由于缺少洋葱，菜谱作了修改：

将削好皮的土豆放进食物搅拌机，加一点政府发的干面粉和盐。在模子或耐热盘子中涂上石蜡或硬脂，将搅拌后的土豆放入其中，再烘烤两个半小时，涂上坏草莓蜜饯。（没有洋葱，也没有油和面团涂抹模子！）

此刻我正在读《查理皇帝五世》。歌德根大学的一位教授花了四十年的时间才完成了这本书。我看了五天，才看了五十页，这已经是最快的速度了。这本书一共有五百九十八页，所以你可以算算，我要花多少时间才能看完，而且这还不包括第二卷。不过这也相当有趣！

一个女学生一天要做的事可真不少！以我为例吧。首先我将纳尔逊最后一战的内容从荷兰语翻译成英语。然后，读了些北方战争（1700–1721）的文章，包括彼得大帝、查理十二世、奥古斯特斯、斯坦尼斯洛斯·勒兹斯盖、玛自博、葛兹、布莱布葛、西波美拉尼亚、东波美拉尼亚、丹麦，加上年代。接下来，我读到了巴西，读到那儿的巴依亚烟草、大量的咖啡、里约热内卢的五十万人口、比兰布克和圣保罗，还有亚马孙河。然后我读到黑人、黑白混血儿、梅索蒂斯混血儿、白人，文盲的比例超过百分之五十，还有疟疾。还剩些时间，我快速浏览了族谱：老约翰、威廉·鲁斯、恩斯特·卡斯米尔一世，直到小玛格特·弗兰西斯（1943年生于渥太华）。

十二点，我在阁楼继续看书，关于教长、牧师、教士、教皇，等等，一直到一点！

两点，这个可怜的孩子又开始学习了。这次看的是旧世界和新世界的猴子。吉蒂，快说说看，河马有几个脚趾？

然后是《圣经》、挪亚方舟、闪、含与雅弗[①]，接着是查理五世，再往后是和皮特一起看萨克雷的书中关于上校的情节，是英语版的。接下来是一次法语测验，最后，比较密西西比河和密苏里河！

今天就写到这儿吧。再见！

安妮

1944年4月28日 星期五

亲爱的吉蒂：

我永远忘不了关于皮特·希夫的那个梦（看看一月初那篇日记）。直到现在，我还能感觉到我们的脸颊紧紧贴在一起，一种妙不可言的热情传遍全身。和皮特·凡·丹在一起时，偶尔我也有相同的感觉，不过却没有那么强烈，直到昨晚。我们照例坐在沙发床上，拥抱在一起。突然平时那个安妮不见了，取而代之的是另一个安妮。另一个安妮从不自大，也从不风趣，可她满心充满爱意和柔情。

我紧偎着他，一股甜蜜涌遍全身。眼眶里泛起了泪水，左眼的泪水滴在他的工装裤上，右眼的泪水顺着鼻子一滴一滴落下。他注意到了吗？他没有动作。他和我感受相同吗？他几乎一言不发。他意识到他身边有两个安妮吗？我的问题没有答案。

八点半，我站起来走向窗户，我们总在窗前道别。我还在发抖，我还是另一个安妮。他朝我走来，我伸手环绕他的脖子，在他左脸颊上一吻。当我正要亲吻他另一边脸颊时，我的嘴碰到了他的嘴，于是我们的嘴唇贴在一起。一阵晕眩之中，我们紧紧相拥，一遍又

① 在旧约《圣经》中，闪、含与雅弗是诺亚的三个儿子。

一遍，永不分离！

皮特需要柔情。他生平第一次发现一个女孩；第一次发现这个最淘气的讨厌鬼也有内在的自我和一颗满怀柔情的心，只要和他单独在一起，就能显现出来。第一次他把自己和他的友谊交与了另一个人，在这之前，他从未有过朋友，无论男女。如今我们找到了彼此。正如之前的我并不真正地了解他，而他也从不曾拥有过一个值得信赖的朋友。可是事情发生到现在……

有一个问题一直烦扰着我："这样对吗？"我这么快就交出了自己的心，如此热情，和皮特一样充满热情和欲望，这样到底对不对？一个女孩可以走到这一步吗？

答案只有一个："我渴望……渴望了如此之久。我太寂寞了，现在找到了慰藉！"

上午我们尽量表现得和平常一样，下午也是，除了偶尔有些异常。可是到了晚上，压抑了一天的渴望、幸福和喜悦都写在脸上，心中只有彼此。每天晚上最后一吻之后，我都想跑开，不再看他的眼睛。远远跑开，躲进黑暗中，独自一人！

十四级阶梯下，等待我的是什么呢？明亮的灯光、问题和笑声。我必须装作若无其事的样子，希望他们没有察觉。

我的心还太脆弱，无法从昨晚那样的震惊之中迅速恢复。温柔的安妮不常出现，可是她一旦出现，想要将她撵走却很不容易。皮特碰触到我内心一块从未被人碰触过的地方，除了在梦中！他占据了我，使我的世界天翻地覆。谁不需要一点安静的时间整理整理呢？哦，皮特，你对我做了些什么？你想要我怎么样呢？

这样下去会怎样？哦，现在我能够了解贝普。此刻正经历这种事的我能够了解她的疑惑。如果我年纪再大些，而他想娶我，我会作何回答？安妮，诚实点吧！你不会嫁给他的。可是要放手却很难。皮特还不够成熟，缺乏勇气和坚强。他还是个孩子，在情感方面比我大不了多少。他想要的只是幸福和平静的心态。我真的只有十四岁吗？真的只是个傻傻的女学生吗？真的不够成熟吗？我比大多数人的经验更丰富，我经历了很多同龄人都不曾经历过的事情。

我害怕我自己，害怕我的渴望很快让我屈服。以后和其他男孩子相处时该怎么办呢？哦，太难了，理智和情感永远交战。两者都有存在的空间，但是我要如何才能肯定选对了呢？

安妮

1944 年 5 月 2 日 星期二

亲爱的吉蒂：

星期六晚上我问皮特，该不该把我们的事告诉爸爸。一番讨论之后，他觉得我应该告诉爸爸。我很高兴，这说明他很理智，也很敏感。我一下楼，就和爸爸一起去拿水。上楼时，我说："爸爸，我想你一定知道，我和皮特在一起的时候，并没有各自坐在房间一角。你觉得这样错了吗？"

爸爸停了一下，说道："不，这没什么不对的。可是安妮，像我们这样住得这么近，你得小心一些。"他还说了一些话，意思都差不多，然后就上楼了。

星期天上午他把我叫去，说道："安妮，我想过你说的话了。"（哦，我就知道爸爸会找我谈话！）"现在在密室里，这样不太合适。我还以为你们只是朋友。皮特爱上你了吗？"

"当然没有。"我回答道。

"你们两个人我都了解。可是你必须克制，别太频繁上楼去，别常常鼓励他。这种事通常是男方采取主动，女方制定规则。在外面，自由自在，事情大为不同。你能见到其他男孩女孩，能去户外，参加体育运动和所有你喜欢的运动。可是在这儿，如果你们走得太近，想分开也没办法。事实上你们时时刻刻都能看见对方。小心点，安妮，别太当真了！”

“我没有，爸爸。不过皮特很懂事，也很善良！”

“是的，可是他的性格还不够坚强。很容易变好，也很容易学坏。我希望他一直保持善良，因为他基本上是个好人。”

我们还说了些话，爸爸说会去找他谈谈。

星期天下午，当我们在前面阁楼时，皮特问：“你和你爸爸说了吗？安妮。”

“说了。”我回答，“我告诉你吧，爸爸觉得这样并没有错，可是他说我们住得太近了，可能会产生一些冲突。”

“我们已经说好不吵架了，我会说到做到的。”

“我也是，皮特。可是爸爸觉得我们并没有当真，他以为我们只是朋友。你觉得我们还能做朋友吗？”

“是的，我可以。你呢？”

“我也可以。我还对爸爸说，我相信你。我真的相信你，皮特，就像相信爸爸一样。我想你值得我的信任，对吗？”

“希望如此。”（他很害羞，脸也红了。）

“我相信你，皮特，”我接着说道，“我相信你的性格很好，你会获得成功的。”

我们还说了些别的事。后来我说：“如果我们走出这儿，我知道你不会再想我了。”

这话惹恼了他。“怎么可能，安妮。哦，不会的，你怎么能那么想我呢！”

就在这时，有人叫我们。

星期一他告诉我，爸爸确实找他谈过了。“你爸爸觉得我们的友谊可能会转变成爱情，”他说道，“可是我告诉他，我们会控制自己的。”

爸爸不想让我总上楼去，可是我不愿意。不只是因为我喜欢和皮特待在一起，也因为我说过我相信他。我确实相信他，也想向他证明这一点。如果我因为不相信他而待在楼下，那就永远无法向他证明。

不，我要上楼去！

同时，杜塞尔那出戏也有了结果。星期六晚饭时，他用优美的荷兰语道歉。凡·丹先生立刻同他和好了。那次演讲杜塞尔肯定练习了整整一天。

星期天是他的生日，没出什么岔子。我们送给他一瓶 1919 年的好酒，凡·丹夫妇（现在他们可以送礼物了）送给他一罐酸辣泡菜和一盒刮胡刀片，库格勒先生送的是一瓶柠檬糖浆（做柠檬水用），弥普送的是一本《小马丁》，贝普送的是一盆植物。他向每人回赠一个鸡蛋。

安妮

1944 年 5 月 3 日 星期三

亲爱的吉蒂：

先说说一周新闻吧！最近没有政治事件，完全没有什么可报道的。我也渐渐开始相信进攻就快到来。毕竟，他们不能让俄国人只干脏活。事实上俄国人现在也无事可做。

现在，克雷曼先生每天上午都来办公室。他为皮特的沙发床找了一组新弹簧。这样一来，皮特必须重装沙发面。所以他心情不好也就不足为奇了。克雷曼先生还给猫带了些跳蚤粉。

我跟你说过布奇失踪的事吗？从上星期四开始，我们就没见过它。或许它已经上了猫的天堂，不知哪个动物爱好者把它变成了一顿美餐。或许某个有钱的女孩还会买到一顶用布奇皮毛做的帽子呢。皮特伤心极了。

这两个星期六，我们都在十一点半时吃饭。早上喝一杯热麦片。从明天开始，天天如此，这样能节省一顿饭。要弄到蔬菜还是很难。今天下午我们吃的是坏掉的煮莴苣。莴苣、菠菜、煮莴苣，就这样。再加上坏掉的土豆，真算得上是皇帝的御膳了！

我有两个月没来月经了，不过上周日终于又开始了。虽然有些混乱，有些麻烦，可我还是很开心，它没有抛弃我。

毫无疑问，你可以想象得出，我们常常绝望地问："这场战争究竟有什么意义？为什么人们不能和平相处？为什么要有破坏？"

这样的问题是可以理解的，可是直到现在还没有令人满意的答案。为什么英国人的飞机和炸弹越造越大，越造越好？为什么大量建造好的新房屋却在战争中被毁？为什么战争一天消耗几百万，却拿不出一分钱给医学研究、艺术家或穷人？为什么人们要挨饿，与此同时，堆积如山的食物却在其他地方白白腐烂？哦，为什么人类会这么疯狂？

我不相信战争只是政治家和资本家制造出来的产物。哦，不是，普通人也有责任，否则很多人和很多民族早就造反了！人们内心存在强烈的破坏欲望，发怒、杀人的欲望。除非所有人类都毫无例外地经历一场蜕变，否则战争还是会出现，精心建造、培养、成长起来的一切都会被砍倒，被毁灭，然后一切从头再来！

我常常闷闷不乐，却从不绝望。在我眼里，这种躲藏的日子像是异常有趣的冒险，充满了危险和浪漫。每天贫困匮乏的生活都是我日记的有趣素材。我下定决心过一种与其他女孩截然不同的生活，以后也不会变成一个普通的家庭主妇。在最危险的时刻，我也必须微笑面对，寻找事情好的一面。理由，唯一的理由就是，我在这儿的经历是我有趣人生的良好开端。

我年轻，拥有很多有待发掘的品质。我年轻、坚强，正经历一场大冒险。我正处在冒险之中，不能因为没有乐事就成天抱怨！上帝保佑我，赐予我幸福，快乐、坚强的性格。我感到自己每天都在变成熟，我感到解放就在不远处，我感到自然之美，感到周围人们的善良之心。每天我都在想，这是一场多么迷人又有趣的冒险啊！有了这些，为什么我要绝望呢？

安妮

1944年5月5日 星期五

亲爱的吉蒂：

爸爸对我很不满。星期天谈过之后，他以为我不会再每晚上楼去。他不想我们再“亲嘴”。我受不了这个字眼。光说说就够糟糕的了——为什么他非得要我也觉得很糟糕呢！今天我要找他谈谈。而玛格特却给了我一些不错的建议。

以下就是我要对爸爸说的话：

爸爸，你希望我做出解释，所以我就向你解释。你对我失望，希望我更加克制。毋庸置疑，你希望我的行为举止像个十四岁女孩该有的样子。可是你错了！

从1942年7月来到这儿，直到几周之前，我从来没有过片刻的轻松。但愿你知道我常常在夜里哭泣，但愿你明白我有多么沮丧，多么孤单。如果你都明白，那你就了解为什么我想上楼！现在，我已经不再需要妈妈或其他人的支持。这不是一夜之间发生的，我经过了漫长又艰苦的奋斗，流了很多泪，才变成如今独立的我。你可以嘲笑我，可以不相信我，不过我不在乎。我知道现在自己是个独立的人，不需要向你解释。我之所以告诉你，只是我不想让你觉得我是在背着你做什么。现在我只对我自己负责。

以前我遇到问题，所有人——包括你在内——只会视而不见，没有人会帮我。我得到的只是责备，让我闭嘴。我之所以话多，只是为了使自己不要一直感到痛苦。我太过自信，是为了不让自己听见内心的声音。过去一年半里，我每天都在伪装自己。我从不抱怨，也不卸下面具，而现在，现在战斗结束了。我赢了！我独立了，肉体和心灵上都独立了，我再也不需要妈妈。经过一番挣扎，我变得更加坚强。

一切都结束了，我知道这场战争我赢了，所以我想按自己的方式生活，走我自己认为对的路。别把我看作一个十四岁的女孩，因为种种烦恼让我变得更加成熟。我不会为自己的行为而后悔，我要坚持自己认为该有的方式！

循循善诱的劝导阻止不了我上楼。你不是明令禁止，就是无条件地相信我。不管你做什么，别管我！

安妮

1944年5月6日 星期六

亲爱的吉蒂：

昨天晚饭前，我把写给爸爸的信塞进他的口袋。据玛格特说，他读完信后，坐立不安了一整夜。（我在楼上洗碗！）可怜的皮姆，我应该知道，这样的信会对他造成什么影响。他太敏感了！我马上告诉皮特，让他什么都别问，什么都别说。皮姆还没找我呢。他会吗？

密室里的一切多多少少恢复了正常。简、库格勒先生和克雷曼先生告诉我们外面的物价，我们几乎不敢相信。半磅茶要350荷兰盾，半磅咖啡要80荷兰盾，一磅黄油要35荷兰盾，一个鸡蛋要1.45荷兰盾，一盎司保加利亚烟草要14荷兰盾！人人都去黑市。跑腿的小伙子都有东西可卖，面包店的送货工卖缝衣针——小小一束就要90荷兰盾，送奶工能弄到票证配给簿，殡仪馆工人居然送起了奶酪。盗窃、杀人事件司空见惯，甚至警察和夜间守卫也都参与其中。

人人都想吃得饱饱的，可是薪水被冻结，人们只好彼此欺骗。很多十五、十六、十七岁的女孩失踪，警察忙着追查她们的下落。

我想结束那个关于艾伦的童话。如果可以，我希望在爸爸生日那天把这篇童话送给他，版权也一并奉送。

再见！（其实，“再见”这个词不太准确。在英国电台的德语节目中，最后都说“Aufwiederhoren”。所以我想应该说“下次再聊。”）

安妮

1944年5月7日 星期天

亲爱的吉蒂：

昨天下午爸爸和我长谈了一次。我们都哭了。你知道他对我说了什么吗？

“这一生我收到过很多信，可是这一封最让我伤心。写信的人是你，被父母百般宠爱的你。父母随时准备帮助你、保护你，你却说不需要向我们解释你的行为！你觉得自己受了冤枉，只能靠自己。不，安妮，你对我们太不公平了！

“或许这并非你的本意，可是你却是这么写的。不，安妮，我们没有做什么应该被如此责备的事！”

哦，我真是一败涂地。这是我这一生做过的最糟糕的一件事。我用眼泪来引起注意，让自己显得很重要，好让他尊重我。我的确有过不快乐的时候，关于妈妈的那些事，我说的都是实话。可是，皮姆那么善良，为我倾其所有，我却责备他，这实在是太残忍了。

终于有人让我不再飘飘然，打破我的骄傲，这是件好事，因为我太自以为是了。安妮小姐并非事事都对！口口声声说爱人，却故意伤害他，这种行径实在卑鄙，卑鄙至极！

最令我羞愧的是，爸爸原谅了我。他说要把信扔进炉子里。现在他对我很好，似乎做错事的人是他。安妮，你要学的还很多。现在该学习了，不要看轻别人，总是怪罪别人！

我明白忧伤的滋味。可我这样年纪的人，谁又没有呢？我一直在伪装、在演戏，却毫不自知。我感觉孤单，却从不绝望！我和爸爸不一样。有一次他拿着一把刀跑到街上，想做个了断。我却从来没到那种地步。

我应该为自己感到深深的羞愧，事实也是如此。信已经写了，覆水难收，可是至少以后不会再发生了。我想重新开始，这应该不难，现在我有了皮特。有了他的支持，我知道自己做得到！我不再孤身一人。他爱我，我爱他，我有我的书、我的作品、我的日记，我不丑、不傻、性格开朗，我想养成一个好性格！

是的，安妮，你完全清楚你那封信既不友善也不真实，可是当时你却引以为自豪！我要再次以爸爸为榜样，完善自我。

安妮

1944年5月8日 星期一

亲爱的吉蒂：

我跟你说过我们家族的事吗？好像没有，那我就说说吧。

爸爸出生在法兰克福，家境富裕。他的父亲麦克·弗兰克白手起家，拥有一家银行，是一个百万富翁。母亲爱丽丝·斯坦的父母很有名，也很富有。年轻时候，爸爸过着有钱公子的生活，每周派对、舞会、酒会、美女、华尔兹、晚宴、豪宅，等等。爷爷去世后，大部分家产流失了。经过一战和通货膨胀，更是所剩无几，但直到战争前还有一些有钱的亲戚，所以爸爸的出身很不错。昨天爸爸大笑，因为他活了五十五岁，生平第一次刮煎锅。

相比之下，妈妈家没这么有钱，不过也算不错。她向我们说起当年那些私人舞会、晚宴、订婚宴，有二百五十个客人出席，听得我们惊讶不已。

现在我们却很穷，不过我把所有希望都寄托在战后。我向你保证，我与妈妈和玛格特的想法不一样，我不想过中产阶级的生活。我希望花一年时间去巴黎和伦敦，学习语言、艺术史。玛格特则想去巴勒斯坦照顾新生儿。当然我也憧憬华丽的衣裳和潇洒的生活。我对你说过很多次，我想去看看世界，做各种各样刺激的事，有点钱也无妨！

星期六，弥普参加了她表姐的订婚宴。表姐的父母很有钱，新郎家里更加富裕。今天，她对我们说起订婚宴上的食物：蔬菜肉丸汤、奶酪、肉片面包卷、鸡蛋和烤牛肉做成的开胃菜、奶酪面包卷、海绵蛋糕、葡萄酒、香烟。想吃多少吃多少，听得我和玛格特直流口水。

弥普喝了十杯杜松子酒，抽了三支烟——这还是向我们宣扬要节制的弥普吗？如果弥普都喝了那么多，我怀疑她丈夫到底喝了多少？当然了，聚会上人人都有些醉了。还有两个“杀人队”的警官为新人拍照。弥普考虑得很周全，她立刻记下了他们的名字和地址，以防出了什么事，必须找好心的荷兰人帮忙时可以派上用场。

她讲得我们都口水直流。早餐只有两勺热麦片，实在是饿坏了。日复一日，只能吃半生不熟的菠菜（为了补充维生素）和坏掉的土豆。肚子里只有煮莴苣、生莴苣，菠菜、菠菜、还是菠菜。或许我们会变得像大力水手那样强壮，可是至今为止我还没看出一丝迹象！

如果弥普带我们去参加宴会，其他客人肯定连半片面包卷也找不到。如果我们在那儿，肯定会把看得见的东西吃个精光，连家具也不放过。我告诉你吧，我们全都围着弥普，不停地问她问题，似乎这一生从没听过美食或优雅人士！这其中还有高贵的百万富翁的孙女。真是疯狂的世界啊！

安妮

1944年5月9日 星期二

亲爱的吉蒂：

艾伦的童话我已经写完了，并且抄在精美的信纸上，用红墨水装饰，一页页缝起来，看上去非常漂亮。可是我不知道这够不够作为生日礼物。玛格特和妈妈都写了一首诗。

今天下午，库格勒先生上楼，带来了一条消息：从星期一开始，布克斯太太每天下午想在办公室待两个小时。想象一下！这样一来，办公室的人不能上楼，土豆也送不上来，贝普吃不到晚饭，我们不能上卫生间，也不能走动，还有其他很多不便之处！我们想了很多办法阻止她。凡·丹先生提议，在她的咖啡里下点泻药。“那可不行，”克雷曼先生回答，“不行，不然她会一直占着罐子，更摆脱不掉了。”大家一阵大笑。“罐子？”凡·丹太太问道，“这是什么意思？”有人解释了。她又天真地问：“这个词用得对吗？”“想想，”贝普咯咯地笑，“你在商店买东西，你问罐子在哪儿。他们根本听不懂你在说什么！”

我就借用借用这个词吧。每天十二点半，杜塞尔就坐在“罐子”上。今天下午，我鼓起勇气在一张粉红纸条上写下这样的话：

杜塞尔先生如厕时间表
早上七点十五分至七点半
下午一点以后
以上时间外，如有需要，敬请等候！

趁杜塞尔上厕所时，我把纸条贴在绿色的门上。我本来可以再加上一句“违者关禁闭”，因为厕所里外都能上锁。

凡·丹先生的最新笑话：

学习完《圣经》关于亚当和夏娃的故事后，一个十三岁的男孩问爸爸："爸爸，我是怎么出生的？"

"这个嘛，"爸爸回答，"一只鹳把你从大海里衔出来，放在妈妈的床上，在她腿上重重咬了一口。妈妈流了很多血，只好卧床休息一周。"

孩子对爸爸的回答不满意，于是去问妈妈："妈妈，你是怎么出生的？又是怎么把我生出来的？"

他妈妈对他说了同样的故事。最后，怀着听到不一样答案的希望，他去找爷爷："爷爷，你是怎么出生的？你的女儿又是怎么出生的呢？"结果他还是听到了同样的答案。

当天晚上，他在日记里写道："经过仔细询问，可以得出结论：我们家最近三代都没有性交。"

已经三点了，我还有工作要做。

安妮

又：我想既然提到了新的清洁女工，就顺便说说吧。她结婚了，六十岁，耳朵几乎聋了！考虑到我们八个人弄出来的声音，这一点倒是非常方便。

哦，吉蒂，天气真好。要是我能出去走走就好了！

1944年5月10日 星期三

亲爱的吉蒂：

昨天下午，我们坐在阁楼里学习法语。突然我听见背后一阵泼溅的水声。我问皮特是什么声音，他没有回答，飞快冲上顶楼——灾难现场——布奇蹲在它那湿漉漉的小盒子旁边，皮特伸手一推，把它推回它应该待的地方。接着响起几声大喊和尖叫。这时小便完的布奇跑下楼。原来布奇在找和它的盒子相似的东西，钻进一堆刨花，而那堆刨花就放在地板的一道裂缝上。猫尿立刻顺着裂缝往阁楼滴下来，正巧有几滴滴在土豆桶里或桶外。天花板一直滴水，阁楼地板上正巧有几道裂缝，黄色小水滴顺着天花板往下滴，落在餐桌上，落在一堆袜子和书本之间。

看着眼前有趣的一幕，我笑得直不起腰。布奇蹲在一把椅子下面。皮特提着水，拿着漂白粉和桌布，凡·丹先生试图让大家安静下来。房间很快整理干净了，可是谁都知道猫尿臭气冲天，沾了猫尿的土豆和刨花也一样。于是爸爸把刨花放进桶里，提下楼烧了。

可怜的布奇！你怎么知道我们无法为你的盒子弄些泥炭呢？

安妮

1944 年 5 月 11 日 星期四

亲爱的吉蒂：

大致告诉你一件事，让你开心一笑：

皮特的头发该剪了，于是他妈妈照例充当理发师。七点二十五分，皮特消失在房间里，钟敲响七点半时又出来了。只见他全身脱得精光，只剩下一条蓝色的泳裤和一双网球鞋。

“你来了吗？”他问他妈妈。

“是的，马上就来，可我找不到剪刀！”

皮特帮她在放化妆品的抽屉里到处找。“别搞得这么乱，皮特。”她咕哝着。

我没听见皮特的回答，不过肯定语言不逊，因为她冲他手臂打了一巴掌。他居然还了她一巴掌，她用尽全力给了他一拳，皮特抽回手臂，装出一脸惊恐：“算了吧，老太婆！”

凡·丹太太原地不动。皮特抓住她的手腕，拉着她在房间里团团转。她又哭又笑、又骂又踢，可是无济于事。皮特一直把她拽到阁楼的楼梯上，才松开手。凡·丹太太回到她的房间，一下子倒在椅子上，大声叹气。

“母亲的诱逃[①]。”我开着玩笑。

“是啊，不过他弄疼我了。”

我过去看了看，用水冷敷她发热发红的手腕。皮特还站在楼梯旁边，变得不耐烦。他大步走进房内，手上拿着一条皮带，像个驯兽师。凡·凡太太仍然站在书桌旁边，到处找手帕。

“你必须先道歉。”

“好的，我道歉，不过这只是因为如果我不道歉，我们会在这儿待到半夜三更。”

凡·丹太太笑了。她站起来朝门口走去，觉得应该给我们一个解释。（“我们”是指爸爸、妈妈和我。当时我们正忙着洗碗。）“他在家里可不是这个样子，”她说，“我真该把他牢牢绑住，以免他飞奔下楼。他从来没有这么无礼过，这是头一次，他该找个地方好好躲起来。现代教育方式、现代的孩子，就是这样。我可从来没有像这样抓过我妈妈。你也这样对待过你妈妈吗，弗兰克先生？”她很不安，来来回回地走，想到什么就说什么，还是没上楼。最后终于走了。

不到五分钟，她又冲下楼，双颊气鼓鼓的，把围裙扔在椅子上。我问她是不是理完发了，她说她要下楼去。刚说完，就像一阵龙卷风似的冲下楼去，或许直接扑向她丈夫怀里。

直到八点她才又上来，这次是和她丈夫一起。皮特被拖出阁楼，挨了一顿痛骂：态度恶劣的臭小子、一无是处的小混混、反面典型，

① 或许出自莫扎特的歌剧《后宫诱逃》。

安妮这样，玛格特那样，其他的我没听清楚。

今天一切似乎又平静了下来！

安妮

又：星期二和星期三晚上，敬爱的女王发表了全国演讲。她要去度假，希望再回荷兰时身体健康。

她用了这样的词语："很快，我回到荷兰"，"迅速解放"，"英雄精神"，"沉重负担"。

然后是总理格尔布兰迪的演讲。他的声音短促，尖尖的，像个孩子一样。妈妈一听，本能地发出"哦，哦"的哄孩子的声音。最后讲话的是一位牧师，他肯定向艾德先生借了嗓音，请求上帝赐福犹太人、所有集中营和监狱里的人，以及在德国工作的人。

1944年5月12日 星期五

亲爱的吉蒂：

我把整个"破烂盒子"——包括我的钢笔——放在了楼上，在大人的午睡时间里（一直到两点半），我不准去打扰他们，所以你只有凑合着看这封用铅笔写的信。

此刻我简直忙得团团转。说来奇怪，我真的没有足够的时间完成这堆工作。我简单说说要做的事吧。明天之前，必须读完《伽利略传记》第一卷，因为得归还图书馆了。我从昨天开始读，已经读完了三百二十页中的二百二十页，相信我能按时读完。下周我得读《十字路口上的巴勒斯坦》、《伽利略传记》第二卷。除此之外，昨天我读完了《查理五世传记》第一卷，还必须整理我收集的族谱和做的笔记。还要抄写三页外语书上的单词，并且背诵、大声朗读。第四，我收集的影星照片乱七八糟，亟待整理。可是这需要几天时间。安妮教授说了，要做的事实在太多，它们只有再忍受忍受这种混乱的状态。另外，特修斯、俄狄浦斯、珀琉斯、伊阿宋、赫拉克勒斯全都一团糟。他们的事迹在我的脑子里乱七八糟，就像一件衣服上五颜六色的针线。米伦和菲迪亚斯也迫切地需要被注意，否则我就要彻底忘记他们了。七年战争和九年战争也是如此。现在一切都乱糟糟的，哎，像我这样的记性，有什么办法呢？想想，到了八十岁时，我不知道会多么健忘！

哦，还有呢。《圣经》！我要花多长时间才能想起苏萨那的故事？索多玛和哥摩拉城又是怎么回事？哦，要学的东西太多了。同时，我已经忘记了帕拉廷的夏洛蒂。

吉蒂，你看得出来我快崩溃了，是不是？

现在说点其他的。很久以前你就知道，我最大的愿望是当一名记者，然后是著名作家。我们等着瞧吧，看看这些美妙的幻想（或者叫错觉！）是否会成真。不过目前为止，我不缺主题。战后我想出版一本书，就叫《密室》。是否会成功，现在还不得而知。不过可以拿我的日记作基础。

我还得完成《凯蒂的生活》。我已经想好了剩下的情节。在疗养院治愈之后，凯蒂回到家，继续给汉斯写信。那是 1941 年，不久之后她发现汉斯是纳粹支持者。因为凯蒂深深关心着犹太人和她朋友玛丽安所受的折磨，再加汉斯与另一个女孩交往，于是他们分开了。凯蒂伤心欲绝。她想有份好工作，于是学习护理。毕业后在她父亲的一位朋友的引荐下，她接受了一份工作，在瑞士一家结核病疗养院里当护士。第一次休假时，她去了科莫湖，在那儿偶遇汉斯。他说两年前他娶了凯蒂之后的那个女朋友，可是他妻子却因为抑郁症发作而自杀了。现在再次见到凯蒂，他发现自己仍然深爱着她，于是再次向她求婚。凯蒂拒绝了，尽管她也爱着他，可是她的自尊和骄傲不允许她接受他的求婚。汉斯走了，几年后，凯蒂得知他去了英国，在那儿和病魔做斗争。

二十七岁时，凯蒂嫁给了一个名叫西蒙的有钱人。她渐渐爱上他，却不及对汉斯的爱。她生了两个女儿，一个儿子：蕾丝、朱迪斯和尼克。她生活幸福，可是汉斯却一直在她的内心深处。直到有天晚上她梦见他，和他道别。

……

这可不是感伤的无聊爱情故事，而是根据爸爸的真事改编的。

安妮

1944年5月13日 星期六

亲爱的吉蒂：

昨天是爸爸的生日，也是爸爸妈妈结婚十九周年纪念日。这一天清洁女工没有来。阳光格外灿烂。那棵栗树长得繁茂，满是绿叶，甚至比去年更美。

克雷曼先生送给爸爸一本林奈的传记，库格勒先生送的是一本和大自然有关的书，杜塞尔送的是《阿姆斯特丹的运河》，凡·丹夫妇送的是一个大礼盒（包装得很精美，肯定出自高手之手），盒子里装着三个鸡蛋、一瓶啤酒、一盒酸奶和一条绿色领带。跟这个礼盒相比，我们送的一罐糖蜜就显得微不足道了。弥普和贝普送的是红色康乃馨，而我送的玫瑰香气扑鼻。爸爸真是被宠坏了。西蒙斯蛋糕店送来五十个小蛋糕，好吃极了！爸爸还请我们吃香料蛋糕，请男人喝啤酒，请女人喝酸奶。一切都太美好了！

安妮

1944年5月16日 星期二

亲爱的吉蒂：

做个改变（因为我们很久没遇到这种事了），我把昨晚凡·丹夫妇之间的一次小谈论记下来：

凡·丹太太："德国人有充足的时间加固大西洋长城，他们肯定会拼尽全力阻挡英国人。德国人实在厉害，真令人惊讶！"

凡·丹先生："哦，是啊，真令人惊讶！"

凡·丹太太："是的！"

凡·凡先生："他们太厉害了，最后一定会打赢的，这就是你的意思吗？"

凡·丹太太："可能会。还没有人说服我相信他们不会赢。"

凡·丹先生："我不会回答这个。"

凡·丹太太："你总是这么说。自己说昏了头，每次都这样。"

凡·丹先生："我才不是。我一直都是能少说就少说。"

凡·丹太太："可你一般对什么事都有答案，而且你非得是对的！你那些预测从来没有成真过，你自己也明白！"

凡·丹先生："目前为止都成真了。"

凡·丹太太："根本没有。去年你说快要开始进攻了，芬兰人现在应该退出战争，意大利的战役去年冬天就该结束，俄国人应该已经攻下雷伯格了。哦，天啊，我看你那些预测都没谱。"

凡·丹先生（跳起脚来）："你干吗不闭嘴？我会让你瞧瞧到底谁是对的。这样嘲笑我，总有一天你自己都会厌倦。我再也受不了你抱怨了。等着瞧吧，总有一天我会让你收回这些话，向我认错道歉的！"（第一幕结束）

我忍不住咯咯地笑了起来，妈妈也忍俊不禁，就连皮特也咬住嘴唇，以免笑出声来。哦，这些愚蠢的大人。他们得先学习学习，长长见识，再对下一代发表意见和看法！

星期五以来，我们夜里又一直开着窗户。

安妮

密室成员的兴趣

（课程和读物的一次系统调查）

凡·丹先生：没有学习的课程，很多事都查克雷尔百科全书和词典。喜欢看侦探故事、医学书籍和爱情故事，不管有没有趣都看。

凡·丹太太：学习英语函授课程。喜欢看传记小说，偶尔看看其他类型的小说。

弗兰克先生：正在学习英语（狄更斯），一点拉丁语。从不看传记小说，喜欢看严肃、相当乏味的人物描写和地方描写。

弗兰克太太：学习英语函授课程。什么书都看，除了侦探故事。

杜塞尔先生：正在学习英语、西班牙语和荷兰语，成绩平平。什么书都看。附和多数人的意见。

皮特·凡·丹：正在学习英语、法语（函授课程）、荷兰语、英语和德语的速写，学习商业英语、木工艺、经济学，有时也学习数学。很少看书，有时看看地理书。

玛格特·弗兰克：学习三角学、立体几何、力学、物理、化学、代数、几何、英国文学、法国文学、德国文学、荷兰簿记、地理、现代史、生物学、经济学，以及英语、法语、拉丁语和出授课程，外加英语、德语、荷兰语的速写。什么书都看，偏爱宗教和医学类书籍。

安妮·弗兰克：法语、英语、德语和荷兰语的速写、几何、代数、历史、地理、艺术史、神话、生物学、圣经史、荷兰文学。喜欢看传记，不管是否有趣，还喜欢看历史书籍（有时也看小说和轻松读物）。

1944年5月19日 星期五

亲爱的吉蒂：

昨天我难过得要命。呕吐、头疼、胃疼——只要你能想到的都有。今天感觉好多了。我饿坏了，可是晚饭吃褐豆，我实在不想吃。

皮特和我之间进展顺利。这个可怜的男孩比我更需要柔情。每晚我给他晚安吻时，他红着脸，却又要求再一个。难道我只是比布奇更好的替代品吗？我不介意。明白有人爱着他，他就无比幸福。

经过竭力克制之后，我已经稍稍抽身出来。可是你别以为我的爱褪色了。皮特是个惹人爱的甜心，但我已锁上心门。如果他想再硬闯进来，得用一根更结实的撬棍！

安妮

1944年5月20日 星期六

亲爱的吉蒂：

昨晚我从阁楼上走下来，一走进房间，我就注意到装着康乃馨的漂亮花瓶摔在了地上。妈妈正跪在地板上擦水，玛格特正在地上找我的纸片。“怎么了？”一股强烈的不祥之兆油然而生。等不及她们回答，我已经估计出了损失。我所有的族谱文件、笔记本、书，一切都泡在水里。我几乎快哭了，一着急竟开始说起了德语。我不记得自己说了些什么。据玛格特后来说，我一直含糊不清地说着什么“不可估量的损失，太可怕了，无法弥补”，以及其他的话。爸爸忍不住大笑，妈妈和玛格特也笑了起来，我却只想哭，因为费尽心血精心整理的笔记全都付诸东流了。

我仔细看了看，幸好，“不可估量的损失”没有想象中那么糟糕。

我跑上阁楼，小心翼翼地把粘在一起的纸片一张张地分开，再挂在晾衣绳上晾干。这幅情景实在好笑，就连自己也忍不住笑了。玛利亚·美的奇和查理五世挨着，奥兰治的威廉和玛丽·安托瓦内特在一起。

“真是混杂成一团了啊。”凡·丹太太开玩笑。

我把我的资料交给皮特看管，转身下楼了。

“哪些书毁了？”我问玛格特，她正在检查。

“代数。”玛格特说道。

真是不幸中的万幸，代数书没有完全被毁。其实我倒希望这书正好掉到花瓶里，我最讨厌的就是这本代数书。封面上有之前用过这本书的至少二十个女孩的名字，书旧得发黄，全是乱涂乱画、划掉的字以及各种涂改的字迹。下次心情不好时，我真会把这本可恶的书撕个粉碎！

安妮

1944年5月22日 星期一

亲爱的吉蒂：

5月20日，爸爸打赌输了，凡·丹太太赢了五瓶酸奶。进攻还是没有开始。我敢肯定地说，全阿姆斯特丹、全荷兰，甚至全欧洲西海岸，一直到西班牙，日日夜夜人们都在围绕进攻争论、打赌，当然还有希望。

人们心中的疑虑越来越多，已经到了狂热的地步。大家心目中的“好”荷兰人可不是对英国人充满信心，并非所有人都认为英国人的虚张声势是步妙招。人们要的是行动——伟大的英雄式的行动。

没有人高瞻远瞩，没有人想过英国人其实是为自己的国家和人们而战，人人都以为，尽快拯救荷兰是英国人的责任。可是英国人对我们有什么义务吗？荷兰人做了什么，值得他们如此期盼他人慷慨帮助？不，荷兰人大错特错。虽然英国人虚张声势，可是他们的罪过比不上被德军占领的其他大大小小的国家的罪过。英国人也不必找借口。没错，德国人重整军备的那些年，英国人还在沉睡。其他国家，特别是和德国接壤的几个国家，也在沉睡。现在，英国和全世界都意识到，学鸵鸟把头埋进沙堆里没有用。如今，所有国家，特别是英国，都在为自己的鸵鸟政策付出沉重的代价。

没有哪个国家会毫无理由地牺牲本国人民，更不会为了别国的利益这么做，英国也不例外。总有一天，进攻、解放、自由都会到来。可是决定这个时机的，是英国，而非被占领的国家。

我们感到巨大的悲痛和惊慌。听说很多人改变了对犹太人的态度。据说反犹分子在一些曾经不可想象的领域中纷纷出现。这件事对我们造成了深深的影响。这种怨恨可以理解，但是却无法变为正确的。基督教徒说，犹太人向德国人透露秘密，举报帮助他们的人，使他们遭受和很多人相同的厄运。这的确是事实。不过就像所有事情一样，他们应该看到事情的两面：如果基督教徒身处我们的境地，他们的表现会有所不同吗？不管是犹太人还是基督教徒，有谁能够面对德国人的压力而保持沉默呢？人人都知道这是不可能的，因此他们又凭什么要求犹太人做不可能做到的事情呢？

现在据一些地下组织说，战前移民到荷兰，后来被送去波兰的德国犹太人以后不能回来了。他们在荷兰获得庇护权，可是一旦希特勒下台，他们应该回到德国。

听到这个消息，我们怀疑，这场持久、艰苦的战争究竟是为了什么？总是有人说，是为了自由、真理和正义而战！战争还没结束，就起了纷争，犹太人被视为低等生物。有一句谚语说："一个基督教徒的行为，是他个人的责任；一个犹太人的行为，则是所有犹太人的写照。"不幸的是，如今这句话被无数次地印证。

老实说，我实在不明白：善良、诚实、正直的荷兰人，怎能如此评价我们——全世界受压迫最重、最不幸、最可怜的人。

我只有一个希望：希望反犹主义很快过去，荷兰人回归本色，永远不要背离内心深处的正义，因为这样做是非正义的！

如果他们实行这可怕的威胁，那么现在留在荷兰的小部分犹太人只能离开。我们只好扛起行李，离开这个美丽的国家，这个曾经友善接纳我们，如今却抛弃我们的国家。

我爱荷兰。我曾希望这里成为我的祖国，因为我已经失去了自己的祖国。如今我依然怀着这个希望！

安妮

1944年5月25日 星期四

亲爱的吉蒂：

贝普订婚了！这不算什么太大的意外，我们也没有特别开心。贝尔特斯或许是个可靠的好人，体格健壮。可是贝普并不爱他。就凭这一点，我就建议她别嫁给他。

贝普想出人头地，贝尔特斯却一直绊住她。他是个工人，没有事业成功的兴趣和欲望，这无法带给贝普幸福。我能理解，贝普想要下定决心，不再犹豫。四周前，她决定和他分手，之后却感觉更难受，于是又给他写信，现在他们订婚了。这次订婚有几个因素。第一，贝普生病的爸爸非常喜欢贝尔特斯。第二，她是家里的长女，妈妈取笑她是老处女。第三，她刚满二十四岁，她觉得这很重要。

妈妈说贝普和贝尔特斯最好只保持恋爱关系。这我不知道，不过我为贝普难过，也能理解她的孤单。他们计划在战后结婚，因为贝尔特斯也躲起来了，或是至少在从事地下活动。另外，他们名下一分钱都没有，也没有嫁妆。面对这样的局面和前景，贝普真是可怜。

我们衷心地祝福她过得更好。现在我只希望贝尔特斯能在她的影响下，积极上进；或者她另外找个男人，一个懂得欣赏她的男人！

安妮

同日

每天都有事情发生。今天上午凡·豪亦文先生被捕了，因为他在家里藏了两个犹太人。这个消息对我们来说无疑是晴天霹雳。不仅因为那些可怜的犹太人又一次被推入痛苦的深渊，也因为凡·豪亦文先生难逃一劫。

世界简直倒转了。最正直的人被关进集中营、监狱和单独的牢房，最卑劣的人却统治天下。有人因为黑市交易被捕，有人因为私藏犹太人或其他不幸的人被捕。除非你是纳粹，否则根本不知道自己会有怎样的遭遇。

凡·豪亦文被捕，对我们是一大损失。贝普不可能把那么多土豆拖到这儿，她也没有这个责任。所以我们唯一的选择就是少吃。我告诉你我们的打算。不过，这样做也不会让生活更惬意。妈妈说以后早餐全免了，午餐吃热麦片和面包，晚餐吃煎土豆。如果可能的话，一周吃两次蔬菜或莴苣，就这样。我们打算挨饿，不过挨饿也好过被捕。

安妮

1944年5月26日 星期五

亲爱的吉蒂：

终于我可以安静地坐在桌旁，面对着窗框的缝隙，对你写下想说的话。

这几个月以来都不曾这么痛苦。就算是有小偷闯入的那次，我也不曾这样彻底地、从里到外地感到心灰意冷。一方面，是凡·豪亦文先生被捕的事，犹太人的问题（房里人人都在细细讨论），进攻（迟迟不见动静），难吃的食物，紧张，可怕的气氛，对皮特的失望。另一方面，是贝普的订婚，五旬节[①]，鲜花，库格勒的生日礼物，蛋糕，关于酒店、电影和音乐会的消息。两方面的巨大鸿沟一直存在。前一天我们哈哈大笑，笑躲藏生活有趣的一面，第二天（这样的日子实在太多了），我们充满恐惧，脸上全是畏惧、紧张和绝望的神色。

弥普和库格勒先生为我们、为所有躲藏的人们肩负着最大的重担——弥普竭尽所能，库格勒先生为我们负担着巨大的责任。有时巨大的责任、长期压抑的紧张情绪、压力使他几乎说不出话来。克雷曼先生和贝普也特别照顾我们，可是他们有时也只能将密室的事放在一边，哪怕几分钟或几天，因为他们也有自己要担心的事。克雷曼先生担心自己的健康状况，贝普烦恼订婚的事（这事不容乐观）。可是他们可以出门，探亲访友，过普通人的生活，所以紧张情绪能够得以释放，哪怕只是暂时。但我们的神经绷得紧紧的，两年来从未放松过。越来越无法承受的负担还要压在我们身上多久？

排水管又堵了。我们用不了水，就算能用，也只有一小股。不能冲厕所，只得用刷子，脏水用一只陶罐来装。今天我们还能应付，可是如果水管工一个人修不好的话，该怎么办呢？卫生部门要星期二才派人来。

弥普给我们送来了葡萄干面包，上面写着“五旬节快乐”。这有些嘲弄的味道，我们一点都不“快乐”。

自从凡·豪亦文先生被捕之后，大家更加害怕了。一听见“嘘”声，就轻手轻脚。当时警察是强行闯入凡·豪亦文先生的家，想要强行闯入我们这儿也同样容易！要是我们……不，我不敢写了。可

① 或许出自莫扎特的歌剧《后宫诱逃》。

是今天这个问题一直盘旋在我脑海之中，挥散不去。相反，所有的恐惧渐渐逼近。

今晚八点，我下楼去上洗手间，楼下一个人也没有，大家都在听收音机。我想鼓起勇气，可是很难。和宽敞安静的房子相比，我一直觉得待在楼上更安全。每当一个人在楼下，听到那些不知从哪儿传来的声音和街上的汽车喇叭声，我必须加快速度，提醒自己身在何处，才不会怕得全身发抖。

弥普和爸爸谈过后，对我们更好了。我还没告诉你这事呢。一天下午，弥普通红着脸走了进来，直接问爸爸，我们是不是认为他们也染上了现今的“反犹风潮”。爸爸惊呆了，马上否认，可是弥普仍然半信半疑。现在他们为我们做了更多的事，对我们的问题也更加关注，虽然我们实在不该再拿自己的悲惨遭遇去烦他们了。他们实在是好人，品格高尚！

我反复问自己，如果没有躲藏起来，如果我们已经不在人世，那就不必经受这般折磨，特别是不必给他人带来负担，这样是不是更好。可是我们都回避这个想法。我们仍然热爱生命，仍然记得大自然的声音，一直心怀希望，希望……一切。

赶紧发生些什么事情吧，就算空袭也好。没有什么比这种焦虑更要命的了。赶快结束吧，无论多残酷。至少到那时，我们会知道自己到底是胜利者还是被征服者。

安妮

1944年5月31日 星期三

亲爱的吉蒂：

星期六、星期天、星期一和星期二天太热了，连钢笔也握不住，所以实在没法写日记。星期五排水管堵了，星期六修好了。下午克雷曼太太过来看我们，告诉我们很多吉碧的事。她和杰奎琳·凡·马森同在一个曲棍球俱乐部。星期天贝普来了一次，确定没有小偷闯入，并且留下来吃早饭。星期一（这天是五旬节），吉斯先生担任密室守卫，星期二终于可以开窗了。极少有如此美妙温暖的五旬节周末。说“炎热”可能更为合适。炎热天气里，待在密室实在难受。为了让你明白大家对天气有多么抱怨，我简短摘抄一些。

星期六：“真是美啊，多么美妙的天气。”早上大家都齐声说道。“但愿不会太热。”下午大家说道。当时窗户得关起来。

星期天：“热得实在受不了，黄油都融化了，屋里一个凉快的地方都没有，面包变干，牛奶变酸，窗户也不能打开。我们这些无家可归的可怜人快窒息了，而其他人却在享受五旬节。”

星期一：“我脚痛，没有凉快的衣服穿了，热得连碗都洗不了了。”从早到晚，怨声载道，实在可怕。

我受不了炎热。很高兴今天起风了，可是太阳依然很烈。

安妮

1944年6月2日 星期五

亲爱的吉蒂：

如果要去阁楼，记得带把雨伞，最好带把大的！以免被“家庭阵雨”淋湿。有句荷兰谚语：“高处干爽，安全无忧。”显然在战争时期（有枪），对于躲藏起来的人们（有猫尿）而言，这句话并不适用。布奇养成了在报纸上，或在地板缝隙里撒尿的习惯。这下我们更加害怕飞溅的尿液。更糟糕的是，臭气熏天。仓库的那只新来的猫咪木杰也有同样的问题。只要你家中有到处撒尿的猫，你就能想象得出那气味有多么难闻。除此之外，还有胡椒粉和百里香的味道。

我有个全新的方法，用来预防听到枪声时的神经紧张：当枪声太大时，去最近的楼梯，上上下下跑几个来回，一定要至少跌倒一次。跑上跑下会弄出噪音，摔倒会受伤，不过就听不到枪声了，更不会担心了。我自己试过了这个妙方，的确有效！

安妮

1944年6月5日 星期一

亲爱的吉蒂：

密室出了新问题。杜塞尔和弗兰克家为了分黄油吵了起来。杜塞尔最后投降，后来和凡·丹太太发展出亲密友谊，调情，亲吻，脸上笑眯眯。杜塞尔开始渴望女性的陪伴。

凡·丹先生不明白，为什么我们自己都吃不到香料蛋糕，却要烤一个送给库格勒先生作为生日礼物。这种想法实在自私又小气。楼上的气氛很糟。凡·丹太太感冒了，杜塞尔得到了啤酒酵母片，我们却什么都没有。

第五军攻下了罗马，这个城市没有被毁，也没有被炸。希特勒被好好地宣传了一番。

几乎弄不到土豆和蔬菜。一条面包发霉了。

沙弥科勒吉（仓库新来的猫的名字）受不了胡椒粉。它睡在猫盒里，在刨花里折腾，怎么也管不住它。

天气不好，加莱和法国西岸一直遭到轰炸。

没人购买美元，黄金更是无人问津。

我们那只黑色的钱箱已经见底了。下个月靠什么生活呢？

安妮

1944年6月6日 星期二

亲爱的吉蒂：

“今天是诺曼底登陆日。”英国广播公司十二点时宣布。

“就在今天。”进攻开始了！

今天上午八点，英国电台报道：加来、布伦、哈维、瑟堡以及加来省遭到猛烈轰炸。另外，作为占领区的预防措施，所有住在海岸二十英里之内的人都接到了警告：小心轰炸。英国人会尽量在轰炸前一个小时投下传单。

德国新闻说，英国伞兵已经在法国海岸登陆。英国广播公司报道：“英国登陆舰正与德国海军开战。”

九点吃早饭时，密室成员得出结论：这是一次尝试登陆，和两年前迪拜那次一样。

十点时，英国广播公司用德语、荷兰语、法语和其他语言报道：进攻开始了！这是一次“真正的”进攻。十一点时，英国广播公司用德语报道：最高统帅艾森豪威尔将军发表演讲。

英国广播公司用英语报道：“今天是诺曼底登陆日。”艾森豪威尔将军向法国人民说：“现在将会有艰难的战争，不过我们一定会取得胜利。1944年是大获全胜之年。祝各位好运！”

一点，英国广播公司用英语报道：一万一千架飞机有的来回飞行，有的随时待命向敌后运送军队或轰炸。四千艘登陆舰和小型船只不断抵达瑟堡和勒安菲尔之间的地区。英国和美国军队已经投入到激烈的战斗之中。比利时总理吉布兰迪、挪威国王哈克、法国将军戴高乐、英国国王均发表演讲。最后，也是最重要的，是丘吉尔的演讲。

密室里一片喧哗！苦苦等待的解放难道真的开始了吗？我们多次谈论的解放，看起来如此美好，就像童话一般，真的会实现吗？1944年真的会带给我们胜利吗？现在还不知道。可是心怀希望，就能生存。这个希望给我们注入勇气，使我们再次坚强。我们必须勇敢，才能忍受住还会到来的恐惧和苦难。现在重要的是保持镇静和坚定，咬紧牙关！法国、俄国、意大利、甚至德国都可以痛苦哀号，我们却没这个权利！

吉蒂，进攻开始了。最棒的是，我感到朋友们就要回来了。可怕的德国人压迫威胁我们如此之久。对我们而言，朋友和获救胜过一切！现在不只是对犹太人，对荷兰人和被占领的欧洲都意义非凡。玛格特说，十月或十一月，也许我就能重返学校了。

安妮

又：一有新消息我就告诉你！

昨晚和今天上午，很多稻草和橡胶做的假炸弹从德国战线后面的空中落下，一落地就爆炸了。很多伞兵涂黑脸，以免在黑暗中被人发现。一个晚上，五千五百吨炸弹投向了法国海岸。早上六点，第一艘登陆舰上岸了。今天出动了两万架飞机。德国的海岸列炮在登陆前就被砸毁，登陆军队修建了一个小型桥头堡。一切进展顺利，只是天气恶劣。军队和人们“同仇敌忾”。

安妮

1944年6月9日 星期五

亲爱的吉蒂：

进攻有好消息了！盟军攻下了法国海岸一个名叫贝由的小村庄，现在正在攻打卡昂。他们的意图明确：切断瑟堡所在的半岛。每晚战地记者都在报道战争的艰难、军人的勇气和士气。为了抢新闻，他们使出浑身解数，常常有惊人之举。有些伤员已经回到英国，却出现在广播里接受采访。虽然天气恶劣，飞机仍然来回穿梭。据英国广播公司报道，丘吉尔原本想在登陆当天和军队一起登陆，可是艾森豪威尔和其他将军劝他放弃这个想法。想想，这么大岁数的老人还有如此勇气，他至少有七十岁了吧！

密室的兴奋平静了一些，可是人人都希望在年底之前结束战争。也是时候了！凡·丹太太没完没了的唠叨让人忍无可忍。现在她不拿进攻说事，又开始念叨起坏天气来。真想把她丢进凉水桶里，再扔到顶楼去！

除了凡·丹先生和皮特，密室里人人都看完了《匈牙利史诗》三部曲：作曲家、钢琴家、神童弗兰斯·李斯特的一部传记。书写得很有意思，虽然我觉得对女性着墨太多。李斯特是他那个时代最伟大、最著名的钢琴家。而且他也很风流，年过七十仍不减本色。和他有过风流韵事的包括玛利亚·艾格特伯爵夫人、卡洛琳·桑·维特根斯坦公主、舞蹈家洛拉·莫特兹、钢琴家索菲·米特、切尔卡西亚公主奥格·简拉、奥格·美亚男爵夫人、女演员里拉，等等。书中关于音乐和其他艺术的部分有趣多了。提到的人有舒曼、卡拉·维克、赫克托·贝兹、约翰尼斯·布莱姆、贝多芬、约瑟夫、理查德·华纳、汉斯·凡·布鲁、安通·罗比斯坦、肖邦、雨果、巴尔扎克、席勒、汉姆尔、罗西尼、卢吉、帕格尼尼、门德尔松，等等。

李斯特是个正直的人，慷慨、为人谦逊，只是特别虚荣。他帮助别人，视艺术高于一切，狂爱白兰地酒和女人，受不了眼泪，是个绅士，有求必应，对金钱不感兴趣，关心宗教自由和世界。

安妮

1944年6月13日 星期二

亲爱的吉蒂：

又过了一个生日，现在我十五岁了。收到了很多礼物：斯普格尔的五卷艺术史、一套内衣、两条皮带、一条手帕、两瓶酸奶、一罐果酱、两块蜂蜜饼干（小的）。爸爸妈妈送的植物学书，玛格特送的是一个漂亮的手镯，凡·丹夫妇送的是一本标签簿，杜塞尔送的是甜豆，弥普送的是糖果，贝普送的是糖果和笔记本。最重要的是：库格勒先生送给我一本《玛利亚·得沙》和三片全脂奶酪。皮特送给我一束可爱的牡丹。这个可怜的男孩费了好些工夫才找到一份礼物，却没有成功。

进攻进展仍然顺利，虽然天气糟糕——倾盆大雨、狂风大作、海浪巨大。

昨天丘吉尔、斯穆兹、艾森豪威尔、阿诺德访问了被英军攻下和解放的法国村庄。丘吉尔上了一艘向海岸炮轰的鱼雷艇。和很多人一样，他也不知恐惧为何物——多么令人羡慕的性格！

我们躲在密室里，很难判断荷兰人的心情。毫无疑问，许多人很开心：懒惰的英国人终于卷起袖子做了些正事。那些声称不想被英军占领的人意识不到自己这话有多么不公平。他们的理由简单归结为：英国必须战斗，牺牲本国人民以解放荷兰和其他被占领的地区。解放之后，英国人不应该留在荷兰，而是应该向所有被占领国家道歉，将荷兰东印度群岛物归原主，然后囊中空空、筋疲力尽地打道回府。真是一群白痴。不过像我说过的，很多荷兰人都和这些人一样。英国有很多机会可以与德国签订和平条约。如果真的签订了，荷兰和邻国会遭遇什么呢？荷兰会变成德国的，一切都完了！

那些至今仍然轻视英国人的荷兰人，那些嘲笑英国和英国政府是老顽固的荷兰人，那些管英国人叫懦夫，却又仇恨德国人的荷兰人，都需要被拍醒。或许这样，他们糊涂的脑子会想明白一些！

愿望、想法、指责、训斥都在我脑海里盘旋。其实我并不像他们说的那么自负，我比谁都明白自己的缺点和短处。可是不同的是：我还知道我想改变，将会改变，而且已经变了很多！

我常常问自己，为什么到现在大家还是觉得我爱出风头、自以为无所不知？我真的这么自大吗？自大的人究竟是我，还是他们？我知道这听起来有些疯狂，可是我不会删掉后面这句话，因为这句话看起来并不疯狂。对我责备最多的凡·丹太太和杜塞尔，谁都知道他们完全没有头脑，说难听点，就是"愚蠢"！通常愚蠢的人受不了有人比他们做得更好。凡·丹太太和杜塞尔这两个傻瓜就是最好的例子。凡·丹太太觉得我很傻，是因为我不如她傻得这么厉害。她觉得我爱出风头，是因为她爱出风头更甚于我。她觉得我裙子太短，是因为她的更短。她觉得我无所不知，是因为她比我更爱谈论那些其实一无所知的话题。杜塞尔也是如此。不过有句谚语我很喜欢："无风不起浪"，所以我得承认，我是无所不知。

我个性中很棘手的一点是：我骂自己、咒自己更甚过其他人。如果妈妈再说一大堆教训的话，我会感到被压得透不过气来。于是我会顶嘴，跟谁都唱反调，最后安妮的那句老生常谈又会响起："没有人了解我！"

这句话已经成为我的一部分。看似不太可能，不过这话里确实包含一个事实。有时我深深淹没在自责之中，渴望有人说句安慰的话，让我不再自责。要是有人能认真对待我的感受，该有多好。哎，可是我还没找到这样的人，只得继续寻找。

我知道你很纳闷，不是还有皮特吗？没错，皮特爱我，但他没有把我当作女朋友，而是朋友。他的感情日渐增长，可是有一股神秘的力量在阻碍我们，我不知道究竟是什么力量。

有时我想，或许是我夸大了自己对他的渴望。其实并没有夸大，因为如果一两天我不能去他的房间，我就迫切地想见到他。皮特是个好人，很善良。可是我无法否认，他在很多方面让我失望。特别是他对宗教的厌恶、在饭桌上的谈话、对大自然的种种看法，我都很反感。不过，我坚信我们会遵守绝不争吵的约定。皮特宽容、热爱和平、特别随和。有很多话，如果由他妈妈说出口，他肯定无法接受。可是他却允许我说。他下定决心要擦掉习字本上的所有污点，做事要有条理。但为什么他隐藏内心最深处的自己，从不让我靠近一步？他封闭自我更甚于我。可是以我的经验（虽然他们总是说我满腹理论，却毫无实践），即使最不能与人沟通交流的人，最终也会渴望能对别人倾吐心声，并且这种渴望还会更强烈。

在密室里，皮特和我都度过了沉思的日子。我们常常讨论过去、现在和将来。不过就像我说过的，我想念那些真实的事物，我知道那是存在的！

难道是因为我太久没有外出，才会如此渴望大自然吗？我记得以前，湛蓝的天空、歌唱的鸟儿、皎洁的月光、含苞待放的花朵都无法吸引我。自从来到这儿以后，事情都变了。例如，五旬节的一天晚上，天气炎热，直到晚上十一点半，我还是极力睁开双眼，想要好好欣赏一次月亮。哎，可惜牺牲白费了，因为那晚月光太亮，我不能冒险打开窗户。还有一次，七个月前的一天晚上，窗户开着的时候我正好在楼上。直到必须关窗，我才依依不舍地回去了。黑暗、下雨的夜晚，风、疾飞的云都让我深深沉醉。一年半以来，我第一次真正和夜晚面对面。那晚之后，我对黑夜的渴望甚至大过对小偷、老鼠和抢劫的恐惧。我一人下楼，从厨房和私人办公室的窗户向外望。在很多人眼里，大自然是美丽的。很多人时不时在星空之下酣睡，很多病人和囚犯盼望着重获自由，再度享受大自然的恩赐。无论穷人还是富翁，都能享受大自然的美好。可是少数像我们这样躲藏的人却体会不到。

这不仅是我的想象——望着天空、云朵、月亮和星星，我的确感觉宁静，充满希望。比起缬草根或溴化物之类的镇静剂，这是更好的药物。大自然使我感觉谦卑，让我鼓起勇气面对任何打击！

可惜，除了少数几次机会，我只能透过布满灰尘的窗帘看着大自然，全无乐趣。世界上，只有大自然是无法替代的！

我有很多费解的问题，其中一个就是：为什么女人一直都低男人一等。说一句“不公平”很容易，但我认为这还不够。我真的很想知道造成这种严重不公的原因！

因为男人身体强壮，从一开始就统治着女人。男人在外谋生，为人之父，随心所欲……直到最近，女人都逆来顺受，这样实在很傻。这种情况维持得越久，就越难改变。幸好，教育、工作和社会进步开拓了女性的视野。在很多国家，女人拥有了平等的权利。很多人——主要是女人，也有男人——如今都意识到，长久以来容忍男女不平等的现象是错误的。现代女性想要拥有完全独立的权利！

独立还不够，女性还应该得到尊重！总的来说，在全世界，男人都受到尊重，那么为什么女人就不能受人尊重呢？士兵和战争英雄受到赞誉和纪念，探险家收获不朽的名望，殉道者也备受尊重。可是有多少人也视女人为士兵呢？

《大后方的士兵》一书给我留下了深刻印象。书中写道，单单生孩子这件事，女人承受的痛苦、疾病比任何战争英雄都要多。然而忍受了如此多的苦难之后，她又得到什么奖赏呢？生完孩子后身材走形，被抛弃在一边，她的孩子很快也离开了，她的美貌不再。努力奋斗、忍受种种疼痛以延续人类的女性，比所有满口大话，口口声声为自由而战的英雄更加坚强、更加勇敢！

当然，我并不是说女人应该不生孩子。相反，大自然让她们生育，她们就该生育。我反对的是价值体系，谴责的是那些不承认女人对社会的贡献巨大，不承认女人社会地位低下，不承认女人有多美的男人。

我完全同意作者保罗·德·库夫的观点。他说，男人必须懂得：在那些被视为文明的地方，生育不再是理所当然和不可避免的事。男人说说容易——他们不会，永远也不必忍受女人需要忍受的痛苦！

我相信，到下个世纪，生育是女人职责的观念将被改变，取而代之的是对女人的尊重和钦佩。她们肩负重担，无怨无悔，从不浮夸！

安妮

1944年6月16日 星期五

亲爱的吉蒂：

新问题：凡·丹太太现在完全糊涂了。她一直念叨着被枪杀、被扔进监狱、上断头台、自杀。她嫉妒皮特对我敞开心扉，对她却闭口不言。她生气杜塞尔对她的调情回应不够，害怕丈夫把卖皮衣的钱全用在抽烟上。她吵架、咒人、哭泣、为自己难过、大笑，没完没了。

面对这样愚蠢、爱哭的人，能怎么办呢？没人把她的事当真，她一点也不坚强，遇到谁都抱怨一番。你真该看看她四处晃荡的模样，动作像学生，外表像个邋遢妇女。更糟糕的是，皮特越来越无礼了，凡·丹先生脾气越来越暴躁，妈妈更加挑剔挖苦。是的，人人都变样了！只需要记得一条规则：嘲笑一切，其他别管！这话乍听起来太过自我。可是事实上，对于自哀自怜的人来说，这是唯一的解药。

库格勒先生要被指派去阿尔马可尔劳动四周。他想方设法弄了一张医生证明，并且从欧贝卡寄出，以此摆脱这次劳动。克雷曼先生希望他的胃早点动手术。从昨晚十一点开始，所有私人电话都被切断了。

安妮

1944年6月23日 星期五

亲爱的吉蒂：

最近没有什么特别的事。英国人开始对瑟堡发起全面攻击。皮姆和凡·丹先生认为，10月10日之前肯定能获得解放。俄国人也加入了战斗。昨天是德国人入侵俄国三年的日子，他们在维杰布斯克附近发起进攻。

贝普的心情低到谷底。我们的土豆快吃完了。从现在开始，我们分配好每人的分量，然后自己的食物自己做主。从星期一开始，弥普要休一周的假。克雷曼先生的医生给他拍了X光片，却没发现什么问题。究竟是动手术还是顺其自然，克雷曼先生犹豫不决。

安妮

1944年6月27日 星期二

亲爱的吉蒂：

有所改变了，一切进展得相当顺利。今天瑟堡、维杰布斯克、泽罗比被攻陷，肯定有很多人和装备被俘获。五个德国将军在瑟堡附近丧命，还有两个被抓。英国人占领了一个港口。这样一来，什么东西都能送上岸了。进攻才短短三周时间，整个可唐坦半岛就被攻下了。真是厉害！

诺曼底登陆日三周以来，这儿和法国天天刮大风、下暴雨。不过恶劣的天气抵挡不住英军和美军的威力。干得真漂亮！当然，德军也发射了他们的非凡武器，可是那小小的鞭炮几乎毫无威力可言，除了或许在英国造成一些轻微的损害，让德国佬在报纸上制造些引人捧腹的头条。不论如何，等他们意识到布尔什维克的确逼近了，就会吓得双腿发软。

凡是没有为军队工作的德国妇女，都和孩子一起，从海岸地区撤离到格罗宁根、弗里斯兰、海尔德兰。姆瑟特 宣布，如果进攻部队到达荷兰，他就参军。难道这只肥猪打算上战场？他在俄国时早该如此了。不久前，芬兰拒绝了和平提议，现在谈判又破裂了。这些笨蛋，他们会后悔的！

你觉得到6月30日，会有多大进展呢？

安妮

1944年6月30日 星期五

亲爱的吉蒂：

Bad weather from one at a stretch to the thirty June. 我的英文还不错吧？哦，是的，我已经学会了一点点英文。为了证明，我正在读《一个理想丈夫》，边读边查字典！战争进展得相当顺利：波布鲁斯卡特、莫吉了夫、艾尔莎已经沦陷，并且抓了很多战俘。

这里一切都好。大家的情绪渐渐好转，我们的超级乐天派欢欣鼓舞，凡·丹夫妇玩糖失踪的把戏，贝普换了发型，弥普休一周假。新闻到此为止！

我的门牙做了一次可怕的根管治疗，疼得要命。杜塞尔以为我会疼得晕过去，其实我差点就真的晕了。搞得凡·丹太太也觉得牙疼！

安妮

1944年7月6日 星期四

亲爱的吉蒂：

当皮特说起他要杀人放火，或投机倒把时，我全身血液瞬间凝固了。当然，他只是开开玩笑，不过我还是觉得他害怕自己的软弱。

玛格特和皮特总对我说："要是我有你的勇气和坚强，要是我有你的干劲和充沛的精力，就能……"

让自己不受他人影响，真的是特别值得羡慕的性格吗？凭自己的良心做事，真是正确的吗？

老实说，我无法想象，怎么会有人说"我软弱"，然后依旧软弱呢。如果明知自己软弱，为什么不克服呢？为什么不改善性格呢？他们的回答总是："因为保持原状容易得多！"这样的答案实在让人气馁。容易？欺骗和懒惰的生活很容易吗？不，大错特错。人们不会如此轻易受到安逸的环境和金钱的诱惑。我常常思考，我的答案是什么，如何才能让皮特有自信。最重要的是，如何改善自我。我不知道自己做得对不对。

我常常想象，如果有人对我敞开心扉、无话不谈，那该有多好。可是现在已经到了这一步，我却发现，倾听他人心声之后，设身处地为他们考虑，找出正确的答案有多难。尤其是对我而言，"安逸"和"金钱"是全新的、完全不同的观念。

皮特开始依赖我，我不希望如此，无论如何都不行。要独立很难，要保持本色和性格，就更难了。

我一直飘忽不定，好几天来一直寻找有效的方法来对抗"容易"这个可怕的词语。我要怎样才能让他明白，那种生活或许看起来容易又美好，可是却会将你拖进深渊，没有朋友、没有支持、也没有美丽，一旦陷入便不可自拔。

我们都活着，却不知道为什么而活，为什么要活。我们都寻找幸福。我们的生活既不同又相同。我们三个人都成长于良好的家庭之中，有机会接受教育，出人头地。希望取得幸福，可是……必须自己争取。只走容易的路，是争取不到的。争取幸福意味着为人正直、努力工作、不投机取巧、不懒惰。懒惰似乎很诱人，可是只有努力工作才能带给你真正的满足。

我无法了解那些不喜欢工作的人们，可是这不是皮特的问题所在。他只是没有目标，加上觉得自己愚蠢，于是自卑，一事无成。可怜的孩子，他从来不知道带给他人快乐是什么滋味，恐怕我无法教会他。他不信教，嘲讽基督教徒，对上帝不敬，觉得我不是正统的教徒。每次看他如此孤单、如此轻蔑、如此可怜，我就感到一阵心疼。

有信仰的人应该高兴，因为并非人人都被保佑，并非人人都有能力相信一个更高的秩序。你不必活在永世惩罚的恐惧之中。许多人难以接受炼狱、天堂和地狱的观念。可是任何宗教本身都使人走正道。这不是因为畏惧上帝，而是坚持自己的正义感，遵从自己的良心。如果一天结束之前，人人都能审视自己的行为，分辨对错。那么，人人都能变得高贵又善良。新的一天开始时，他们会自然而然地设法做得比昨天更好。长此以往，肯定会有大改观。人人都可以试试这个方法，不用花钱，肯定大有益处。而那些不知道这个方法的人，只得凭经验，才能明白“心存正义，更加坚强”。

安妮

1944年7月8日 星期六

亲爱的吉蒂：

布鲁克斯先生在贝尔维基克的农产品拍卖会上设法弄到了草莓。送到这儿的时候，草莓上全是灰尘和沙子。不过可真不少。办公室的人和我们得到了至少二十箱。当天晚上，我们先做了六个罐头，再做了八罐草莓酱。第二天上午，弥普也为办公室的人做了草莓酱。

十二点半，外面的门锁上了，一箱箱草莓被拖进厨房。皮特、爸爸和凡·丹先生跌跌撞撞上了楼。安妮接来热水器里的热水，玛格特去找桶，人人都动了起来！我肚子有点不舒服，走进人满为患的办公室厨房。弥普、贝普、克雷曼先生、简、爸爸、皮特——密室代表团和补给部队全都混在一起。当时正值大中午！窗帘和窗户都开着，喧闹嘈杂，还有砰砰关门声——我兴奋地发抖，心想："我们真是躲藏起来的吗？"我想，最终走出密室，再见世界肯定就是这种滋味吧。平底锅装得满满的，我冲上楼，其他人围着厨房的桌子清理草莓。至少他们应该这么做。可是结果呢，塞进嘴里的比放进桶里的还多。一个桶很快就装满了。皮特下楼去，这时门铃响了两声。皮特放下桶，飞奔上楼，进入密室后关上书架。我们不耐烦地坐着。那些草莓还等着清洗呢。可大家都遵守规定："楼下有陌生人时，不能用水，以免被人听见水流声。"

简上来告诉我们是邮递员。皮特又飞快地跑下楼。叮咚，门铃又响了，他只好向后转。我仔细听是不是有人来了，先站在书架边上，再去楼梯顶。最后皮特和我半身探出栏杆，像小偷似的竖起耳朵，仔细听着楼下的动静，都是熟悉的声音。皮特小心翼翼地下楼，走到一半时，他叫了一声："贝普！"又一声："贝普！"他的声音被厨房里的喧闹淹没了。于是他跑去厨房，我则紧张地在上面看着。"快上楼，皮特，会计在这儿，你不能待在这儿！"是库格勒先生的声音。皮特叹了叹气，又上楼，关上了书架。

一点半，库格勒先生终于上来了。"我的天啊，变成草莓的世界了。我早饭吃草莓，简午饭吃草莓，克雷曼拿草莓当点心，弥普在煮草莓，贝普在清理草莓。走到哪儿都是一股草莓味。上楼来想避开草莓，可是看到了什么？大家都在洗草莓！"

剩下的草莓做成了罐头。当晚，有两罐裂开了。爸爸立刻做成了果酱。第二天上午，有两罐的盖子开了，下午，又有四罐的盖子开了。凡·丹先生消毒瓶子时加热不够，害得爸爸每晚都忙着做果酱。我们吃热麦片加草莓、面包加草莓、甜点加草莓、沾糖的草莓、带沙的草莓。整整两天，除了草莓，还是草莓，直到把能吃的全吃完，或做了果酱，安全地锁在柜子里。

“嘿，安妮，”有天玛格特说道，“凡·豪亦文太太给我们拿了二十磅豌豆！”

“她人真好。”我回答。她的确是个好人，不过这让我们又得忙活了！

“星期六全体剥豌豆。”妈妈在餐桌上宣布。

果然，今天早上吃过早饭，最大的一口瓷釉锅就出现在餐桌上，里面全是豌豆。如果你觉得剥豌豆很无聊，那你真该试试剥一剥豌豆里层。很多人不知道，剥掉里层后，豆荚又软又好吃，而且富含维生素，比起只吃豌豆，好处几乎多出三倍。

剥豆荚是一项既需要准确又得小心翼翼的工作，或许适合迂腐的牙科医生，或是吹毛求疵的香料专家。可是对于我这样缺少耐心的孩子来说，剥豆荚却是件苦差事。我们从九点半开始，我十点半坐下，十一点站起来，十一点半又坐下。反反复复，搞得耳朵嗡嗡直响。折断尾部、剥下豆荚、抽出筋、把豆荚放入锅里，等等。我感到一阵眼花：绿色、绿色、虫、筋、坏豆荚、绿色、绿色。为了不无聊，也为了找点事做，整个上午我滔滔不绝，想到什么说什么，所有人都被我逗得哈哈大笑。这份单调乏味的工作简直要我的命。每抽出一根筋，我心里就更加确定一次：永远不要只做个家庭主妇！

十二点，终于吃饭了，可是从十二点半又剥到一点十五分。当最后停下来时，我有种晕船的感觉，其他人也一样。我一直睡到四点。一想到那些可恶的豌豆，头还是晕乎乎的。

安妮

1944年7月15日 星期六

亲爱的吉蒂：

我们从图书馆借了一本书，书名就很吸引人：《你对现代少女的看法》。今天我想就这个话题谈论一番。

作者把“今天的年轻人”从头到脚地批评了一通，只差一句“无药可救”将他们完全否定。她相信今天的年轻人有能力建造一个更大、更好、更美的世界，可是他们被肤浅、微不足道的事情所占据，根本不会思考什么才是真正的美。看到一些段落，我强烈感觉作者是在指责我。所以我想大胆地对你直言，为自己辩护。

我有一个突出的特点，只要认识我的人，都很容易发现：我很有自知之明。无论做什么，我都能以陌生人的眼光审视自己。我能站在日常的安妮面前，不带一丝偏见，不找任何借口，看着她或好或坏的行为。我一直都有这种自知之明。每次一开口，我就会想：“你本应该换种说法”或“这样很好”。在很多方面，我都自我检讨。爸爸有句格言：“孩子必须自我教育。”如今我意识到，爸爸这句话的确是真理。父母只能给孩子建议，或是为他们指明正确的方向。性格最终是自己塑造的。另外，面对生活，我总是勇气十足。我感觉自己很坚强，能够扛起任何重担，自己如此年轻，如此自由！当我第一次意识到这点时，非常开心，因为这意味着我能更容易地抵挡今后人生中的打击。

这些事我经常提起，现在我想谈谈“爸爸妈妈不理解我”这一点。父母一直宠爱我，对我关爱有加，在凡·丹夫妇面前维护我，对我尽职尽责。可是长久以来，我觉得格外孤独、被冷落、被忽略、被误解。爸爸竭尽所能地压制我的逆反心理，却也无济于事。我已学会审视自己的行为，自我检讨。

为什么爸爸不支持我的斗争呢？为什么他想帮我的时候，却力不从心呢？答案是：他的方法错了。和我说话时，他总是把我当作一个正在经历一段困难过渡期的孩子。这话似乎有些疯狂，因为我觉得只有面对爸爸，我才能吐露心声，才能感到自己是个通情达理的人。可是他却忽视了一件事：在我心目中，与自己的困难斗争，并且战胜困难才是最重要的。我不想听什么“青春期的典型问题”、“其他女孩”、“你会长大的”诸如此类的话。我不想被当成和其他女孩一样对待。我就是我，安妮。可是爸爸不明白这一点。另外，除非别人先告诉我很多他们的事，否则我不会对他敞开心扉。如果我对他不甚了解，就无法和他走得很近。爸爸总是一副长者的模样，其实他也有一闪而过的冲动。如今不管他如何努力尝试，我们不再是朋友。于是，我只能和日记分享我的人生观，分享经过深思的观点，偶尔我也和玛格特谈谈。一切与自己有关的事，我都不告诉爸爸，从不和他谈论我的理想，刻意与他保持距离。

我只能这样，别无他法。我只听从内心的感受，只为内心的安宁，尽管这样做太过自我。如果我做一件事做到一半的时候受到批评，就会失去平静和辛苦建立起来的自信，即使这些批评是来自爸爸的也不行。因为我不但从不和他分享内心想法，还会因为脾气暴躁把他推得远远的。

我常常思考一点：为什么有时爸爸让我如此生气？我快受不了他辅导我功课了，而且他对我的疼爱似乎有些勉强。我想一个人待着，宁愿他暂时不理会我，直到我和他说话时自己更有把握为止！至今我还为自己心烦时给他写的那封可恶的信而满心内疚。要处处坚强，处处勇敢，可真难啊！

其实这还不是我最大的失望。比起爸爸，我想起皮特的时候更多。我很清楚，他为我倾倒，我却没有为他着迷。在心中，我把他想象成一个安静、体贴、敏感、急切渴望友谊和爱的男孩！我需要对一个活生生的人倾吐心声。我想拥有一个能帮助我的朋友。我的目的达到了，缓慢却稳稳地把他拉向我。我终于让他成为我的朋友，然后友谊自然而然地发展成一种亲密。可是现在我却觉得，这种亲密有些放肆。我们谈论过最隐私的事，却不曾触及我内心最深处。至今我还是无法彻底了解皮特。他肤浅吗？还是因为害羞而无法袒露心声，甚至是面对我也如此？但撇开这个不谈，在这个过程中我还是犯了一个大错：我用亲密来接近他，却同时也切断了我们俩发展其他形式的友谊的可能性。他渴望被爱，我看得出他越来越喜欢我。我们在一起的时候，他觉得满足，而我只想重新开始。虽然心里希望和他公开谈谈这个话题，我却从没说出口。我逼着皮特，让他在不知不觉中和我更亲近。现在他为我倾倒。说实话，我不知道有什么有效的方法能摆脱他，让他重新独立。很快我就发现，我俩永远无法志趣相投，但我仍然努力地帮他跳出他那狭窄的世界，拓展他年轻的视野。

“内心深处，年轻人比老年人更寂寞。”我在书上读到的这句话，给我留下了深刻的印象。就我来看，的确是事实。

所以，如果你想知道，成人在这儿的生活是否比孩子更艰难？答案是否定的。年纪较大的人对事情有自己的看法，对自己和自己的行为有把握。可是在一个理想被彻底毁灭，人性最坏的一面统治世界，人人怀疑真理、正义和上帝的时代，年轻人要坚持己见，实在比大人要难得多。

如果有谁声称大人在密室里的日子更难过的话，那么他（她）肯定不明白，这些问题对我们造成的影响更大。我们太年轻，无法应对这些扑面而来的问题。最后，我们被迫想出解决办法。可是大多数时候，一面对事实，我们的办法就支离破碎。在如今这个时代，实在很难。理想、梦想、珍贵的希望存在我们心中，然而最后都被残酷的现实击碎。我还没有抛弃所有理想，这算是个奇迹。虽然这些理想看似荒谬、不切实际，但我仍然坚持我的理想。因为我还是相信，人类本性是善良的。

要在混乱、磨难和死亡的基础上开创我的人生，实在是不可能的。我看见世界正慢慢变成一片野蛮之地，我听见滚滚雷声正在靠近，我感觉到千百万人饱受磨难，有一天我们也会被毁灭。可是当我仰望天空时，又觉得一切将会好转，这种残酷会有终止的一天，和平与宁静会再次降临。同时，我必须紧握理想，相信有一天，理想终能实现！

安妮

1944年7月21日 星期五

亲爱的吉蒂：

终于我变得乐观了。如今一切顺利！真的很顺利！好消息！有人试图暗杀希特勒，这一次，暗杀者不是犹太共产党人，也不是英国资本家，而是一个德国将军——一个年轻的伯爵。可惜也许是“天意”吧，希特勒逃脱了，只受了些轻微的烧伤和擦伤。他身边死伤了几个军官和将军。暗杀的头目被枪决了。

这是目前为止最好的证明，证明很多军官和将军已经厌倦了战争，希望希特勒坠入无底的深渊，好让他们能够建立一个军事政府，以便与盟军讲和，重整军备，几十年后再发动战争。或许上天故意拖延除掉希特勒的时间。对盟军而言，让善良的德国人自相残杀更容易，代价更小。这样一来，俄国人和英国人更省事，能够更早地重建城市。可是我们还没有想到这种地步，我也不想预测这光荣的时刻。你可能注意到我说的都是实话，全是实话。这次我不再高谈阔论了。

另外，希特勒向忠于他的人们宣布：今天开始，所有军事人员都由盖世太保控制。任何士兵，只要知道上级有谋杀希特勒的卑鄙企图，可以当场将上级击毙！

这下好戏上演了。长途行军后，小约翰脚疼，他的指挥官把他大骂一通。约翰抓起步枪，大喊："你，就是你想要杀害领袖，给你一枪！"说完扣下扳机。训斥他的傲慢军官就此永生（或是永死？）。最后，每当军官看见士兵或下命令时，都战战兢兢，怕得尿裤子，因为士兵比他更有发言权。

你能看明白吗？还是我跳来跳去，你没有了头绪？我也忍不住了，一想到十月就能重回学校，我就欣喜若狂，说话没了逻辑！哦，亲爱的，我不是刚刚才说过不愿预测时间吗？原谅我，吉蒂，看来他们说我是矛盾综合体，还是有些道理的！

安妮

1944年8月1日　星期二

亲爱的吉蒂：

"矛盾综合体"是我上封信的结尾，也是这封信的开始。你知道"矛盾"到底是什么意思吗？和很多词语一样，这个词有两种解释：外部矛盾和内部矛盾。前者的意思是不接受他人的看法，永远都以为自己知道得最多、最正确。简而言之就是我身上所有令人不快的特点。后者却不为人所知，那是我的秘密。

我之前说过很多次，我是两面的。一面的我兴高采烈、无礼浮躁、热爱生活。最重要的是，能够欣赏事情的轻松面。什么叫"能够欣赏事情的轻松面"？就是说我不觉得卖弄风情、亲吻、拥抱、黄色笑话有什么错。这一面的我通常埋伏着，等着打开我的另一面。另一面的我，更纯粹、更深刻、更美好。可是没有人发现安妮好的一面，所以大多数人受不了我。我可以一下午充当搞笑的小丑，但是一个月后，大家就会受不了我。其实，我就像浪漫电影里见解深刻的思想者——纯粹只是消遣、一段滑稽的插曲，很快就被淡忘了，不好也不坏。我不喜欢和你说这个，但是既然这是事实，为什么不承认呢？我轻松、肤浅的一面永远抢在深刻的一面之前，而且每次都能成功。你想象不出有多少次，我试图推开这个安妮，这个只占一半的安妮，把她打倒，隐藏起来。可是没有用。原因只有我自己明白。

我害怕了解我通常一面的人会发现我的另一面、更美好的一面。我害怕他们嘲笑我，觉得我荒谬，不会真正在意我。我习惯了人们不把我当回事。但习惯这一点，并且能忍受这一点的，只是“轻松”一面的安妮。“深刻”一面的安妮太脆弱了。如果我强迫好的一面的安妮站在众人面前，哪怕只是一刻钟，开口的那一刻，她却双唇紧闭。滔滔不绝是安妮一号的拿手好戏。等我发现时，她已消失不见了。

所以，好的一面的安妮永远不会出现在别人面前。她从不露面，虽然独处时，一直都是她占据着我。我明白自己希望是什么样子，实际上又是什么样子。可惜只有面对自己时，内心的样子才能浮现。或许正是因为如此——不，这肯定就是原因——我认为自己内心快乐，其他人却觉得我外在快乐。我以内在的纯粹的安妮为指引。可是外在，我只是一只爱嬉闹、被束缚的小山羊。

正如我说的，我说出口的话并非真实感受，所以才得到花痴、爱调情、耍聪明、只读爱情小说的名声。乐天派的安妮常常大笑、说话漫不经心、耸耸肩膀、假装不在乎。安静的安妮恰恰相反。如果完全诚实的话，我必须承认，我其实是在乎的。我正努力改变自己，尽管敌人更强大。

内心有个呜咽的声音在说：“你瞧，这就是你。周围全是批评的声音、惊愕的表情、嘲讽的面庞、不喜欢你的人，这全是因为你不听好的一面的忠告。”相信我，其实我很想听，却没有用，因为如果我安静严肃起来的话，人人都以为我又要什么新把戏，于是我只好开开玩笑，挽救自己。我还没说我的家人呢。他们肯定会以为我病了，往我嘴里塞阿司匹林和止痛药，摸摸我的脖子和额头，看看我是不是发烧了，问我的排便情况，再骂我脾气太坏。最后我实在受不了。大家围着我转来转去，我就会发火，然后难过，接着整个人换了副模样。坏安妮跑出来，好安妮藏进去。但愿世界上没有别人，好让我成为我自己想要成为的模样。

安妮

后记

1944年8月4日，上午十点至十点半左右，一辆车停在普生格兰特大街二百六十三号门前。车里出来几个人：全身制服的纳粹党卫军中士卡尔·约瑟夫·西备保尔，至少三名荷兰的秘密警察，手持武器，身着便衣。肯定有人告密。

他们逮捕了藏在密室中的八个人，以及两位帮助他们的人：维克特·库格勒和约翰斯·克雷曼，没有抓到弥普和伊丽莎白（贝普）。警察还收缴了在密室里发现的贵重物品和现金。

库格勒和克雷曼被捕后，被送到阿姆斯特丹的一所监狱。1944年9月11日，未经审判，他们被转移到阿姆斯福特（荷兰）的一个集中营。克雷曼因为身体状况糟糕，于1944年9月18日获释。之后他住在阿姆斯特丹，于1959年去世。

1945年3月28日，库格勒在被送往德国强制劳动途中，和几名狱友设法逃脱。1959年他移民加拿大，1989年在多伦多去世。

伊丽莎白（贝普）·斯库·维基于1983年在阿姆斯特丹去世。

弥普·撒通史特兹如今仍住在阿姆斯特丹，她的丈夫简于1993

年去世。

密室中的八个人被捕后，立刻被送往阿姆斯特丹的一所监狱，然后被转移到荷兰北部维斯特布克一所犹太人临时难民营。1944 年 9 月 3 日，他们被驱逐出境，三天后，到达奥斯维辛（波兰）。

据奥托·弗兰克叙述，1944 年 10 月或 11 月，就在毒气室被拆除前不久，赫尔曼·凡·皮尔斯（赫尔曼·凡·丹）在奥斯维辛的毒气室里中毒身亡。

奥古斯特·凡·皮尔斯（皮特昵拉·凡·丹）被从奥斯维辛转移到布痕瓦尔德。1945 年 8 月 9 日，被转到特斯坦特，后来显然又到了另一个集中营。肯定的是，她没有幸存下来，不过死亡日期无法确定。

皮特·凡·皮尔斯（皮特·凡·丹）1945 年被迫参与从奥斯维辛到曼特森的“死亡行军”。1945 年 5 月 5 日，就在集中营被解放的前三天，在曼特森死亡。

弗瑞兹·佩尔（阿尔福德·杜塞尔）从布痕瓦尔德或撒森奥森被转到纽格玛集中营，于 1944 年 12 月 20 日死亡。

艾迪斯·弗兰克挨饿，再加上极度疲惫，于 1945 年 1 月 6 日在奥斯维辛 – 博克娜死亡。

玛格特和安妮·弗兰克于 10 月底从奥斯维辛被转到德国瀚维附近的贝尔根 – 贝尔森集中营。1944 年至 1945 年期间，异常恶劣的卫生条件导致几千人死亡，其中包括玛格特。几天后，安妮也丧命。她的死亡时间应该是在 2 月底或 3 月初。两个女孩的尸体大概被抛弃在卑尔根·贝森的乱坟岗。该集中营于 1945 年 4 月 12 日被英军解放。

八个人之中，只有奥托·弗兰克活着走出了集中营。奥斯维辛被俄军解放后，经由敖德萨和马塞，他被遣返回阿姆斯特丹。1945 年 6 月 3 日，他回到阿姆斯特丹，一直住到 1953 年。后来搬到巴塞尔（瑞士），和姐姐一家同住，稍后又和弟弟同住。他与艾非德·马克薇姿·古格尔结婚。后者以前住在维也纳，也曾进过奥斯维辛集中营，其丈夫和儿子在豪森奥森丧命。奥托·弗兰克于 1980 年 8 月 19 日去世。生前他一直住在巴塞尔城外的比费得，致力于将他女儿的日记与全世界共享。